跨度小说文库

Kuadu Fiction Series

对岸

凌鱼◎著

中国文史出版社

目录 | contents

寻找柏蓝

一

1

写这段文字前，需要回顾一些场景。那是1996年的夏天，也许是1997年，这并不重要。那天的天气很好，有几块云彩，天空透着高大的劲儿。现在回想起来，再也不曾有过那么大的天空。一条河拦在我的面前，河对岸就站着那个细长的姑娘。关于那条河我觉得有必要说一下，河是江南的小河，随处可见，人们都在河边洗衣服、洗菜、洗脚，水是相当清的，能看见瘦小的河床上长着水草，扁长形的水草，叫不来名。2000年我进入了无锡城，也见过大大小小的河，最大的一条就是运河，大是大，却没有水草，水浑得还不如刷锅水。再回到那条小河，河里有许多鱼，还有螺蛳。柏蓝的父亲有一片网，经常能抓到鱼和螺蛳。傍晚时分，她家门口的小桌子上就有这样三道菜：清蒸小鱼，炒螺蛳，拌黄瓜。这是一张图片，深深地刻在我的脑子里。关于家乡小河的记忆就是如此。

再说乡下的房子，多为长方形，进深很长，头尾往往不能共用一道光线，阳光只能浅浅地照进堂屋，过道和厨房是照不到的。来人一进门都是眯着眼用手遮着脑袋，似乎在寻找着什么，一路进来，走到中间天井才算是真的看清，说话声音才会冒出来。家家门口都有个大场地，好的是水泥地，差一些的是砖铺地，最不济的就是泥地，那也是要夯结实的泥地，地面如小姑娘的额头亮晶晶的。门前的窗子下面摆着小板凳，在夕阳的照射下拖出长长的影子，是在说坐着的人刚走或者没来。东面卫杨家的西晒墙没有粉上，红色的砖块之间有许多蜜蜂孔，蜜蜂在钻进钻出。关于家乡房子的记忆就是如此。

刚才提到卫杨家的房子在村东头，也就是说再往东就没有房子了，只有一条通往田野的小路以及那条往东延伸的小河。柏蓝就是站在河边的小路上喊她的父母吃晚饭的。一望无际的田野空空荡荡，老远有一些黑点，其中有两点就是柏蓝的父母。我一直说人就是点，点就是人，就是来源于那时的记忆，这只是少年时期的一种印象，没有科学依据。

2

2011 年的无锡在造地铁了，城里四处都是工地，这让我很不舒服。我有失眠的恶习，心里不顺畅，往往就睡不好，睡不好就会胡思乱想，这其中就想到许多不可思议的事情。我拣一两件说一说吧。第一件是玻璃屋的事。我在无锡市中心有一间玻璃屋，屋子全是用玻璃做的，就跟没有一样，我住在屋子里可以看见人们从我身边走过，当然他们也看见我睡在里面。我必须时时保持优雅的举止，不能抠鼻子，也不能挠痒痒，更不能脱光了洗澡，这样会引起围观的。最为头疼的是，我搬进玻璃屋以后就不能过性生活了，在大庭广众之下做那事，就有犯法的嫌疑，会给你带来挥之不去的麻烦，所以相当苦恼，一度被老婆认为我是性无能者。第二件是大地母亲的事。我认为土地是女性的（这一点后面会证明给大家看的），而且可以随着划分标准不同分裂成许多女性。如无锡可以称为无锡母亲，苏州可以称为苏州母亲；又或者称苏南为苏南母亲，苏北为苏北母亲。我在哪里生活，哪个大地母亲就养育了我。而2011年的无锡母亲却开始怀孕了，在地底下有个新生命即将诞生，我们只能等着，等新生命到来的那天欢呼雀跃。可总有些人按捺不住，企图做点什么，他们努力地往下挖洞，在里面修路，简直就是吵翻了天。他们希望哪天无锡母亲肚子里的婴儿能沿着他们所修的道路顺利走出来供世人瞻仰。2011年我经常失眠，经常胡思乱想，想到的就是这些。

3

我说过1996年的夏天有让我难忘的场景。我在一条干净的小河边站着，河对岸是细长的姑娘。她有长长的头发，乌黑且柔顺，随风摇摆，这都是撞在我心坎上的。一想到她的头发我就心窝子疼。穿的衣服我已经淡忘，只记得她穿着条纹的短裤，两条腿细腻而又光亮。写到这里我又必须停顿下来，让心口的疼痛缓解一下。少年时期的我并不懂得距离产生美、空间美感等一些美学知识，总以为把她抱住或者吃到肚子里才能解决问题。这其实是错误的，当时胆子小，也没有这么做，才使我有决心写下这段文字。

我想有必要说一说1996年的大人都在做些什么，农民们并不安分，谁都不想安安稳稳种地。许多人都走出了村子到城里去谋生。乡下的大地母亲一下子受了冷落，城里的大地母亲却受欢迎起来。我再也没有见到过柏蓝站在村东头的小路上喊她的父母回来吃饭，因此我再也见不到那条熟悉的条纹短裤了。这是1996年的一件让我伤心欲绝的事。

其实小河边的细长姑娘就是柏蓝，那年我十七岁，说话声音已经像鸭子叫，大家都取笑我，那段时间我不爱说话。当时柏蓝在河边吃苹果，嘴角一直在咀嚼。我刚刚放学，在河对岸发现了她。我大喊：柏蓝，你没去上学。她朝我看看，嘴巴动了动。我以为她要和我说话，于是屁颠屁颠地绕过小桥跑到她身边，中间还摔了一跤，样子极其狼狈。我刚到还喘着气，她却转身要走，我连忙叫住她：柏蓝，你要和我说话？柏蓝皱着眉头，挥挥手，被我一巴掌拍掉，我趁机抱她，死命地在她脸上找下嘴的地方，刚开始她还反抗，后来就任由我坏了。我在1996年的夏天占有了柏蓝。这句话本身就是个悖论，长大了我就知道这个世界上谁也占有不了谁，人与人之间其实很简单，都是匆匆的过客，碰上了就意味要过去，也许一辈子再也不会见面。

那天我跑到柏蓝身边其实很腼腆，我用公鸭子般沙哑的嗓音问她为什么不去上学。柏蓝脸一红，轻声说:我那个来了。事情的经过就是这样的。

4

关于玻璃屋子，我有些事要补充。我刚来无锡的时候房子很便宜，觉得只要好好地工作几年存一些钱，就能买到房子。可是未来那几年风云突变，好多事情都超出了想象的范畴，我发觉再怎么努力都买不起房子了。我和当时的女朋友（现在的老婆）商量自己盖房子。这是一个艰难的过程，涉及许多问题，全都写出来对这段文字并没有什么好处，也不引人入胜，总之我们最后盖了一间玻璃房子，在无锡的市中心中山路上，我们在所有人面前吃饭睡觉拉屎，以及过性生活。

就因为房子是完全透明的，那它的存在与不存在也就是同一件事，城管发现不了，人类发现不了。因此我的房子至今还在。

5

我和柏蓝一度互有好感，在她家的堂屋里我吻过她。当时天快要黑了，房子里的光线越发地暗，柏蓝的奶奶背对着我们坐在门口，夕阳把她的影子拖在堂屋里，她却一动不动。我抬头看柏蓝，她正在专心做作业。我发现她的嘴唇湿答答的，一下子勾起了我的欲望，我吃力地趴在桌子上侧着头吻了她。她推开我，中指竖在嘴上提醒我别让奶奶看见。我吻柏蓝的事就是这样，并没有什么特别的感觉，她的嘴唇也不是甜的，只是有些冰凉。后来卫杨跑进来，挤在柏蓝身边。这个小毛孩一直喜欢柏蓝，毫不掩饰，这种情爱毫无美感可言，因为它不含蓄。而且据我所知，卫杨当时并没有发育，小弟弟边上一根毛都没有。

柏蓝在我们圈子里是一个完美的符号。她人长得好，又会洗衣服做饭，最关键的是她会用自己做的颜色作画，那是很稀罕的。她收集了许多卫生所扔弃的小药瓶，洗干净了一字排开放进清水，每瓶都滴上一滴白醋，然后不知从哪里找来一把彩色粉笔，有红色的、蓝色的、黄色的，等等，把每种颜色都刮一些粉在药瓶里，神奇的现象就出现了，放在窗台上的一排药瓶呈现出五颜六色的效果来，在阳光的照射下，每个颜色都是透明的，非常耐看。“真美!”卫杨发的感慨。柏蓝挺满足，笑声很大。

6

我在无锡终于有了自己的房子，虽然是透明的，有和没有一个样，但心里踏实了许多。我在一个文化单位上班，平时非常清闲，每天都有许多时间胡思乱想。实际上人一旦进入想象世界就会变得很可怕，时间长了就分不清什么是真实什么是虚幻的了。我不止一次在办公桌前想起我多年的女性朋友——柏蓝。

我试着寻找柏蓝，通过几个渠道，我找到了卫杨，卫杨给我的关于柏蓝的答复是这样的：她嘛，出国了，跟一个老外了。卫杨在电话里说得很俏皮，有故意显得轻松的嫌疑。我不忍心揭穿他，很有礼貌地再见挂断电话。我多少有些伤感，努力地写下这些文字，无非就是想追寻曾经藏在心里的一个女孩，可如今她却在大洋彼岸，我就不知道奋笔疾书、苦苦思念的意义所在了。

看来是要写一些别的什么东西了。

二

1

关于大地母亲这件事需要补充一点，就是她的性别问题，这其实是一个想象范畴内的事。单从地球这个圆形物体来看，和男性的条形特征相去甚远，而和女性乳房的形状却很接近，又有其常年累月围绕太阳转悠，就更像是有娘儿们的特性了。再说生产这件事，男人是干不了的，大地却能时时刻刻地干着，而且干得比任何一个女人要好，要多。鉴于此，可以证明大地是女性的。我们每个人都在享用她的生产物，包括情感上的东西。我曾经把上面的观念说给柏蓝听，她哈哈大笑，随后认真地说：我也要做这么伟大的女性。为此，我对她有了更深一步的崇敬。

我却远离伟大的大地母亲，跻身于压抑的城市生活中。

那一天下着大雨，我从体育馆出来，傻站在门口不知是走还是留。卫杨从高级汽车里下来，手遮着脑袋一路小跑，身后跟着三个花枝招展的女孩，嘻嘻哈哈笑着。卫杨看见我说：是你小子。我笑笑，盯着女人看，都是二十出头的样子。踢球。我脚做了个射门的动作。长发的女孩哈哈笑起来。

卫杨一把拉住我，把我拽到体育馆里。

快有十年没见了吧。卫杨坐在羽毛球场地边上给我发烟。

我看着那两个美丽的姑娘优雅地打球，都是有备而来，她们穿着紧身的短裤，头发扎在脑后。笑声穿透了整个场馆。那个长发的女孩安静地坐在卫杨的身旁。

卫杨又说：看她，像谁？他用手指着身边的女孩。

我便仔细看她，她睁着大大的眼睛看我。

眼熟，想不起来。我无奈地摇摇头。

卫杨说：细细看，看她的嘴，薄如蝉翼。

我再次端详她，终于看透了些，她有柏蓝的样子，神态也有几分相像。

我笑着说：你入了魔怔。

卫杨说：风菲菲，女朋友。算是给我介绍了。

后来我抽了几根烟，和卫杨说话，各自述说了过去和眼下的生活。三个女孩一直在轮流打球，笑脸绯红，汗水浸湿了上身，线条玲珑毕现。

最后我先走，卫杨也没有留我。

2

再次遇上风菲菲那是一个月后的事了。我正在办公室发呆，有人敲门进来，她手指着我很奇怪地说是你。我很冷静地回答是我。过了一会儿我们都笑了。我问她有什么事。她说是她的老师介绍来的，说是有个舞蹈比赛，想来报名参加。我说不在我这里报名，在隔壁。她说不能怪她，这里的格局都一样的，门上也没有提示，说完很快退出去。等我回过神，她再次进来说办好了。我没有请她坐，也没有再说什么，气氛有些尴尬。还是她先说话：给我电话吧，以后可以联系你。我没明白，她又说电话，我才反应过来，从报纸上撕下一个角准备写号码。她拿出手机说：你说。我报了号码，很快我的手机就响了。我拿在手里看，她却摇摇手机说：我走了，会给你短信的。

那一天，我过得很糟糕，到饭点没去吃饭，下班也没有回家，连电脑都忘了关。这一天肯定很特别——我想，早上好像还差点被楼上扔下的西瓜皮砸中。

我老婆说：编吧，你就尽情地编吧，想什么好事呢，年轻女孩问你要号码，太拙劣了。我细细地笑，是有些不光彩，可怎么办呢？笔就在我的手里。

我和老婆在透明的房子里洗洗睡了。

晚上我做了个梦。梦见大地母亲要临盆了。

3

第二天，风菲菲给我发来一个短信，是由几个标点符号组成的笑脸，我认真地看，还真有她的样子。

下午的时候，又发来一条，还是一张脸，却少了冒号，看上去严肃了。

下班的时候，第三条短信也来了，多了一个括号，好像是要哭了。

我看着呢，我给她回了一条。

我推着自行车从单位出来，心里思量着去买点菜，便向菜市场骑去。刚出去几步路，就见风菲菲在银行门口朝我招手，脸上挂满了微笑。我很诧异，也有些慌乱，匆匆下车，吞吞吐吐地说：你怎么在这儿？

风菲菲抿着嘴，手捂着挎包，眼睛灵巧地一闪，我随即明白，她是在等我呢。

她笑着说：等你下班呀，想着你要经过这里，果真猜对了。

我问：有什么事？

她说：没事，就是想找你说说话。

我面露难色：这个，这个……

她莞尔一笑：没空的话就算了，我可是鼓足勇气来的。

我从心底给了自己一个理由——没什么，就当是和网友见了个面。“那我请你吃饭吧。”我随即发出邀请。

她很开心，手伸到我的臂弯里推着往前走，那么自然。

我连连说：别急，先让我把自行车停好。

她狡黠地吐了吐舌头，那是粉嫩粉嫩的颜色。

我们手挽着手进了一家咖啡店，进门后灯光压抑，如闯入山洞，我眯着眼找位置，风菲菲差点被进门的台阶绊倒，被我像拎小鸡般拉住脖子，她哈哈大笑。

在窗前的沙发坐下，眼睛也逐渐习惯了昏暗。我们随便点了些东西，在等候时，我看见外面狂风大作，飞沙走石，电动车、汽车报警器的声音此起彼伏，一个快递员摔倒在地，各种包裹随风滚出去老远。我喃喃自语:天要收人了。

这就是生活吧。风菲菲没头没脑说了一句，无聊地打腮帮子。咖啡上来了，我装样子地喝一口，苦得快要吐出来。风菲菲笑着说:放点糖，要好喝些。

我仍旧看向窗外，雨点如豆，蒙蒙的一层城市的味道自路面向上向远飘扬起来，于迷离中透着些许青草的香气。我和风菲菲的约会就是这样的。

4

记忆是有些遗失了。少女柏蓝有两条光滑透亮的腿、阳光般的笑容。有一天深夜，我刚刚入睡，听到窗子被坚硬的东西敲击，我并未理会，但这声音却坚持不懈，在广袤明亮的夏日月夜里四处飘散。我只能爬起来，借着月光，我看到窗外一张迷人的脸。

柏蓝坐在我的床边，嘴里絮絮叨叨却不知所云。

“你睡吧，躺下来，我坐着就行，你可不能睡着啊，你睡着了我说给谁听……不，你不要说话，听我讲就可以了，你一说话我就想不起我要说什么……你当然可以躺着。我是想说什么来着……哦，你不要提醒我，我能想起来……今天月亮真圆啊，真亮啊，来时我看见卫杨家的猫跑到花子家的屋顶上了，撕心裂肺地叫呢，我就不信花子能睡得着，也许他也睡不着呢。卫杨家的那只猫了不得，只一下就上了房顶，我却上不去……看来你困了，可是你要醒着听我讲话。你听，池塘里传来了蛙叫声，美吧，我刚才站在你家窗外看见远处有萤火虫呢，还有鸟儿临睡前的叫声，它们可真是自由自在，想飞就飞想叫就叫……我也想这样。陈花子那个人只知道在家做作业，从来不出门，你说奇怪不奇怪？哦，你不说我也知道，你和他是死党，总会替他说好话的……你睡了吗？看你眼睛都闭起来了……运动会上我可看见你们去欺负低年级的女学生了，死不要脸地拽着人家的手不放，也不管人家愿不愿意……是，你不说我也知道，都是陈花子的主意，他身上就没一点好，老远就闻到汗臭味，女学生躲他还来不及呢。那天我问他话，他爱理不理的，我就烦他这个样子，和我说句话怎么啦，莫不是能吃了他？是，你别说话，听着就好了……夜深了，月亮快要落山了，你要睡了，我却睡不着……”

那一夜特别的深，我的身边全是柏蓝的声音，如悠远的琴声在我的记忆深处来回游荡。不知是真实还是梦境。柏蓝深夜来访的情景就是如此。

5

风菲菲穿着一身黑，腿架在杠子上头手艰难地往上靠，远远看去像是一把手枪。她表情凝重，嘴巴圈起往外吐气。一大群女孩子在她的远处跳舞。我饶有兴趣地看着。

门卫大叔警惕地上来问我：你找谁？

我用手指风菲菲，她也看见了我，笑嘻嘻地跑出来。刚到我面前就对门卫说：找我的。

我矜持地说：你们这也叫跳舞？一群疯丫头。

风菲菲却很严肃：这是我们的理想和追求。

我便不好笑她，沉默不语。风菲菲笑起来，拉我的手：带你去个地方。

原来是舞蹈大楼的顶上，一出门，风就呼呼地吹到脸上，连着风菲菲的头发，我鼻子一酸打了个喷嚏。角落里放着许多花盆，五颜六色的花朵迎风开放。

风菲菲说：漂亮吧？

我回答：漂亮。

风菲菲说：好看吧？

我说：好看。

风菲菲说：香吧？

我说：香。

我们同时笑了。随后她拉着我坐在花前面。我问她：这些都是你种的？她突然变得忧郁了，幽幽地说：烦恼的时候就想着给它们浇浇水，没人说话的时候和它们说说话，又或者想家的时候来闻闻它们的味道。

我又问：你不是无锡人？

风菲菲摇摇头，仿佛记忆一下子飘向了远方。我摸上了她的手，有些冰凉。“你冷吗？”我说。

她才恢复笑脸：不冷，刚才出了汗，这会儿风一吹，手就凉了。你摸我脸看。她把我的手放在她脸上，果然有些烫手。我感觉她是有些害羞了。

我一下子有了先视感，感觉某个日子里也是如此情景，风菲菲红苹果一般的脸蛋不断在我的脑海里出现，让我分不清是真实还是想象。

那一刻我尝试去理解她内心的感受，并不断告诫自己：你是一个委实不错的君子，千万不可越雷池一步。可该越的时候不越那确实是扰人心的。风菲菲看我的眼神是炽热的，像是要喷出火来。“也许，她是需要我的。”我华丽地想着。

6

星夜当空，一个细长的姑娘，隐在砖墙背后，双肩微动，似在哭泣。我躲在不远处，手扶着墙，神游天外。

无锡的地铁往纵深处进军，我听到大地母亲因为疼痛而发出的呻吟声。我再一次地神游天外。也许这一切都是巧合，并无关联之处。我不止一次地梦到一个故事，或许压根就不是梦，而是这个小说的一部分。那是在欧洲一条著名的河边，栏杆洁白，上面停满了同样洁白的鸽子。三三两两的外国人在河边散步，他们都戴着帽子，穿着大衣，拄着拐杖，嘴里含着烟斗，头顶都升起了青烟。我告诉自己，如今置身何处，又为何来？此时，便看见了那个细长的姑娘，头发乌黑悠长，下身穿着条纹短裤，我快要感动得流出眼泪，不是，眼泪已经流满了脸庞。此情此景穿越了许多年，却坚实地保持原有的味道，不曾改变。我在等她回头的那一刻，她面对河面，胸膛微微起伏，在自己的思绪里久久不愿出来。“柏蓝!”我轻声地叫她。她的双眼如宝石，让我不敢直视，果然是她，这么多年她的相貌神情都没有变化。她颇有些惊讶：怎么是你。我幽幽地说：是我。你过得好吗？她意味深长，矜持地点点头。我老婆看到这一段的时候，笑个没完，她说你这个臭写字的，酸得掉牙，又不要脸，简直一无是处，还在欧洲和少年时的玩伴相会。你怎么不去太空中相遇？我也苦笑，可以的话，我最好和她在无锡见面。老婆见我很认真，便不敢惹我，去卫生间洗马桶去了。

我和柏蓝欧洲相见的情景就是如此。

7

风菲菲远比想象中黏人，她会肆无忌惮地贴着我，让我很不舒服。说实话，小伙子的时候对于这样的身体接触还是非常喜欢的。来自女性的特有的气味如一根鸡毛撩拨着鼻子，很痒却又很舒服，还有那种肉和肉相隔衣服所带来的快感细腻而又不失清新。可是我已经过了而立，该见的都见了，该摸的也都摸了，对于这样的体贴反而感到滑腻，一眨眼便全身是汗了。所以我总是要推开她，保持一定的距离。风菲菲白了白眼睛，说：假正经，路上又没有你老婆。我大惊：你怎么知道我有老婆？风菲菲大笑：不奇怪，没老婆能像你这个样子，像个道士。我才如梦方醒，原来这一切不是高雅的事情，竟是心中所不屑的，如今到自己头上的东西。不禁吓出一身冷汗。再和风菲菲约会心里就不是滋味了。但风菲菲却全然不知，仍旧兴高采烈，不遗余力和我亲热。

我们走遍了无锡的风景区，在各种各样的石头前留影，那段时间太湖的岸边多了一对看似亲密的恋人，他们搔首弄姿，顾盼自怜。她常常说着话眼睛却迷离起来，我大感不妙，再这样下去，危险离我们就越来越近了。我不知道风菲菲是不懂还是假装不懂，如果是后者，那她还真是一个难以捉摸的女孩。

那段时间，风菲菲的舞蹈团接了一个大型的舞蹈项目，需要上百人一起排练、巡演。她也变得忙碌起来，经常是在我对面吃着饭，接到电话嘴里含糊不清地说着什么就离开了，留下我一个人静静地听马路上车来车往的声音，犹如生活在梦幻里，感受不到一点真实。

8

关于柏蓝的情况我有一些补充。有一年暑假，柏蓝和花子走得很近，常听人说她半夜跑出来和花子幽会。在昏暗的路灯下，两个瘦弱的影子融在一起，分不清彼此。

风菲菲像是有了脱胎换骨的变化，首先是发型，原先直直的长发变成波浪，让我很不舒服。脸上也化了浓妆，黑一道白一道的，犹如脸谱。我常说她为何把自己搞成这样。她固执地说：我就爱如此，你管不着。

后来就出事了。风菲菲从舞蹈大楼的顶上跳了下来，脸朝下，血水把她的妆容都冲散了。波浪一般的头发掩盖了它们。

警察找到了我，因为和她一起跳舞的姑娘说最近和风菲菲走得近的就只有我了。我对警察也毫无保留，述说着近来我和她的点点滴滴，一丝都没有遗漏。做笔记的那个女警察听得都快入了迷，眼睛直勾勾地看着我。

我和风菲菲的一切就是如此。像是打了一个游戏，从人物建立到人物消亡都是在 CPU 上完成的。我也不知道我为何会如此冷血。老婆说：把这段删掉吧，太生硬了。我笑笑，不置可否。

三

1

我在无锡市中心有一间玻璃屋，我住在里面，看路上的行人来来往往。无锡的地下特别忙碌，有什么我意想不到的东西快要出来。我结识了一个小女朋友，她却又毫无征兆地跳了楼。我无时无刻不在思念着年少时的一个女性朋友——柏蓝。这篇烂小说就写了这几个事，没有中心，没有内涵，什么都没有。这只能说明一件事：我努力地活到中年，到头来却一事无成。这何尝不是一种悲哀？

有天下午，我去医院买安眠药，我有失眠的习惯。在走廊里，我遇见了陈花子，他显得很苍老，他说：最近老碰到老同学，是不是离死不远了。我低着头笑：你比那时老成了。

从医院出来，我们在一个小饭店坐下来，点了几个菜，叫了一瓶酒，就开始喝起来。说也奇怪，其间我们话并不多，只是默默地吸烟、喝酒、大声咳嗽。他的肩膀深深地压着，脑袋都快贴着桌面。我们喝完一瓶又叫了一瓶，发现肚子是个无底洞，能喝下这世间所有的酒。我问他还记得柏蓝吗，花子双眼迷离地跟我说：柏蓝，记得，当然记得，多好的一个姑娘。我笑：当年你没少欺负她吧。花子突然生气，一言不发，叫他喝酒也不喝。我见他眉目间凸显狰狞，继而舒缓，竟然流出了眼泪。我劝他：不说了，喝酒吧。他幽幽地说：要是能回到当年，我一定好好爱她。我便不好说什么，只能喝酒。我们从白天一直喝到黑夜，天空飘起了雨丝，老板说今天要早点打烊，是要赶我们的意思。花子已经趴在了桌子上，地下放着数不清的酒瓶。我扶着他慢慢出门，在马路边东倒西歪地走着，过了许久我才想起来应该叫车。

我把花子送回了家，他一直闭着眼，没有什么神志。从他家出来，我就迷失了方向。天空飘着雨，路灯都灭了，我走在黑暗中。走着走着，路面向下延伸，我有往地底下去的感觉。虽然两眼昏黑，我却闻到了泥土的气息，那是如此熟悉的味道。借着酒劲我一路往前走，前方是那令人恐惧的未知。我和花子喝酒的事情就是如此。

单位派我去参加一个研讨会，我坐在会场的角落里偷偷睡觉，许多自称专家的与会者都激动地发言，显示要救无锡文化于水火。“无锡有无文化关你屁事啊！”我默默地想。旁边一个胖胖的女孩连续看我，让我很不自在，我也试着紧盯她，眉眼间却有似曾相识的感觉。她对我甜甜地笑。会散后，她拉住我：你是排骨吧？我大奇，这是我小时的外号。我再次看她，她笑：想不起来啦，柏蓝总知道吧，我和她同桌。我大喜，原来是她，那时还是个毛丫头呢。我们又坐在会场里讨论儿时的记忆，硕大的会场里就我们两个人，笑声在上空回荡，久久没有散去。有那么一会儿我激动地拉着她的手，总觉得柏蓝就在我身边。她说：如今老了，都发福了，在家伺候老公小孩，多余的时间就玩玩无锡文化，这个会是来打酱油的。她说了个时髦的网络语，还尖声地大笑。我插不上嘴，陪着她傻傻地笑。突然她说：你和柏蓝还有联系吗？当时你们可是很好的一对。我说，没有，出了校门就没再遇到，早忘记了。她说：你骗人，你这辈子都不可能忘记她的。我说：凭什么？就许我不忘记她，我有很多女人的。她用看珍稀动物的眼神看我：不像，你不是这样的人。你们两个人好得像一个人。她的手肥厚多肉，我捏着她，不觉手里有了汗汁却舍不得放开。这时她手机响了，我才讪讪地放开。是她老公打来的，接完电话她面露难色：我得回去了，今天真好，能遇上你，就是连个吃饭的时间都没有。我浅浅地说：下次吧。

2

我在地下摸索着往前走，不觉眼前有微弱的灯光，我才看清，那是做到一半的地铁通道，坚硬的轨道已初具雏形。通向前方的黑洞看不到头。我晃晃悠悠地在铁轨上走，嘴里高喊：从我身上轧过去吧，我才不怕你。这时有个声音从黑洞处传来：轧你和轧死一只蚂蚁一般。“谁?”我大声问。听得当当之声却看不见人。好久声音靠近，依稀看见一个人来，径直走到我面前，是一个老得不能再老的老头，眉毛都快比胡子长了。他手里拿着根蛇头拐杖，脚下踩着一片云朵。他端详我：说，小伙子，你从哪儿来？我玩心自起，回道：我从来处来。他再问：你往何处去？我答：我到去处去。随即我俩哈哈大笑。笑得我弯下了腰，片刻再抬头，老头已经不在，只在身后传来淡淡的声音：小伙子，大胆往前走吧，前方自有你要找的东西。

地铁里的事情就是如此。

3

无锡的天空乌云密布，快要下雨了。我坐在单位的窗前苦苦思索，电脑里放着音乐，网络上全是互相问候的语言。我也多想从窗前纵身一跳，去追寻风菲菲，可细想来，这终究不行，我还有许多事情没有做完，或者压根就没开始做。也就是摸着心口自我慰藉而已。

这时，她走进来，把笑声也带了进来。“告诉你一个好消息，我找到柏蓝了。”她没坐下就蹦出这么一句没头没脑的话。我问她：你怎么找到的我？她说：要找你还不简单？上次的会议名单里有啊。你这里不错，像个地方。我请她坐，给她泡茶。她穿着短裙忸忸怩怩不敢坐，半个屁股贴着凳子。脸都红了。我问她：柏蓝在哪里？她立刻来了精神，放下茶杯，急急地说：在群里。我一脸疑惑，她大声重复：“群”，就那个“群”。我说：猪群？羊群？她大笑，单位隔壁的同事探了个脑袋进来，诡笑着又缩回去了。我说：你别笑这么大声，好像我怎么了你似的。她才压低着声音说：QQ 群，聊天群，全是小时候的人。我才明白个大概，也有了想上去的冲动。后来她怯怯地说：我请你吃晚饭吧。

我们在一个灯火昏暗的饭店里喝酒，桌上放了花生米、皮蛋、黄瓜三个下酒菜，其余的菜早就撤下去了，到拼酒的时候了。她说：柏蓝太清高了，男生看不惯，女生也看不惯。我说，那没办法，她能和你们一样吗？她是小姐命，你们都是丫头。她说：凭什么，那时年少还没长开呢，你看我现在多有女人味，我那位爱还爱不过来呢。我说：萝卜青菜，各有所爱。她迷离着双眼说：看我这样，你想要吗？我连连摇手：算了，给你老公留着吧。她不屑地说：切，你就想着柏蓝吧，干想，闻不着摸不着。我大声说：我愿意。那天后来的事就变得模糊了，都是断断续续的片段，在微弱的灯光下，她弯腰呕吐，我轻轻拍着她的背。在小旅馆里，我吻上了她的大胖脸。后半夜我爬上了她肥硕的身体，捣鼓了一宿都没有射精。她环腰搂着我，嘴里喃喃：算了算了，睡吧。我们一起沉入梦乡。

4

地铁隧道里光怪陆离，五彩缤纷。我大脚步地往前走，眼前出现彩虹，耳边听到潺潺的溪流声——难道是朝思暮想的世外桃源？我加快了脚步，可是到得近处却又是漆黑一片。这一切的一切都是幻觉。

我在 QQ 群里遇上了柏蓝，从她的文字来看，早已没有了儿时的感觉。她很开朗，也很狡黠，完全是一个全新的女子。她甚至都叫不出我的全名，在她的记忆里早已没有我的存在。而且，她始终不愿回答我的问题，她说：你别闹了，都这把年纪了还喜不喜欢，下辈子再说吧。我从头凉到脚，入定了一般。那一瞬间，我才醒悟，遇上还不如错过来得凄美。我呆呆地看着她的头像，希望能从中看出她往日的身影。老婆发现我变得忧郁，不爱说话，吃不下饭，就研究我的手稿，最后撂下一句话：无病呻吟，还有模有样的。我回答她：既然虚构了，就要全身心地投入。我和老婆在玻璃屋子里讨论柏蓝，成为我们睡前的一个话题，随后做爱。没有这个话题，我们还真的黏不到一块儿，这多少还是有点作用的。

老婆问我：那个跳舞的女孩呢？我说：在上一章就死了。老婆说：就看不起你这点，每个小说里都要死人，没别的办法了？我说：不死怎么办？下一章就该见着柏蓝了。老婆气得脸红：柏蓝到底是什么，千手千脚，值得好好的女孩给她腾地方？你不会写她弃你而去而不是死掉？我说：那不行，我这么优秀女孩怎能弃我？老婆可怜地看我：自恋，超级自恋。我不置可否。老婆又问：那么胖女人又是怎么回事，连个名字都没有就把人家睡了。我笑笑：她不值得留名字，她只是柏蓝的陪嫁丫头。老婆一脚把我从床上踹下来，今晚你睡地上。我无聊地打开门，中山路上人影绰绰，汽车飞驰而过，一个苗条的妇女牵着两只大狗从我身旁走过，嘴里说：宝宝、贝贝，回家给你们吃牛肉棒，真乖。爽朗的笑声划破了无锡的夜空。

5

依稀还是周末的下午，我坐在堂屋里画画，柏蓝在门口吃苹果，她用眼睛瞟我。她穿着海军衫，红领巾鲜红，腿是修长光亮的。她问我：你长大了做什么？我细细地想，不知道，要有很多钱吧。她一副看不起我的样子：没追求，我要做一个画家。我就认真地看她：长大你嫁给我吧。她傻傻地笑：我长大要嫁大人物的。我说：我就是大人物。她说：那你就成了大人物再来娶我吧。我从睡梦中醒来，再也睡不着，干脆起来抽烟，想着柏蓝的点点滴滴，出奇地清楚。柏蓝的书包是粉红色的，自行车也是粉红色的。她喜欢静静地听歌，听邓丽君的歌。喜欢吃肉，大块大块的红烧肉。喜欢画画，许多的色彩……

我沿着黑暗往前走，我想，我是走在大地母亲的肚子里。黑暗于我已经不再陌生，我只有努力地前进，我相信前方定有我需要的东西。一个小孩拦住了我的去路，她穿着鲜红的衣裳，她默默地牵着我的手，我感觉一切都是自然，源于本性。她也有需要追寻的东西，每个人都有追寻的东西。我们不说话，铁轨传来击打的声音，工人们开始干活了。我们却在最深处，他们看不到我们。一棵桃树开满鲜花，形状很夸张，有一颗仙桃挂在枝头，散发着香气。再往前，是一望无边的大海，些许海鸥在海面盘旋。远远的一艘孤帆向我们招手。我对小孩说我们该上船了，她点点头。船上的夹板是古铜色的，散发着油光，站在热得发烫的船头，我们向大海进发。

6

柏蓝回来了。她在空间里留言：踏上熟悉的土地，百感交集，潸然泪下。没过几天，卫杨和花子同时找到我，说是约了柏蓝见面，特别兴奋，却都说要带上我。我当然也是很忐忑，不知如何是好。

见面约在了教堂后面，我们都讪讪地站着。卫杨不停发烟，我和花子倒是盯着柏蓝看。柏蓝天生长着害羞脸，双颊自然红，眼很迷离。我们都是傻笑，谁也不想破坏这份宁静。柏蓝终于开口：老同学们，你们都过得很好啊。卫杨喃喃：很好……那天无锡的风清凉而带着甜味，入骨痛心。

船航行了好久，大约过去了几百年。终于看到了岸。岸边站着柏蓝，身后是郁郁葱葱的植物。她在向我挥手，我心潮澎湃，恨不能纵身跳入水中，向她游去。可船却突然转了方向，离柏蓝越来越远。我很是焦急，在甲板上又叫又跳，却没人理我，和我一起的小女孩也不知所终。我再次望去，柏蓝已变成一个小黑点，哪能看清？虽然我不会游泳，可我还是跳入水中，海水冰凉刺骨，很快就包围了我，我努力地划水，可是水就像是毒蛇，从我的嘴里、鼻孔、眼睛、耳朵穿入，迅速湮灭了我。我的柏蓝，在我失去知觉前，我的脑子里全是她，我心想，我将永远失去她了。

7

无锡的天空都是阴霾，这几天网上流传着一个新闻，在地铁工地的隧道里发现一名男尸，三十多岁，形容憔悴，但却死相安详。仔细看，脸上竟有诡秘的微笑。网上对他的死有种种猜测，列举如下：一是自杀说。和许多艰辛生活的人一样，终究忍受不了生活的压力，选择结束生命。二是为情所困说。此人处处留情，却又难以周全，遂选择逃避，也不免是苦了点。三是环境抗议说。此人一直是反对地铁建设、保护环境的先驱者，在他的博客上一度留言——让地铁从我的身上过去吧。此种说法，看似最贴近，也最有意义。芸芸众生，都是哪边热闹往哪边去，就如烟花灿烂，放时艳丽，可转眼也就消亡，不再存在了。其他种种的如谋杀、宗教致死、仇杀等就不值一提了。

可谁又知道？他是寻找柏蓝去了。

每个人心中，都有一个柏蓝。

2013 年春

唐晓思

一

在开始写这篇小说前，有几件事是要强调说明一下的。

1. 我并不一定是小说里的“我”；

2. 我又可能是小说里的“我”；

3. 我越来越喜欢上小说里的“我”了，甚至说是爱上他了。

我曾经做过这样一个奇怪的梦，梦里是一片粉白的天际，潮湿的空气感觉像是在洗澡，不知从哪个角落里吹进来一丝带着咸味的风、一股骚味儿。一身黑衣的女子站在阿拉伯数字“6”上面，摇摇晃晃，我始终看不到她的脸，其实她并没有背对我，但她光洁的脸上除了粉嫩粉嫩的皮肉外，什么都没有。我知道我又在杜撰了，这对于一个写小说的同志来说，那是相当要命的，一味地杜撰，势必会把小说写得乱七八糟。实际上，那个女子很漂亮，她有一张瓷器一样的脸，五官和某个艳丽明星一样，无可挑剔。在这里我还是要重申一点，我并不是一个完美主义者，对丑陋的女性的态度也不极端，基本上还是能做到一视同仁的。但鉴于这个奇怪的梦境，我还是宁愿她长得漂亮些。我可不想把将要出场的唐晓思恭维成仙女，其实她的长相一般，远没有梦里的女子漂亮，而且最尖锐的一点就是，唐晓思从来不会站在“6”上面，她顶多会站在我的肚子上发愣，所以到如今，我都三十岁了，肚子上仍旧没有一丝肥肉。

我有一辆三个轮子的摩托车，后面可以坐上两个人，因为有棚盖，所以下雨就很安全，不至于被淋湿。其实，这种车子根本就开不快，随时会有翻车的危险。我的理想就是能早日把这辆破车翻在悬崖底下买辆汽车。四个轮子总要安全些。唐晓思并不认为我能换车，她经常对我说的一句话就是：你没出息，不讨人喜欢。对于这句话我的理解是我很讨人厌，没人喜欢我，所以换不了车，而这一切的根源就是我没出息。可是我并不认为我没出息。可以这样证明，唐晓思不止一次地说过喜欢我，虽然每次都是在做爱以后，对于我床上的表现，她总是竖起大拇指的。既然说喜欢我，“我没出息”就不成立。所以说女人的话向来是作不得数的。

梦里的女子是站在“6”上的，还是骑在“6”上的，我有些疑惑，也许你会说这有什么关系，不管是站着的还是骑着的都不会影响老天下雨。我可不这么认为，该女子若是骑在“6”上面，那对她的屁眼而言，必然是一种考验。我记得童年时经历过这样一件事：隔壁家有个弱智小孩叫王喜，他很爱推着他家的那辆破自行车出来玩，因为是学着我们骑车，所以他也老爱坐在自行车上骑，可是他的那辆自行车是没有座凳的，只有一个圆的铁管子竖向天空。所以他每次骑在上面都是龇牙咧嘴的，不住地往嘴里吸气，发出嘶嘶的声音。后来听说王喜的屁眼永远都是红肿的，不会放屁，我想就是破自行车的罪过。梦中的女子如果是坐在“6”上面的，那她的屁眼也就要发红，放不出屁来，如此憋着，影响内分泌，岂不毁了一个如花的少女？所以我想，她是站在“6”上面的。

唐晓思就是站在我的摩托车上的，当时，她双手扶着我的后背，嘴里冒着热气，我闻到了一股新鲜橘子水的味道，浑身舒坦。我对她说：你可以坐下来的，这样要安全些。唐晓思啪地给我一个耳光，我就不再要求她坐下。其实唐晓思不坐下是有原因的，因为她有洁癖，这个我可以肯定，每次我请她吃雪糕，她都从裤兜里掏出一块手帕认真地把我们的雪糕柄擦上五遍，差不多到吃的时候，雪糕已经开始化了，滴滴答答地往下掉水，我赶紧张大嘴歪着头在下面接着，唐晓思哈哈地笑，说我是大白鹅。她却优雅地把雪糕反过来朝着地，让化了的奶油水白白地掉在地上，我认为她不会过日子。唐晓思站在我的摩托车上，还响亮地打我耳光，就因为我的车子太脏，她看不过去。她第一次上我车时就说过这么一句话：咦，这么脏。后来，在火车站附近我租的民房的单人床上，她也说过这么一句话，只不过对象不同，前面说车，后来是说我。

梦里的女子穿着黑色的衣服，露着雪白的小腿，小腿滚圆，看上去很有力量，她的脚被一双红色的网状袜子包裹着，很鬼魅。后来，“6”下面就多了两副小轮子，带着梦里的女子向远方飘去。我现在在无锡城里的一套老房子里写这篇小说，我的老婆在旁边看电视，我让她把电视关掉，说影响到了我，可她却说我是拉不出屎还赖茅坑。我很是恼火，真想把她摁在床上好好地教训她（我每次要教训她就是暗示要跟她那个，她也心知肚明）。但是梦里的女子离我远去却让我很悲伤。我儿子说我有两个屁眼，一个好的，一个坏的，我是在用坏的屁眼拉屎，所以拉不出屎来。同理，我有两个脑子，一个好的，一个坏的，我是在用坏的脑子构思小说，所以写不出好小说来。这让我很苦闷，只能回到那个空旷的梦里，去寻找穿着黑衣，裹着红袜的神秘女子，在她的脚底下，有一个装着两副轮子的“6”。

那是个晚上，天空下着雨，马路上的路灯昏暗，湿答答的车棚发出沉闷的响声。从脚底下吹来一阵阵的冷风，虽然是冬天，可我的脚上却穿着一双塑料的凉鞋，凉鞋上有许多不规则的洞，风就是从那些洞里进来的。我发动了车子，准备换个地方，从傍晚到现在我都没有挪过地方，当然也没有人来坐我的车。我租的房子在火车道旁，只有一个窗户，我经常透过这个窗户看天上的星星，但那是在夏天，影响不到我睡觉，可是现在是冬天，而且还下着雨，雨滴会从窗子下到我的床上（我的床挨着窗边），那我就无法睡觉了。唐晓思叉着腰指着我的鼻子说:你再不买块玻璃把窗户堵上，我就不来了。她是左手叉腰右手指着我的鼻子的，手指甲在我的鼻子上刮了一下，虽然我刚刚洗过脸，但鼻子上还是有厚厚的一层泥，她的指甲里就乌黑乌黑的，她用力地甩手，像是在跳舞，然后尖叫着跑到外面。她在水龙头下把她的指甲洗了二十遍，进屋后举着右手给我看，椭圆形的指甲已经发白变得透明，一碰就似要掉。为了不让她生气，我今天就必须买块玻璃把窗户堵上，但是我到现在都没有接到客人，买玻璃的钱就没有着落，所以我准备换个地方碰碰运气。我离开火车站，向路灯照不到的地方开，我从小就不害怕走夜路，越是黑的地方，我越喜欢去。有位诗人写过这么一句话：黑夜给了我黑色的眼睛，我却用它寻找光明。我想应该是这样：黑夜给了我黑色的眼睛，我闭上眼睛，融化在黑夜里。在一团乌漆墨黑的树丛里，有一个女孩弓着背在哭泣，她就是唐晓思，她就是那天晚上我接的唯一的客人，我带着她转遍了整个无锡城，一直到天亮她才离开。她一毛钱都没有给我，还双手提拉着裤子说:咦，这么脏。我很生气，你连钱都没给，还说我的车脏，在逻辑上就说不通。我真该把她扔在那片黑黑的树林里，让她死在里面。我想，我又是在用我的坏脑子构思小说了，连最简单的上下引文都不连贯，甚至时间上都出了差错。起因是我家的窗户破了，唐晓思说不把窗户补好就不再到我家来，所以我必须挣到买玻璃的钱，我决定换个地方碰碰运气，而在一片黑树林里我第一次遇见唐晓思，我带着她绕着无锡城开了一夜的车，她却没有给我钱，那我也就没钱买玻璃，那我家里的床上还是下雨，唐晓思就不再到我家里来了……我的脑袋如刀绞一样地疼痛起来，必须吃两片阿司匹林才有用。

二

关于我和唐晓思的第一次见面，一直是我和唐晓思争吵的一个焦点。她说她长到二十五岁从未一个人在晚上出过门，更别提在黑树林里了。我说当时夜深人静，不远处的护城河亮晶晶的，更显得树林的幽暗，我是听到哭声后才看到你的。你身上都被雨淋湿了，要不是我车上有干毛巾，你肯定会感冒。她在我的证词面前无以为辩，只好承认，但她疑惑地问我：无锡的护城河边上还有树林吗？我顿时愣住，我在无锡生活了十年，据我所知，在护城河边上的确没有树林，除了一些破旧的矮房子外，还有厂房和学校。我很忧伤，我和唐晓思的爱情从一开始就是站不住脚的。

我在一个风景宜人的大院上班，院子里种了许多绿色植物，有树，有灌木，有花草。我的办公桌临窗，能看到大门外的汽车来来往往。我的领导在隔壁，从他的窗再经我的窗，我能清楚地听到他的咳嗽声。他是一个很厉害的人物，每次都能变着法地把他应该做的事情推给我做，还编排许多理由，说是培养我，考验我，让我在专业里有深度，在人前能立得住脚。我每次都很感激，也很忙碌，这样我写的小说老是断断续续的，不连贯。你们不能怪我，应该怪那个道貌岸然的领导。

唐晓思是个大二的学生，她主修土木工程，她对自己的专业非常不满意，她一再地跟我说，她要换专业，主修建筑学，她特爱西方建筑，并且神经兮兮的，每次在我身边醒来，一边摸着我的胸膛，一边幽怨地看着我，我就知道她又梦到悉尼歌剧院或者是古希腊角斗场了。我没有读过书，在乡下的学堂上过几天课，因为调戏女老师，被父母用棍子赶回了家。后来去别的学校上过几次课，都因为和女同学勾勾搭搭，被学校开除回家。我父亲曾经说过这样一句话：你肯定投错了胎，你本来是要投种猪的。这世上父亲对儿子说出这种话的也就只有我父亲了，是他让我看不见外面的世界。我可不想做一辈子的渔民，所以我在十八岁的时候就从家里逃了出来。我想，我有必要告诉大家我的长相，我很白，除了额头有一个蝴蝶大小的胎记外，我洁白如雪。但是我长了一双老鼠眼，这样看上去很猥琐。我的两条腿很细，和一双筷子差不多，所以我跑起来一直很快，但是一跑起来就喘，因为我有哮喘。像我这样的人，谁也不会相信唐晓思会爱上我，因为唐晓思其实是一个美女，还是一个读土木工程的美女。她总是穿一件白色的衬衫（里面什么也没穿），坐在我的床上冥思苦想，她在想我的房子什么时候会倒塌，会往哪个方向倒，倒下时床有没有事。那个时候我总会睡着，打呼声很响。

我坐在办公室的时候很容易发呆，当我的表情木讷，眼珠入定的时候，虽然眼睛是睁开的，但实际上我已经睡着。每次开会，我都是这样度过的，鉴于别的同志都喜欢在会上聊天，睡觉，看报纸，在年终的时候我还因此拿到过不少的奖金——认真开会奖。只是每次到我发言的时候，我都默不作声，不然连积极发言奖的奖金我也一并拿了。我的那位爱咳嗽的领导总是拿这个奖，他有说不完的冠冕堂皇的话，仿佛生下来就是为说这些话的，当他滔滔不绝、白沫飞溅的时候，我就会醒来，看他那鲜红欲滴的牙龈和黄白相间的舌头，连那粉色的上颚都展露在我的眼前。

唐晓思站在我的三轮车上，双手扶着我的肩膀。此时的无锡城很寂静，有几个刚刚跳完舞的年轻人结伴而行，男的抽烟，女的扭屁股，天空洒下的雨丝都落到他们身上，倏然转化为身上的热气，于是每个人头顶都顶着一团白白的烟。唐晓思拍拍我的肩膀，我转过头，她的嘴巴一张一合像河蚌一样。摩托车的发动机声音盖过了她的说话声，这让我很迷茫，我本该好好听她说说话的，至少该听她讲出深更半夜在一片黑树林里独自哭泣的原因。但这又是不合情理的，她只是我这个下着细雨的夜晚的一个顾客，她完全不需要同我说些什么，除非她是个倾诉狂，而我又是个倾听狂。于是我对她说：你可以坐下来。她就打了我一个耳光。对于这件事我是这样理解的：1. 我叫她坐下，她不愿意，打我的耳光；2. 她在和我说话，我没听到，她很生气，打我的耳光。我用我的好脑子思考了很久，最后得出结论，她是有话要和我说，而且很重要，关于这一点，她想不出有别的更好的办法让我知道，所以只好打我一个耳光。后来我不止一次地问她那句话的内容，她总是诡秘地一笑。

我开车穿过市中心，雨点打在窗玻璃上，一片模糊，四周的高楼如山一样向我压来，我的气一下子提不上来，接着就是不间断的咳嗽，连续的阴雨天气，我的哮喘又犯了。我经常到崇安寺附近的一家诊所去看病，那里的大夫已经非常熟悉我，对我也很照顾，每次都免去诊断费，只收药钱。我很感激他。到无锡也快十年了，让我觉得最善良的无锡人就是这位大夫，而且据我所知，他也不是正宗的无锡人，而是祖上逃难到无锡，因为有着一点祖传的医术，所以在无锡安了身——正宗的无锡人都是比较精明的。我临时改了主意，准备去看望那位大夫——也该配一些哮喘药了。大夫正在给一个唠叨的妇女诊病，堂屋里的日光灯忽闪忽闪的，我没头没脑地说：日光灯该修修了。大夫和妇女对我这个突然出现的细长男子表示出了相当大的兴趣。妇女张大的嘴像个小洞，大夫也顿感轻松，问我：你来了。我客气地说:来配点药，都吃完了。大夫说:哦。低着头若有所思，然后抬起头问我：你那个小女朋友今天没来？我一下子觉得很茫然。我已经结婚六年，小孩也有六岁了，要说女朋友倒是有几个，但也没有一个能是大夫所指的那个小女朋友。那天午后的雨一直没停，刮了一整天的风倒是变小了些，大街上的花草都齐整了许多。每个人的额头上都流淌着晶莹的汗珠，在如此寒冷的冬天的确有些反常，我有时点头，有时摇头，心里始终没有方向。无锡人都是精明的，只有崇安寺附近的某个私人诊所的大夫最善良，善良的人说话总是比较可靠的，他说我有一个小女朋友的，看来，我是必须有那么一个小女朋友，即使从未谋面。不过仔细想想，现在这个年头，从未谋面的夫妻，从未谋面的父子，从未谋面的敌人都有，又何况一个从未谋面的小女朋友？我很想问问大夫，我的小女朋友叫什么，长相如何，但又想到他每次都不收我的诊断费，就有些不好意思。只能敲着两个脑袋来思考那个小女朋友。最后，我就想到了唐晓思。

我的确带着唐晓思去过那家诊所。不过那个时候我和她不熟，是我的一个朋友介绍我们认识，并委托我带着她去看大夫的。我的那个朋友和我一样患有哮喘，情况和我差不多，也是要经常来拿药的。这几年，得哮喘就和得感冒一般平常，不是大不了的事情。在无锡这样复杂的城市里，都会得上哮喘，只是时间问题。去的次数多了，我和他就熟识了，也就成了朋友。有一次我去火车站送一个朋友，出来就遇见了他，他坐在三轮摩托车上，臊眉耷眼地看着我，喊我病友。我也喊他病友。这样一声称呼比叫皇上都舒坦，知道这个世界上还有一个同样的选手在和我承受磨难。唐晓思就站在他的摩托车后面，脸很平静。我感觉当时她的嘴里含着糖，鼓鼓的。可是后来她不承认，她说她从不吃糖，怕蛀牙。朋友说:现在能去拿药吗？我说:可以去。朋友说:那把她也带上。看看病。起初我以为是玩笑，唐晓思从车上跳下来，拉了拉我的衣袖，这个动作相当的暧昧，以至于让我一下子缓不过神来。她像一只小猫一样静悄悄地跟着我，我们穿过地下通道，到停车场，收费的老头眯着眼看天，自言自语：要下雨。等我把车开出停车场，雨已经把儿子用粉笔画在车头的“仕女图”给冲散了，白乎乎的一片。有一点是要赘述一下的：唐晓思在我的车里是坐着的，她也没法站，不够高。想来也不是看着我的车里干净，只是汽车没法开天窗，假使车顶有个洞，她那漂亮的脑袋就要伸出去了，让雨淋个透。其实我并不喜欢她那张脸，长得太漂亮——也就是说过头了。倒是那个大夫很看中她，为她省去了诊断费，还向我挤眼睛，这让我更觉得这位大夫是双性人，他同时对我和唐晓思都感兴趣。他对感兴趣的人一般都免收诊断费。

三

我想，有件事还是有必要说一下的，不然，大家就会认为我在杜撰了，或者说纯属虚构。这样也让朋友们觉得我有吹牛之嫌，每次都在他们面前高喊，唐晓思是无锡的美女，在无锡城里谁都比不上她，找爱人就得找唐晓思那样的。看来我不把整件事情的来龙去脉交代清楚，朋友们是不会罢手的。还是从那片黑色的树林说起吧。

当时周遭漆黑一片，雨连着风，树林东倒西歪如醉汉。唐晓思一身白衣，缩成一团，像是中国画里的水晕。我行车至此面对如此奇景，驻足观看，对这个神秘女子很是好奇。我相信那天夜晚肯定是有神灵出现的。有一股看不见的力量引诱我向唐晓思靠近，模糊的影像逐渐清晰，借着微弱的月光，我看见唐晓思苍白的脸和紧闭的双眼，雨水沿着她柔弱的身体滑落进泥土里，渗入城市底下四通八达的下水道，最后回到护城河的怀抱。

我又开始发呆了。领导的那片肥厚鲜红的嘴唇在我眼前飞舞，酷似一只蝴蝶。我很想转过身子看窗外。这个时候该是浇水的妇女走过窗前了，她的胸很大。她经常把水管子夹在两个奶子中间，这样就会很省力，两个手都解放出来，我不止一次看见她一边浇花一边打毛衣。对于这个妇女我顿生好感，我认为她和我是一类人。她可以同时浇花和打毛衣，我可以同时挨领导的教诲和发呆。我在院子里遇见她总要问她毛衣打好了没。我在领导办公室问文件签好了没。这是两回事。前面那件事我发自真心，后面那件事则是虚情假意的。这让我显得有两面派的特征。可谁又不是两面派的呢?

唐晓思在我的房子里赤身裸体，只穿了红色的网状袜子。她不允许我上她的床，她委婉而又神秘地告诉我：我还是个处女，需要想想。我却懒得去想，我告诉她：你是不是处女和我没关系，我只想掂掂你奶子的分量。她说:那更不可以。随后，她的眼睛一亮，有了光彩，她说:你可以不掂量就能知道它们的分量吗?她用手指着胸前那对宝贝。我描述一下她胸前那对宝贝吧：它们很白，也很乖巧，稳稳地站在身体上，高傲地仰着它们的小脑袋；它们还很强壮、饱满，只有在主人情绪波动的时候，它们才左右摇晃。和老婆那对又小又松的宝贝比起来，它们就是公主。真希望我的老婆不会看到这篇小说，否则我的脑袋就要挨打，那是不值得的。

我很苦恼，因为唐晓思给我出了一个难题，她非常喜欢给我出难题，每次我都能迎刃而解。而这次的题目却很难，我整个晚上都在思考这个难题，唐晓思趴在床上，腿伸得很长，睡得跟死猪一样。后半夜的时候，我的头很痛，很想睡觉，可是掂不出唐晓思的奶子的分量让我很担心，担心唐晓思醒来会打我的耳光。她打我耳光从不手软，打完还会在手掌心吹口气，以示威严。天蒙蒙亮，窗外的空气清澈透明，隔墙的桂花树上结满了桂花，香气涌入我的鼻腔，我打了一个响亮的喷嚏。唐晓思睁开迷人的双眼，恶狠狠地看着我：办法想出来没有？我无奈地摇头。她迅速地从床上跳起来，给我一个结实响亮的大嘴巴。她在向手掌心吹口气的同时，火车驶进了站台。

我的生活过得很艰难，每天光顾我的客人都很少，还须躲避政府人员的刁难，我很想养一条狗，显而易见，有了狗，我就不会像狗一样地生活。唐晓思无限深情地看着我：你要养狗，养我吧。我很感动，眼泪不自觉地流了出来。

那天晚上，我来到唐晓思的身边。她对我的到来没有表态。我尝试拍她的肩膀，她不予理睬。我立刻想到了鬼，转身准备离去。唐晓思站起身，向我的摩托车走去，她静悄悄地坐在我的车子上，树林里哗啦啦一阵风声，我撒腿就跑。事情有了两个不同的版本，对于和唐晓思的相遇就有了传奇的色彩。一个版本就如前所说，唐晓思在树林里哭泣，被我遇上，让我带着她游遍了整个无锡城，她在我的车上始终站立，对我说的唯一一句话就是：咦，这么脏。本来还有一句，因为摩托车的发动机声音的遮掩没有听见，我还因此挨了一个耳光。第二个版本就是唐晓思出现在树林里如幽灵一般，游移到我的车上，安静地坐着，没有和我说一句话。相同的是，那天都在下雨，像是老天在流泪。

唐晓思的学校坐落在一个偏处，背后有些小山。学校里最多的就是台阶，我看见台阶就害怕，因为一有台阶我就要绕远路。唐晓思走在一群女学生中间，是一个领路人。对于我的出现她很高兴，她总是问我：你怎么来了。随后和其他女学生说:这是我朋友。这件事情的真相很模糊，我所述说的只是几个可能性事实里的一个，比较接近生活，也令人可信。比如我和唐晓思在天空见面，脚下是调皮捣蛋的筋斗云，周围是五颜六色的仙女（当然她们是唐晓思的同学)；又比如我们在地下碰头，四周漆黑一片，我和唐晓思都裹着厚厚的蛇皮，动弹不得，等等这些，我就不敢写进小说，因为这样有脱离生活之嫌。天空掉下黄豆大小的雨滴，女学生们嘻嘻哈哈，跳手跳脚，人人把书本顶在脑袋上向宿舍冲去。我和唐晓思跑在最后面，她甚至埋怨我：见到你就下雨，你是雨神啊。在宿舍里，唐晓思让我坐在她的床上，随后和女学生们端着脸盆疯婆子一般去洗澡，把我晾在一边。我独自发呆，眼睛四处张望，眼珠却岿然不动，空气里弥漫着奶油的香气和女学生胳肢窝里的味道，我拼命地呼吸，像一只鼹鼠。需要补充一点的是，我的头发很乱，犹如一堆稻草。一个毛手毛脚的女学生冲进门来，失口叫声“鬼啊”，又拔腿而去，都是刹那间的事。唐晓思出落得亭亭玉立，她穿一件薄薄的蓝色的毛线衣，领口是半圆形，露出洁白的皮肤。裤子是紧贴身的七分牛仔，屁股和腿像玻璃一样透明。脚上趿着一双粉红色的塑料拖鞋，脚指甲呈白玉状，上面很干净。她弯腰用毛巾扒拉着头发，让我帮忙拽住她的衣服，没有我，她的整段肚皮和腰都要露在外面，那会感冒。她收拾妥当后就坐在我的身边，从她身上飘过来一阵香皂的味道，让我昏昏欲睡。她饶有兴致地打开她的抽屉，请我参观。抽屉里塞满了大小一致、颜色各异的手纸，此类手纸包装考究，样式新颖，在十年前的无锡还不多见。唐晓思说：你知道吗？都是男朋友送给我的，他在部队里当兵，给司令开车，能弄到这些好东西。我唯唯诺诺，情绪很低落。

我和老婆有半个月没同房了。不是我不想，而是她不让。她用这一招来逼迫我交代问题，她让我必须交代三个问题：

1. 骑着“6”的女人是谁？

2. 和我一起去看病的女人是谁？

3. 长着那对大奶子的女人是谁？

这三个若是一日不交代，我就一日不能和她同房。所以我做了快半个月的光棍了。我的领导有三年不让我出去旅游了。他也同样要我交代三个问题：

1. 如何做到睁着眼睡觉？

2. 如何做到一边挨骂一边睡觉？

3. 如何做到徒手掂量奶子的分量？

这三个问题一日不交代，我就一日不能出去旅游。所以，我只能在无锡城里闲逛。

在无锡城里闲逛了几年，也认识了许多人，有男有女，有老有少，有官员，有平民，其中也有双性人。我还认识了一个连长，喝酒就哭，抱着女人就骂人，嘴里很不干净。他和我称兄道弟，经常带我出入无锡的大小饭店，从来不付钱，可以看出他很有能耐，每次陪着他的都是那个细皮嫩肉的驾驶员小 K，此人相当腼腆，一笑就脸红，不抽烟也不喝酒，说话细声细气，骨子里有女人的习气。他喜欢用包装考究、样式新颖的手纸。连长经常在酒后拍打小 K 的脑袋，教育他做男人要血性，小 K 点头哈腰，掏出手纸擦去额头渗出的汗珠。我私底下问他可否认识唐晓思，他很害羞，几次都拒绝回答我。后来，我送给他一大包最时髦，带有各种香味的手纸，他才告诉我他认识唐晓思，而且关系还不一般。

四

那天晚上，唐晓思在树林里哭泣。我向唐晓思靠近，我轻轻地拍她的肩膀。她的脸转向我，透过月光，我发现唐晓思紧闭着双眼，我贴近她的脸庞，能感觉到一层晶莹的绒毛覆在她的脸上。她的呼吸很均匀，如果她不是坐着而是躺着的话，我会认为她在睡觉——即使是坐着，她也是在睡觉。她站了起来，朝我的车子走去，雨水打湿了她的衣服，使得衣服像保鲜膜一样紧紧包裹住她的身体，有如裸体，呈现在我的面前。原来她穿的是一件奶白色的睡衣。我的脑袋刀绞一般疼痛起来，我编织了许许多多的谎言，它们给我带来了负罪感，让我的脑袋无休止地疼痛。这是一个“落魄男”和一个“梦游女”的故事，至于唐晓思站在我的三轮车上游遍无锡城，还和我说悄悄话，狠打我的耳光这些都是杜撰，都是自欺欺人的把戏。那天我把睡梦中的唐晓思接回了家，她一直都很安静，在我的床上打呼。她的胸很小，比我的大不了多少。

现在，是2008年。我住在无锡的城东，有一个大块头的老婆，胸大无脑。有一个六岁的儿子，见我很怕，因为我经常揍他。我写小说写到一半就会头痛，原因是我自己写的小说我自己都不相信，全是骗人的鬼话。在十年前我认识了一个叫唐晓思的女孩，她是我的“那个小女朋友”。我曾经带着她去看梦游症。我有多年的哮喘，需要靠吃药维持。我还有一个病友，他叫毛毛，在火车站附近开三轮摩托，以载客为生。他是我小说里的原型，和唐晓思有一段奇遇。

写完这一段，我准备和老婆做爱，她已经脱得只剩一件裤头，在陕西，那里的人称裤子不叫裤子，而叫“缝”，长裤叫长缝，内裤叫内缝，裤头就叫缝头，非常形象。我老婆现在就穿着缝头等我，因为我已经交代了老婆的三个问题，所以我正在和老婆做爱，老婆龇牙咧嘴的样子惊吓了我，我惊慌失措地射了精。最后，我要向你们交代老婆的三个问题的答案：唐晓思。可见，说了唐晓思就能做爱，不说唐晓思就不能做爱——唐晓思是做爱的一把钥匙。

我把桌子上的日历撕到新的一天，不锈钢外壳、黑塑料内芯的连盖茶杯被清洗干净，水淋淋地站在办公桌上，门卫老李拿来的报纸横放在键盘上，首页用粗红字体写着“奥运圆满结束”，茶几上的一盆君子兰郁郁葱葱，水珠沿着它苗条的枝叶呈颗粒状滚动，在叶尖处凝聚力量（滚圆饱满，色彩艳丽，有人影在里面盘动），做最后一跃，带有抛物线轨迹的自由落体过程缓慢而精彩，啪的一声，水滴溅在巴西龟背上，粉身碎骨，呆头呆脑的巴西龟懒洋洋地伸出了脑袋，静止不动。这就是我上班的一个早晨，也是每天上班的早晨。我喝着茶，看着报纸，发着呆，等待浇花的妇女出现。有一天的早晨，我终于忍不住跑到隔壁领导的房间，向他交代那三个问题的答案——我有两个脑袋。他并不买我的账，对于我的旅游要求只字不提，喉咙里发出“呜呜”的声音。在这件事情上，我的领导远远不如我的老婆，同样是交代三个问题后，老婆和我做爱了，但领导没有让我去旅游。可见，老婆是好人，领导是坏人。

1998 年，唐晓思在无锡的大学里读土木工程系，幻想以后成为一个知名设计师。她设计的第一个作品是我的房子（那是在火车站附近的一间民房，月租金一百元），她认为十年后的某一天这间房子将倒下，房顶出现一个窟窿，月光水银般地泻进房间，处于房间左侧的床是安全地带，就算房子如泥沙一般匍匐在地球上，床还是洁净如新。这都是通过计算得出的结果，唐晓思骄傲地告诉我。可是她没有预料到这间房子不到十年就被拆掉了，在原地上盖了一个水果批发中心，在床的位置上放满了鲜艳欲滴的苹果。可见唐晓思在设计这个行业上是不牢靠的。为了证明这一点，我有以下推理：据我所知，唐晓思有很严重的梦游症，它表现为晚上出来行走，在黑树林里哭泣，坐在我的三轮车上跟我回家。更为严重的是，它已经发展为轻微的人格分裂症，她很容易把头脑里的东西搬入现实生活。比如她说自己是处女，这完全是她的想象，小K曾经不止一次地向我透露他把唐晓思给睡了，并且声情并茂声泪俱下声嘶力竭，由不得我不信。可见唐晓思自认为有一个“处女”的她存在，而现实是“非处女”，这就有人格分裂的迹象。有这么严重的毛病，设计出来的房子也会梦游，人格分裂，岂能住人？

关于唐晓思和小K的爱情，有这么一种说法：唐晓思对小K的感情并不是爱，而是崇拜。在一群软绵绵的大学生面前，小K还是相当男人的。他身上有大学生没有的味道——部队里的味道。当时的情况是这样的：烈日当空，没有一丝风，校园的水泥路白晃晃的，树上的知了热情鸣唱，强大的震撼性和穿透力令人刻骨铭心。小K装束威严，人模狗样，仪表堂堂，站在一帮狗崽子面前，口令洪亮，步伐有力。唐晓思一下子爱上了他。有小K的这段军训的日子，唐晓思情愫顿开，脸如桃花，有了猫的习性。她常常蹑手蹑脚走到小K身后，脸形僵硬犹如玻璃般光滑，她双手夸张地围成一圈，指甲锋利，扣着小K的脖子，哈哈地怪笑。那段时期，小K睡觉前总要用热毛巾敷他洁白的后脖子，那里有十个鲜红泛紫的指甲印。由于唐晓思的出现，小K变得相当灵活，只要身后一有风吹草动，小K都会第一时间做出反应，首先是向前跳跃，其后双手护脖，腾空转身，双腿轮流踢出，最最要命的是这些动作使完，小K就得一屁股坐在地上，委实不雅。唐晓思见此情景笑得腰如面条般柔软，煞是好看。这样的表情往往只能持续两三秒钟，之后归于平静，带着汗珠的脸庞阴冷异常，假使给她描上两三道胡须，眼珠加上蓝光，那真是一只神秘、宁静、狡猾的猫。刚开始，小 K 并没有爱上唐晓思，相反，他像一只老鼠一样躲着唐晓思。

因为工作的关系，我要去唐晓思以前就读的那所大学办事。踏进那个校园，就下起了雨。我抱着脑袋在校园里奔跑，学校的水泥路是又长又硬，雨点掉在上面发出“笃笃”的声音。穿过文学院大楼的时候，有一群女学生在走廊下嗑瓜子，其中有一个人用沙哑的声音提醒我：别跑，前面也在下雨。我顿时泄了气，慢慢地走着。冰冷的雨把我全身都吞没，我一下子有一种恍若出世的感觉，和多年前的某人有了空间和时间上的通灵。这时我就是唐晓思，我深陷在感情纠葛里无法自拔，借着这个阴冷的日子，任雨水把我冲醒。小 K 的离开深深地刺痛我，曾经那些无比甜蜜的梦想都破灭殆尽，要想重来，那可真是做梦哟。我在礼堂门口躲雨的时候，有个女学生在我身旁听歌看雨，嘴里发出猫一样的哼哼声。我好奇地看着她。她说：你是学生？太老；老师？不霸道；至于其他，你都挨不上边。她说话时喜欢摸下巴，没多久她的下巴就粉嘟嘟的。我饶有兴趣地和她说了一会儿话。后来我问她可知道唐晓思，她瞪圆眼睛说：你也知道她？她可是名人。我追问她唐晓思现在在哪儿，我正要找她。她很惊讶，对于我的提问没有表示，见雨小了些，她手遮着额头准备离开。我拦住她，她看着我，眼神幽怨，身材匀称。她说：唐晓思年前下雪的时候就死了，你不知道？说完就挤进了雨天里，像一团红晕幻化到画里去了。

那天晚上，唐晓思把我的床给占了。我在她的边上搭个铺，解决了睡觉问题。看着她宁静的脸，我发着呆。雨静静地敲打着屋顶，让我分不清是现实还是梦境，不知唐晓思是凡人还是仙女。我和唐晓思的相遇就是如此的。以后的许多日子，她都和我在火车站附近度过，她总是在我身边叽叽喳喳，闹得我头疼。有一次，我正打算把她送回学校，就看见我的病友从马路对面眯着眼睛过来。我感觉抓到了救命稻草。我客气地和他打招呼，随后就委托他带唐晓思去看病。病友答应得很快，也许是他发现唐晓思并不招人讨厌。唐晓思像一只小猫抓着他的衣角走了。这是我最后一次看见唐晓思。

五

前面我说过，我曾经做过一个梦，梦里是一个黑衣女子站在“6”上面离我而去。现在我可以肯定，这个黑衣女子就是唐晓思。她已经离我而去。这是一个非常可怕的意象。

唐晓思吃饭声音很响，一般人忍受不了。和她一块儿吃饭的时候，我总是先用棉花塞住耳朵，方能安心吃饭。她总是在吃到一半时把我的棉花拿掉，凶巴巴地看着我。我只能哀求她：我的消化本来不好，你要放过我。唐晓思笑笑，把棉花塞回去，轻轻地拍了拍我的脑袋。我和唐晓思吃饭的事情就是如此。

后来的某天晚上，我躺在地上枕着手臂看电视，唐晓思在认真地给她的脚指甲上色。上到一半，她忽然直直地看着我说：还记得那天晚上我对你说的那句话吗？我很茫然，问她是哪句话。她说：打你耳光前的那句。我气愤地坐起来，理直气壮地说：我要是听见你说的能挨你打吗？她不好意思地笑笑：那倒是。随后又扒住我的肩膀不怀好意地说：想听吗？我躲开她，说：随便。再后来，她就哭了。脚指甲涂了一半，鲜红如血。她哭到中途告诉我那句话的内容，她说：树林很美，但我不喜欢睡在里面。我听后心里有一点悲伤。

当我从女学生的口中得知唐晓思已经死掉了之后，我就没有认真地上班（其实我从未认真上过班）。领导认为我已经圆寂，坐在办公桌前两眼死灰、动作僵硬的我只是一具行尸——他其实早就想开除我。每一个领导都想把他的手下开除掉，这是一件非常有快感的事情。那天下午无锡城里的天空灰蒙蒙的，随手抓一团空气挤一挤，就能挤出水来。我坐在汽车里穿着红色的雨衣，漫无目的地行驶在马路上。商店门口站的都是等待约会的少男少女，他们脸色发青，眼神呆滞。从饭店里走出的客人都摇摇晃晃，每个人的背后都藏着一个看不见的少女。我苦苦地寻找，企图从中发现那个可爱的唐晓思。

实际上，我和唐晓思打过许多哑谜，她让我用双手掂出奶子的分量；她问我如何治愈严重的狐臭；她甚至说一句莫名其妙的话来让我猜。她却尽可能舒适地躺在床上，露出洁白的大腿。她说：树林很美，但我不喜欢睡在里面。这句话可以变化为一把宝剑，把我从头劈到脚，让我一分为二。我有义务到树林里去把她带出来，否则她就得睡在里面，显然她是不喜欢这种局面的。她说出这种摸不着头尾的话来后却能睡得像猪一样死，留下我在漫漫长夜里苦苦思索。火车从远处奔涌而来，却又徐缓而去。我为唐晓思彻夜难眠。

那是一个冰凉的午后，滂沱大雨带来满天的雾气，我和小 K 站在操场中间，形神凝重，表情木讷，很似两具没有生气的雕塑。唐晓思撑着一把血红色的雨伞，跷着脚，一脸坏笑。她甚至希望雨再下得大些，天空随时能挤出一两条晃眼的闪电。可是这是初冬的天气，又怎会有闪电？唐晓思大声喊：你们快些打吧，都两个小时了，我下午还有课呢。我却和小 K 深情地拥抱，小 K 像个受伤的小公鸡在我怀里抽泣，他的那件绿色的军裤卷到膝盖以上，露出洁白的小腿。这就是我和小K决斗的情景。有一次我在夜总会里喝多了，走错房间，看见小K和一个小姐在包间里相拥而泣，裤子也是卷到膝盖上的，只不过因为灯光的原因小腿已经洁白不再。小K抬头扯着脖子大叫：谁让你进来的。我内心十分歉疚，低头弯腰撅着屁股退出房间，心里庆幸他没有认出我来。

唐晓思毕业以后去了南方，临行前她来火车站找我，当时我非常狼狈，三天前房东就把我赶了出来，也没有好好吃东西。我有必要描述一下当时我的样子：头发很乱，在路灯下显得有些枯黄，因为风尘堆积的缘故，蝴蝶胎记若隐若现，眼睛很白，其余地方都很黑。对于有洁癖的唐晓思来说，我就是一堆大便。但是那次唐晓思很反常，她温柔地拥抱我，用洁白的双手擦去我脸上的灰尘。我看着她，眼泪在她的眼眶中晃动。她深情地吻我，我依稀记得她的嘴唇冰凉如金属，我笨拙地向她伸出舌头，她却没有理睬，鼻子发出呜呜的声音。她再次打了我一个耳光。“你记住我吧。”她说完话没头没脑地走了。

在一次单位组织的交流晚会上，我见到了小K，他挽着一个肥胖的妇女跳舞，因为他的小手抓不住妇女的大腰，样子显得非常古怪，像是被谁捅了一刀，举手呻吟。他看见我站在门口，很有礼貌地朝我微笑。后来我问他连长怎么没来。他低着头，肩膀颤抖了几下，说：连长有一次喝多，掉在没有盖子的窨井里去世了。我无声地拍拍他的后背，心里想，如果我的领导也如连长一般去世的话，那该多好。我又问小K唐晓思的情况。他绝望地回答我，她和毛毛私奔了。“私奔”这两个字从小K的嘴里说出，显然与它原有的意思不尽相符。从他的语气和神情来看，他和唐晓思的爱情结束了，而造成如此局面的原因就是我的病友——毛毛。

那天晚会后的深夜，我坐在床上抽烟，妻子的胖脸凹陷在枕头里，苍白而又冰冷。我有些害怕，觉得生活在离我远去。我不止一次地提过唐晓思的最后一次见面，可每次都是不一样的版本。我太想营造凄迷婉约令人陶醉的分手场景，以至于让事实失真。我知道，一定是那个多余的脑袋在坏我的好事。

怎么就凭空多出一个毛毛来。

我还是跟着我的那个务实的领导好好工作吧——我带着这么一个甜美的想法进入了梦乡。

在梦里，站在“6”上面的黑衣女子对我长时间深情地注视，犹如一幅油画。天快亮的时候，我梦见了唐晓思——我的那个可爱的小女朋友。她挽着一个黑衣男人的胳膊，神情忧郁。有时她还凑到黑衣男人的耳边说些悄悄话，因为声音很小，我不能听到。黑衣男人的脸是融化在梦境里的，想象不出他的样子。我只是感觉和他似曾相识。真的很奇怪，他们两人就这么透明地站在我的面前，我却只能看见唐晓思那张娇艳的脸。我依稀看到黑衣男人的额头上有一个蝴蝶样的胎记。

六

2008 年就要过去了。十年前的无锡和今天的无锡不太一样。那个时候有一个叫唐晓思的女孩。她美丽而又神秘。她有一个清瘦、抽象的爱人，这些都变得不是那么重要。

那天，从家门出来，刚下楼梯就踩在一堆呕吐物上，整只运动鞋上都是黏稠的污物。肯定是哪个酒鬼半夜回家坐在楼梯上吐的。

我只能提着脚小心地在地上磨蹭，试图把脏东西抹掉。可最终还是回家换了一双鞋。也许就是这个时间上的安排，让我碰到了那个相当美丽的女子，说她是天仙一点都不为过。

当时的情形是这样的：天气非常好，万里无云，阳光洒满了整个无锡。我在去单位的路上必须经过一家银行，在银行门口站着一个长发女子，此人的脸很白，身材匀称。特别是她的那双腿，非常细长，把她的圆滚的屁股衬托得完美无缺。她的腰和后背弓成一个弧形，头是高高扬起的。从运河吹过来的风把她的黑发抛在脑后，露出一个亮晶晶的额头。她的眼睛漆黑，鼻子高挺，嘴巴肥厚，脸上挂着耐人寻味的微笑。我傻站着不知该向何处，离她只有几步之远，能闻见她身上淡淡的香味。她穿着黄色的上衣、灰色的西裤，面向马路，矜持地站立着。这时，一辆出租车开过，她微抬右手，轻轻摆动，出租车吱的一声停下。她打开车门，抬脚的一瞬间回头向我深深一笑，说:你不认识我啦？一起在大学里躲雨的。那天我是骗你的，唐晓思没有死，在我们学校做老师呢。随后车子离我而去。

我如梦初醒。

2009 年 10 月

宇 文 香

宇文香离开人世的时候，我正在玩具厂上班，每天从早上六点半一直干到晚上八点，人就像是脱了一层皮。以至于我一沾床就睡死过去，可这并不表示我能一觉到天亮。半夜的时候，我总是会醒来，有时是被噩梦惊醒，有时就是毫无理由地醒。总之是没有顺利的睡眠。在醒着的时间里，我就会想念宇文香。想着想着，就有一个可怕的念头：与其这么忙忙碌碌，行尸走肉一般，还不如咬咬牙随她去了。

阳光明媚的日子里，我喜欢在大街上走走，看看行人。这样的感觉很奇妙，它使我相信自己还在人世。宇文香摇头晃脑的样子时刻在我的脑袋里徘徊，我们携手走过商业大厦，在小弄堂里吃三鲜馄饨，那漂在碗里的油亮晶晶的，直晃我的眼睛。我舒服地靠在椅背上跷着二郎腿。“看你这副死样。”宇文香嘴里含着馄饨说我。那一刻，我就预感到她要出事——她那张脸就是要出事的脸。

宇文香的遗照摆得有些歪，我轻轻把它放正，却看见照片上的人物对我狡黠地一笑，我欣然接受。照片里的她笑得很阳光，额头裸露，眼睛奇大，两耳招风，鼻孔朝天，唯有小嘴拉成一线，若有所思。我稍作停留，看看照片，看看鲜花，看看人群，百感交集，再也忍不住悲伤，眼泪流个不停。宇文香慈祥的大伯拍拍我的肩膀说:年轻人，人已走，不必如此伤心。

也许这一切都是梦境，我常常想。

那是夏天的一个周末——微风轻轻地吹着我的脸庞。坐在我身后的宇文香嘻嘻哈哈地笑着。“哥，你知道知了是怎么叫的吗?”我放慢脚踏车的速度，看见太湖广场上有个男孩在滑轮滑，撅着屁股，摇摇晃晃。“你快回答我呀。”宇文香拍着我的屁股。我迎着风，眉头紧皱，看到蔚蓝的天空下一只风筝左右摇曳。我蓦然回首，身后空空如也。几辆电动车从身旁划过，迅速离去。

玩具厂在新区，离我住的地方很远，我得倒两趟公交车，才能坐上厂车。每次在路上，我都会数着戴眼镜的人们，在我长时间的不懈努力下，得出了这样一个结论：在市中心，戴眼镜的人数和不戴眼镜的人数一样多；在城乡结合部，戴眼镜的人数是不戴眼镜的人数的一半；而在乡下，这个数字就变成四分之一了。我对于数人头的爱好孜孜不倦，以至于发展到后来什么都数，今天穿裙子的人数，今天戴帽子的人数，今天擦口红的人数。而这一切都源于我曾经卖过眼镜——我是一家小眼镜店的老板。宇文香第一次到我店里来穿得花里胡哨的，嘴里嚼着口香糖。她贴着柜台，左右摇晃，露出后腰一段洁白的肉。她晃荡了很久，始终不开口，我也无意去打扰她。时间似乎就在那一刻停止了，此时的我平躺在躺椅上，摸着下巴，试图把残留的几撮胡须磨平。门外马路上不知何时聚起一堆人，接着汽车都停了下来，把一条小马路堵得严严实实。宇文香兔子一样蹦出去了。

我住在一间破房子里，没有厨房，没有厕所，连床都是随时要散架的。宇文香在这张床上鬼叫的时候，床也会发出声音。我常常问她：你的这些叫声是真的吗？她总是用力打我的脑袋，企图把我打醒：你又在说梦话了。说真的，我在写这些文字的时候，连我自己都搞不清何为真何为假，是醒着还是在梦中。我只是有一个最简单的想法——我要把最真实的宇文香还原出来，让我在以后几十年的人生里能记住她，见到她。我坐在破床上开始写，赤裸着上身，汗水沿着肌肉往下流，连裤裆里都是湿漉漉的一片。房子外面有个小孩大声地叫：还我老婆。我扑哧笑了。

宇文香在上海玫瑰美容院负责洗毛巾、烧水、打扫等杂活，这在美容院一干工作人员里属于最底层的，也是最被瞧不起的。宇文香大多数时间都是在干活，到下雨天，店里没什么生意，老板娘爱丽丝买来一大包瓜子，几个女人都笑着嗑瓜子。宇文香拿出一个小本子，在上面写些什么。爱丽丝看见宇文香又在写东西，就很不高兴，大声嚷嚷：哎！大家快来看，我们的大作家又在创作了。其他女人都围过来取笑，宇文香把本子贴在胸口，红着脸说:没什么，没什么。几个女人可没有要放过她的意思，生生地把小本子夺了下来，宇文香再去抢，小本子已经被转移到爱丽丝手中，爱丽丝摊开本子大声读道：亲爱的辉，见字如见面，又是一个下雨的天气，我给你写信……哎哟！爱丽丝仰面倒地，脑袋撞在饮水机上，小本子飞出去跌落在美容床上，宇文香扑过去双手攥紧它，一瞬间，她的双眼从蓝色慢慢恢复到正常。女人们都傻了眼，忘记去扶爱丽丝。爱丽丝摸着脑袋慢慢地起来，嘴里呻吟着，起来后就在宇文香的腰间踢了一脚。当天晚上，宇文香被取消睡觉的资格，在美容院的大厅里坐到了天亮。

这两年无锡的冬天特别冷，走在大街上，风呼呼地往脖子里钻，一直冷到心里去。宇文香最受不了南方的冬天，她的那双晶莹剔透的耳朵就被冻得通红通红，稍有碰擦，就能流出鲜血来。所以她有一副造型奇特的耳套，两个紫色的馒头形状，并有一支红色天线竖着朝天，远看活像个特工。我说：香啊，我刚认识你的那个季节，你是个特工啊。宇文香咯咯地笑：我是军统的人。那一年，电视里放的都是谍战片，她也是很入魔。在我的那间破房子里，宇文香说的第一句话就是：呀，连个电视都没有，那不行。后来我在玩具厂门卫老赵那儿捡了个破电视，是老赵淘汰下来的，给我的时候还有点舍不得，一开就像是有个雷达在响。每次宇文香都是眯着眼看字幕，像只小猫咪。

宇文香洗头的水平实在不怎么样，总是把客人的后脖子搞湿了。爱丽丝就骂她：你上辈子是养猪的，猪没养好，把自己养成猪了。宇文香白眼睛看着她，双手搓着洗发泡，呆呆的。爱丽丝无奈地摇摇头：你早晚要被我开除掉的。宇文香放了个响屁，说:随便。宇文香和我说起这一段的时候，我总爱朝她的屁股看，她的屁股小巧滚圆，还有一圈类似于光晕的东西罩在上面，直晃我的眼睛。她用手指戳我的鼻子，说：你又流氓了。我摇头：没有，我只是在想你放屁的时候，屁股会不会变形。

宇文香其实很讨客人喜欢，她帮客人洗头的时候，很沉默，不像别的女人，叽叽喳喳吵得客人心烦。客人来洗头无非图的一个省事、一个放松，劳累了一天，到你这儿，还得变着法地和你瞎聊，那不是没事找事吗？所以大多数客人都指明要宇文香洗，哪怕是后脖子湿了也不要紧。这也是爱丽丝迟迟没有把宇文香开除的原因。要不然哪个老板受得了撅着屁股对着自己放屁的员工？

这也是我迟迟未有遇见宇文香的原因。她在上海待了五年。她长大了，成熟了，懂得了许多事情。她学会了上海女人的打扮，也学会了上海女人的小气。这实在是要不得的，随便哪个女人沾染上这两个恶习，都不讨人喜欢。幸好她离开上海来到无锡，也幸好遇见了我。事情是这个样子的：那是一个春天的早晨，我打开店门，一团红色就倒在我的脚背上，乌黑的头发淹没了我的膝盖。宇文香整个人都倒在我的怀里，我不得不托住她的脑袋，一张疲惫不堪的脸展示在我的眼前，我的手甚至不小心碰到了她湿答答的哈喇子。

宇文香在我的店里给我做饭的时候，眼镜店的生意已经开始走下坡路了，没有几个人到我店里来配眼镜，难得有几个人来，不是修眼镜腿的就是买块眼镜布的。我都不大搭理人家。倒是宇文香很热情，赔了不少笑脸。等人走了，她就掐我：别死气沉沉的，显老。我说:没劲。她天真地摸着我的脸，说了一句很老成的话：来的都是客。也许她把世界上所有人都当成了她的客人。我一直坚持认为，宇文香活得太认真，她哪怕稍微对自己马虎一点，说不定现在我们还很幸福地生活在一起。

玩具厂里有三百多个工人，大多数是女工，她们每天负责坐在机器边取玩具片，有毛刺的修修毛刺，有花边的刮刮花边，工作重复而枯燥。人和机器一般，但却不能出错，犯了错，半个月的奖金就没了，也许要扣掉一个月的奖金。我大学专业是机械工程，在玩具厂负责机器的维修和保养，只要机器正常，我就很清闲，可以待在开着空调的小办公室里喝茶，翻翻报纸。更多的时候，我是在3号机旁转悠，因为宇文香就是收3号机的玩具片子。宇文香一身白色的工作服，胸口挂着工作卡片，上面的照片也许是她读书时拍的，脸很阳光。哪像她现在这个样子，噘着个嘴，对眼下这份工作是一万个不满意。我走到她身边讨好地说:今天回家，我去市场买只鸡，煮汤给你喝。她双手熟练地接着活，嘴巴捂得很紧，朝我看看，又低下头去。那阵子，她常常发牢骚：还是应该多读点书的。吃亏了。像你有学历就可以坐着喝茶看报纸。

在玩具厂都快干了半年，宇文香对我的态度仍旧是老样子，不冷也不热，有时就算和气一些，也总像是装出来的。她总是埋怨我不该把眼镜店关了，就是生意差些，那也是帮自己打工，无须受哪个老板的气。我笑着说:怎么不受气，你不是也要受我的气吗？她深深地看着我说:受你的气我是愿意的。

无锡这个城市，很没有人情味，和人特别难处，没有谁会把你当成真正的朋友，利欲心太重。我平时很少与人往来，得空的时候，骑车到乡下转转，马山、阳山几个地方都出杨梅、水蜜桃，上市时节，我总会买上一些带回去给宇文香吃，她很开心，也很容易幸福，望着我的刹那，眼神里尽是柔情。

秋天的时候，宇文香离开了我，这是我早就预料到的。自从到玩具厂上班，她的心情就没有完全好起来，哪怕是做爱达到高潮的时候，她的双眼都充满着忧郁。她经常说这不是我想要的生活。我就问她：高潮没有到吗？我再试试。她厌恶地推开我，找一条毛巾盖上洁白的身体，眉头紧锁，不再理我。我也赌气，穿上衣服到夜排档上喝酒，夜排档上炒菜的师傅光着膀子，汗珠儿成串地滚下来，吸着嘴，像是有鼻涕要掉下来。我喝着酒，吃着菜，一下子就恶心得想要吐，觉得酒和菜都是黏黏的，再也吃不下去了。马路对面一大群艳丽的女孩勾肩搭背蹦蹦跳跳地过来，躲避着出租车快速驶过溅起的泥水，嘻嘻哈哈的。她们的腿都洁白如霞，一堆人排好队在烧烤摊前点东西吃。我看着她们，看到了无数个宇文香的影子。我叫老板买单，老板还不时回头看那些女孩，斜着眼睛和我说:鸡婆们都下班了。

那天晚上，我回到出租屋的时候，宇文香已经走了，她的衣服、笔记本都已不在，一张碎纸条被放在晚饭桌上，在一群没有收拾的碗筷中间显得特别刺眼，纸条上就一句话：我走了。我颓废地坐在床上，脱去上衣，任汗水直流而下。阳台外的晾衣架上，一副奶黄色的胸罩孤独地挂在上面，随风飘荡。

2009年春天，我在一家玩具厂上班，每天倒两趟公交车，然后坐上厂车去上班。灯火通明时分我回到破房子里，关上门，把整个灿烂的无锡都关在门外。我顾不得吃晚饭，坐在床上赶紧写字，因为我怕时间一长，就都把宇文香给遗忘了。宇文香躺在我身边的时候我没有好好欣赏她，等她走了掏空心思却怎么也想不起她。她的身体长得究竟如何，胸是大是小，屁股是圆是方，不得而知，只是摸在她腰间清凉的感觉还在，就如2009年无锡的春天从运河吹过来的一丝凉风。

宇文香从我这里出走以后，去了一家夜总会上班，每天打扮得花枝招展，来往于每个包厢。我在玩具厂检查机器的时候，她在夜总会后堂里睡觉；我在破房子里睡觉的时候，她在夜总会的包厢里被各种客人检查身体。在无锡的这个城市里，我是检查者，她是被检查者；我过得很灰暗，她却过得很华丽；她的爽朗的笑声回荡在麦克风下，而我因思念宇文香而流下酸楚的泪。

宇文香的大伯是个瘦小的老头，在秦皇岛信访局做了几十年的打字员，没有做官。大多数的时候，他都很沉默。他哽咽地告诉我，宇文香的父母早亡，宇文香一直跟着他生活，从小很要强，事事都要争第一，不像她的堂哥，性格圆滑，遇事能躲就躲，躲不过也能低声下气地求个饶事情就过去了；也不至于赤身裸体地死在宾馆里，脸面都丢掉了。大伯说着说着思绪就乱了。我也没有打断他，他最后擦掉眼泪，斩钉截铁地说：凶手肯定不得好死。

我从小就有个隐形人在我身边不停地唠叨：人生在世，当切忌冒进，事必超然，才可安然。我不知道宇文香的人生里有没有这个隐形人和她说这些话。其实，宇文香刚到夜总会上班还是有她的底线的。每次陪客人最多就是摸摸身体，并没有过多的下贱。下贱这个词宇文香和我在一起的时候经常说，她说：人要活得不下贱，就必须高高在上。这也是她一生奋斗的目标，以至于当这个目标迟迟不能到来或者意识到到来的速度委实太慢的时候，她才会选择更快的方式。她频频答应客人出台的要求，只是费用要得很高，但是大多数客人还是愿意的，因为宇文香的身体还是非常诱人的，这个我最清楚。

从火葬场回来，我在市里游荡，天气很好，非常适宜出游。公园门口人群络绎不绝，我的双耳嗡嗡地响，密密麻麻的说话声从四面八方向我涌来，就像蓄满水的气球眼看就要炸开。我的内心充满恐惧，以为世界末日就要来临，直到晴雯拍我的肩膀，我才如从梦中醒来，眼前一个纤细干净的女人，她关心地问我：你怎么了？脸这么白。我摇摇头，看着水池里小孩驾着船儿狂欢。晴雯紧紧盯着我，企图扶我。我拒绝了，正要离去，她拉住我的手说:想和你聊聊，聊聊宇文香的事。

我坐在破房子的破床上，把内裤套在头上，写我和宇文香的那点破事，仲夏的阳光从门缝里钻进来，细小的灰尘在阳光里跳舞。我挥汗如雨，如一个木匠小心地打造一件家具，我正在小心地打造一段故事——我和宇文香的故事。甚至看见“我”和晴雯走进来，我都懒得理会。实际上他们也没有看见我。晴雯一进屋就脱衣服，边脱边说:先玩玩还是先聊。说完她已经把白色内裤卸下，随手一扔，却正好扔在我的脑袋上。“反正随你。”她说。因为我在聚精会神地写字，也就没有工夫把内裤取下，这样一来，我的脑袋上就有两条内裤：一条我的，一条晴雯的。倒是和晴雯进来的“我”无力地坐在床尾，说:不玩了，聊聊吧。晴雯说:可以。同时她像提狗屎一样提了一下“我”的衣服：脱了，脱了。于是“我”也像剥玉米般迅速地把衣服脱掉，一股脑儿地扔在我的脑袋上。

2008 年的夏天，宇文香死了。我非常伤心，那时我正在玩具厂上班，去完火葬场后，我就和晴雯回到破房子里，我们光着身子，面对面盘腿坐在我的破床上。我看见晴雯的小肚子微微隆起，似乎里面有一个三个月大的婴儿。我们开始了一段非常关键的谈话。

晴雯：宇文香很爱你，一提起你就哭，一哭就是想你。

我：我也很爱她。是她抛弃了我。

晴雯：不对，她说是你抛弃了她。

我：现在人都死了，谁抛弃谁不重要了。

晴雯：宇文香每次出台都很痛苦，想不去。最后却都去了。

我：据我所知，她很乐观，没有人能控制她。

晴雯：她常说累，说社会太复杂，想做个好人都难。

我：她根本就不是坏人。

晴雯：她和你约会回来后，人就变了，她说再也无法回头了。很绝望。

我：不可能，她走后我从未和她见过面，她骗你的。

晴雯摸摸我的额头：你是不是发烧了？

我：没有。

晴雯：那怎么尽说胡话。夜总会你来了不少于十次，都是在后堂悄悄和宇文香见面的，每次都很亲热，趁机又摸又亲的。

我：你搞错了，那个肯定不是我。

晴雯：要不我怎么认识你？怎么会跟你到这个破地方。

我：……

晴雯：我知道你就是看不起干我们这行的，你这个人假清高。

我：……

晴雯：每回说再也不来了，可下回依旧见你抱着宇文香哭。

我：……

晴雯：你怎么了。哎……算了，不说宇文香了。你太瘦了。

我：别看我瘦，有的是力气。

晴雯：哈哈，我不相信。就你？

我：可以试试。

晴雯：试试？

我：试试！

2008年的夏天，宇文香死了。她是我最爱的人。那时我正在玩具厂上班，宇文香在夜总会上班，她说社会太复杂，所以就不停地出台，最后死在宾馆里——她工作的地方。我和她究竟谁抛弃了谁，永远都没有答案。我光着身子在破房子里写我们俩的故事并希望从中得到答案。其中有一个场景被我从沉睡的记忆中找到，对答案有一丝帮助。我曾经是一家小眼镜店的老板，所以我养成了数人头的习惯。曾经有一段时间，在凌晨的无锡街头，我躲在昏暗的小巷子里，双眼炯炯有神地盯着夜总会的门口——我在数宇文香接客的人头。

宇文香做过打杂的，做过洗头妹，做过我的烧饭工，做过夜总会的小姐，却总是做不了我的妻子。华灯初上的时候，我就会思念我的爱人宇文香。她给无锡的夜晚带来了欢乐，却给我带来了痛苦。我在一家宾馆里和宇文香叙旧，我们激烈地在床上做爱，双眼充满血丝，我劲道的双手抹上了宇文香细白的脖子，像捏死一只小鸡一般。

我从宾馆出来的时候，环卫工人都已经开始上岗，载着蔬菜的三轮车呼啸而过，几家大企业的接班车准点开出……我擦去额头的一丝冷汗，自我安慰道：天，终于是亮了。

2010年8月于无锡

柏蓝的等待

上　节

柏蓝有个口头禅：等着吧，会来的。我常常不能认同，我说：你是在痴等，没有好结果的。柏蓝双眼耷拉，眉毛弯曲，叹气道：等着吧，等着吧……

柏蓝是我的女性朋友，到哪里都有一股灯油的香味。那是因为她的背包，皮革已经破败，内层针线早就缝补了许多次，肩带上有几处破皮，绕上几圈红色的毛线，用黑笔画了个猫脸，更有几处文字，如“此路不通”“红沙湾”等。这些我都能接受，却闻不了那个破包发出的味道，虽不臭，但有常年皮革和人体结合产生的异味。我劝她赶紧换一个，她笑着说:想换来着，习惯了。再说，要换就要换个名牌的，可现在兜里没钱。我说:差不多就行。总比这个强。柏蓝幽幽地说:等着吧，会换的。

柏蓝在一家广告公司上班，天天坐在电脑面前，有时接收一些图样，有时设计顾客的图片，弄好后送到制作部门赶出小样，再派人把小样送到顾客那接受检验，要改的话就是柏蓝的事情，改好后再制作小样给顾客看，如此往返几次，最后定样制作，收钱送货就是其他人的事了。因此柏蓝基本上就不需要离开电脑，要送什么拿什么只要叫一声小金。小金是老板刚招来的实习生，像个太监一样给大家跑腿，整天气喘吁吁感觉不到累。柏蓝下班后在我怀里剪指甲就会说:小金真行，吃苦耐劳，从他身上看见了我刚毕业那会儿，可怜没人待见。她一股脑儿把碎指甲散到我胸口的毛衣上，星星点点的，说:等着吧，工作几年就好了。我骂她：妖女，在家也是这么对一半？神经兮兮的。柏蓝抬腿就走，我在身后赶，追不上。她那两条可爱的小腿快速前后移动，产生了吓人的能量。我在身后渐行渐远，只能看见那随风飘扬的黑丝和高高翘起的屁股。我突然站住，脑海里冒出那么一句诗句：风萧萧兮易水寒，壮士一去兮不复还。算了，还是回家睡觉吧。

这是2009年的无锡，忙忙碌碌的，生活的节奏就如柏蓝那两条可爱的小腿，纵使你拼命追赶，也要被生活抛弃。我住在公司的宿舍里，没有空调，没有厨房，没有厕所，只有几个臭味相投的室友。周末的时候，打麻将就是我们的保留节目。张小兵和史克仁都很小气，想玩却不愿意输钱，心里就患得患失的，因此每次都是以吵架收场。加上他俩，还少个搭子，我都是给一半一个电话，他就屁颠屁颠地来了，进门就发烟，挨个点上，嘴里客气得不得了。我们都笑，说他还没有从工作中出来。一半在无锡一家顶级的夜总会上班，天天干的都是迎来送往的事情。脸上的表情都凝固在发工资时的样子，哪怕要哭，也是笑的样子，就是个活奴才。

我们常常打到深夜，就算大家疲倦得像狗一样，却没有人喊停，因为停了就没事干，寂寞像是猫爪子挠着我们的心，难受不说，还痒痒。天亮时分，一半回家睡觉，我和张小兵史克仁去车间干活，机器的轰鸣声就是小夜曲，催着我们进入梦乡，车间主任拿着鸡毛掸子把我们打醒：又打牌了，不好好上班，扣你们的奖金。张小兵怒吼：那点奖金给你老婆买卫生巾吧。主任和张小兵扭打在一起，却没人上去拉架，平时受的欺负，这时看着热闹，心里也解恨了许多。

柏蓝给我电话，约我在中山路碰头。我知道她的肚子又痛了。我从车间溜出来，跑回宿舍找出保温瓶，泡上浓浓的红糖水，赶紧往市里去。在厂门口碰上老板，他一把揪住我：臭小子，又走？我傻傻地笑：车间里本来就没活，等着还不如出去转转。老板在我屁股上踹了一脚，像放屁一样把我放了。老板是个好人，很好说话。

柏蓝在商业大厦前面坐着，大风把她的头发吹得四处飘散，我远看以为是个疯婆子，走到近处才发现她洁白的脸上有几颗晶莹的泪珠。我一把抱她在怀里：我来晚了。柏蓝拍拍屁股跳起来，大笑：骗你的。我发愣，却不知道这世界永远存在变数。柏蓝并不是每月的那几天，肚子当然不痛，至于眼泪，只是几滴矿泉水罢了。她说太无聊，想出这个办法逗我玩呢。我说红糖水怎么办。柏蓝说：等着吧，我想喝的时候喝。说完就在前面跳着走，我总是在身后追赶。

柏蓝问：一半是不是又和你们打牌了，他一夜没回家，大清早在家里发脾气。我问：他打你了？柏蓝摇头，放慢了脚步。我撸起她的袖子，看见手腕处青色的伤痕。柏蓝看着我双肩抖动，眼泪止不住地流下来。

我和一半毕业的时候都是满怀希望的，分手酒席上，我们互诉衷肠，说不完的天将降大任于斯人也，讲不完的世界在我们的脚下。那次柏蓝也喝多了，竟然随着一半去了。半个月后他们生活到了一起，注册结婚。在婚宴上我大醉，一个人都认不出来，拉着张小兵的手亲个不够，最后背着史克仁就跑，嘴里嘀咕：柏蓝，我们赶紧走，别让一半看见了。在柴油机厂里，张小兵把这个段子说了许多遍，没有谁不知道这个事。

我、张小兵、史克仁都离开了柴油机厂，当初是费尽心血进去的，如今却能这么潇洒，谁说不是呢？我们都看到厂区围墙外是一片艳阳天。当天我们拿着那笔遣散费好好地喝了一场，一半给我们定了最好的包厢，还吆喝了一排小姐齐刷刷站在我们面前，一起喊：先生晚上好！这阵势，差点把我吓晕过去，最后一人留下一位，却都是摆设，谁都没有理睬，大家心里都知道谁要是先和身边的小姐搭讪，谁就掉身份了，那点矜持我们还是有的。一半捂着嘴怪笑，最后忍不住才说:你们都是卫道士、张三丰。酒喝了不少，张小兵最先发表感慨：这年头，奸臣当道，世风日下，我们都是在海里，没上岸呢。再也不给谁打工了，屁大的老板，谁不会做？有马桶谁还要小便池，有干的谁还要稀的？都是世俗惹的祸，谁比谁傻多少？一半笑着说小兵先倒了。史克仁接着说:我的心里还是有梦想的，只是有些远，有些远，想够来着，却是在天边的吧。都让西伯利亚的风吹散吧。一半笑着说克仁也倒了。我干完杯中的酒说:不喝了吧，找个地方打牌。

包厢里白炽灯发出沉闷的电流声，烟穿过头顶飘浮在半空中，如云层，似棉絮。柏蓝那清脆的笑声回荡在包厢里，最后淹没在烟团中。一半走不开，我把柏蓝找来给我们凑搭子。我笑着说:三六筒可别打，得付钱。“谁付谁的钱都不一定。”张小兵说话的同时右手死命地舔牌：东风，安全。倒了。柏蓝笑着把牌推倒。“真够安全的，”我取笑他，“内裤都快输没了吧。”“去你的。”张小兵瞪大眼睛看柏蓝的牌：你不是刚打过东风？柏蓝说:回听不行啊。

牌被推进桌肚子，新的一副牌又弹出桌面，整齐的四条牌像围起来的一个方阵。柏蓝点了按钮，骰子在玻璃下跳舞。我专心地把牌码好，万子一起，筒子一起，条子一起，风头一起，没用的牌摆在左手边，准备打掉。张小兵贼眼看我，我头没抬直接回答他：别问我借，今天米也不多了。张小兵又看史克仁，史克仁假装审牌不理他。我不合时宜地放了个屁，噗的一声。柏蓝捂着鼻子，皱着眉头说:你怎么这样。我笑着说:让你仙，盖住你。服务员送点心进来，端着托盘，推开门，晃晃悠悠，我直甩手：没人吃，拿走。

一直到天亮，我们才结束。这就是我们那天喝酒打牌的情景，如今历历在目，那氤氲的烟雾、暧昧的笑声、刺耳的骰子转动声如一首悦耳的音乐，以后再也不会有这样的日子，让人难忘。那天后来我在柏蓝的耳边悄悄地说:还是去我那儿？她点点头，眼睛半闭着，整个人往我身上靠，像一只玩具熊。

从那以后，我们没有找工作，加紧练习牌技，张小兵不知从哪里找来的搭子，傻不啦唧的，被我们三个人蹂躏，输了钱却怪运气不好，还叫嚣着下次再来。柏蓝劝了我几次，见我不听，也就不好说什么。她常说:生活不是这样的。这句话经常幻化为一把锋利的剑，直穿我的心口。

这是2009年无锡的秋天，整个城市都在吐纳，消化，最后吃人。在大街上游荡，走过的人都灰头土脸、营养不良的样子。早晨的阳光明晃晃的，使人睁不开眼睛，人与人之间隔着一层亮晶晶的物体，手一伸出去，玻璃一般的亮光刹那间碎去，呈现五颜六色的虚幻景象。在那斑驳的影像里，我看见史克仁蹲在八佰伴门口，小脑袋锲在瘦削的肩膀里，左右转动，随着他的脑袋转动的是颜色各异的年轻女子。我在史克仁身边蹲下，从口袋掏出香烟给他一支，他缓慢地接过，又缓慢地点上。我知道他还没有从女人世界中醒来。

“你这个班上得挺清闲，有中意的吗?”我抽着烟问他。他嘿嘿地笑：能上班多好，你看她们。有两个背包的职业女性从我们眼前急促地走过。我摇摇脑袋：奇怪，上班的点过了，她们还在大街上。史克仁说:她们是保险公司的，和顾客约好在后面的咖啡厅见面，八成是要签单了，胜利前的冲锋号，催着她们赶路呢。我惊讶地看着史克仁，他的两条黑黑的眉毛像两条蜈蚣，挂在那张蜡黄色的脸上。这时一阵风吹过来，我的胸口有些阴冷，赶紧拢了拢衣领。史克仁的脑袋缩得更紧了，乍一看，他是个无头者。

我们的牌局还在继续着，张小兵找的人越来越笨，我们赢了不少钱，柏蓝心里感到害怕，每次和我在一起都是忧心忡忡的。最令我奇怪的是，她那句口头禅好久都不说了，取而代之的是"不能这样""会被发现的"，等等。我烦她啰唆，干脆不见她，沉迷在无边无际的牌局里。后来柏蓝告诉我，那段时间一半对她特别好，早早回家，不时还买点礼物，也不发脾气，更不会打她。柏蓝一度有个错觉，她觉得和一半的结合是对的，只是在某个环节出了问题，现在问题解决了，婚姻的列车开始走上正轨，也不晚点，更不脱轨了。

大概是在冬天，那天的天气出奇地冷，包厢开着空调，张小兵都流着清水鼻涕。几个便衣冲进来，把我们一锅端。因为是得到线报，抓得很及时。加上我们不是一般的赌钱，而是设套让人钻，属于诈骗，我们都被关了起来。警察让我打电话叫人来，我只能打给柏蓝。柏蓝来了，穿着一件粉色的羽绒服，胖胖的，小脸冻得通红，第一句话就说:就知道会这样。接着哭了。我苦笑着安慰她：等着吧，出去就好了。

等着吧！谁说不是呢？

下　节

首先，还是描述一下我的长相吧：中等身材，略瘦，头发茂盛，喉结很大，其他眼睛鼻子嘴等物却很小，最大的特点是性功能很好，很旺盛，每个晚上都要做一次，不做睡不着。因为没有老婆也没有女友更没有性伙伴，所以事情就变得麻烦起来，在六十几平方米的房子里四处闹腾，却不得要领，常常惹得邻居上门问罪。这很烦恼，睡眠也不好，眼睛都是绿的。最后在无意间发现了解救的办法，那就是写小说，编故事，搞噱头。这真是件分散注意力的好差事，下半身憋不住的时候就拼命写，写着写着，居然消停下来，有此办法，当是救了我的性命，我更是一发不可收拾，如山洪暴发，海水泛滥，挡都挡不住。当然，我在小说里做了无数的爱。由此可见，写作成了我的性伙伴。

夜深人静的时候，我和小说的女主角柏蓝约会，我们出现在无锡的街头巷尾、广场公园，柏蓝洁白的脸上洋溢着春天般的笑容。四季的变化也是飞速的，刚刚还是在鼋头渚里看樱花盛开，漫天飞舞着精灵一般的花瓣；转眼又来到白雪皑皑的古运河，相偎相依在船头指指点点，看见几个调皮的孩子在岸边打雪仗玩。我一度认为，这是真实的事情，甚至闻到了柏蓝身上奶油一样的香味。

柏蓝和一半经常吵架，又很快和好。吵的时候很凶，什么狠话都说出来了；好的时候又如胶似漆，像是一对模范夫妻。我不知道自己在他们之间扮演什么样的角色，有一点是明确的，我总在该出现的时候出现，该消失的时候消失。谁也没有感到奇怪。就连张小兵也对我说:你该找个正式的女朋友了。

史克仁来找我，一脸高兴，我们倚在小区的石凳子上抽烟。俩老头在下象棋，正进入残局阶段，旗鼓相当。史克仁话不多，气氛很宁静，我专注于棋局，他什么时候走的我都不知道。细细回想，他说是考上了上海复旦的一家文学研究生班，这两天就走，酸溜溜得我都不愿意和他说话。他看我不理他，以为是生他的气，悄悄地走了。

这是2009年的无锡，我在柴油机厂上班，因为厂里效益一般，白天基本没事，抽抽烟，聊聊天，一天就过去了。到了晚上我才进入状态，开始我的工作。我和我的好朋友张小兵、史克仁都无所事事，每个人的心头都在等待，却不知道等待什么。大家一致认为：会有好事出现的。

那天晚上，柏蓝到我家里来，坐在床上不说话。我提醒她：我们来一次。她瞪我一眼，半天吐出两个字：没劲。我也不便打扰她，继续埋头写我的小说。有一会儿，她发出了哭声，我抬头看她，安慰她，这是我必须做的。柏蓝突然抬头，挺着一张全是泪水的脸，悠悠地说:他要和我离婚。我说:离就离呗，天又不会塌下来。

圣诞节那天，我和张小兵约一半打牌，一半和柏蓝都来了。一半还是老样子，穿得很正式，倒是柏蓝，穿了两件棉袄，嘴红得像猴子屁股。张小兵多嘴说:夫妻都来了？柏蓝歇斯底里地叫：我们早散了。我们尴尬地站着，听着麻将机洗牌的声音。

打牌的时候一半话特别多，他说如今的房子好贵，根本买不起，除非去抢。又说有钱人还真多，来的客人都是大款，看着他们莺歌燕舞，心里总有一种错觉，这世界仍是太平盛世。可看看自己如此落魄。张小兵说还是算了吧，打打牌，吹吹牛，生活本来就很美好。一半头摇得飞快：就是有你们这些人，世界才乱了套。张小兵说最好地球毁灭，一拍两散，谁也落不着好。柏蓝一脸严肃地看着我，把我看毛了。柏蓝突然大声说:你娶了我吧。

那天后来的事发生得很快，遗忘得也很快，谁都不记得了。只有一些破碎的场景还在脑海中：麻将馆包厢顶上摇曳的灯光；横七竖八的凳子；几个碎了的酒瓶子；抱头鼠窜的张小兵；我左边衣领上一半的口水，怎么擦也擦不掉。

我又在杜撰了，每次到紧要关头就说谎。事情往往不是朝着意识流去发展的，越是得不到越是最美好，小说的构思亦是如此，想要写得曲折迷离些，却不知平淡的生活才是小说的真谛。那种高屋建瓴的海市蜃楼固然好看，遗忘却更快些。那天我们打了一夜的牌，到天亮才分手，一半打着哈欠问柏蓝去哪儿，没地方去的话就跟着我吧。柏蓝温顺得像只兔子，牵着一半的衣角走了。张小兵意味深长地拍拍我的肩膀。

我坐在柴油机厂的车间里读史克仁的信，机器的轰鸣声如弹簧般一时近一时远。史克仁信里很阳光，在学校过得很好，每个周末参加志愿者的活动，去福利院陪小孩玩，特别充实，而且和一个叫史艳的同学走得很近，也许是同姓的关系，聊天的话题很多，随信寄上她的照片请我把把关。他重点怀念了厂里一起的日子，还有打牌的生活，虽然荒唐却也很真实。又问和柏蓝怎么样了，听说和一半离了，那就别等着了，赶紧出手，想想毕业那会儿，都是等待惹的祸。我看着史克仁的来信，突然想哭，忍了半天终究没有忍住，趴在机油桶上哭起来。哭够了才想起史艳的照片还没看，又找出来拿在手里欣赏，只是一般，长得没什么特色。我脑海中一下子跳出了史克仁的形象：蹲在八佰伴门口的那个无头者。

转眼到了2010年，无锡的地铁工程开工了，城市被围起来，交通很不方便。我辗转来到柏蓝的公司，小金接待了我，他留着小胡子，说话娘娘腔：找蓝姐啊，她不在，去见客户了。我耐心地坐着等她，其间小金给我续了两次水。柏蓝是哼着歌回来的，看见我笑着说:你来了。我优雅地说:想和你谈谈。

在茶室里，我提出了我的想法：和我结婚吧。柏蓝缓缓地说:你可以给我什么？我便没了说话的理由，默默地喝茶。最后我说：我们在床上不是配合得很好？柏蓝笑着说：等着吧，等哪天不光是床上配合好的时候我们就结婚。我很沮丧，忘了买单，上了个厕所悄悄地走了，把柏蓝一个人丢在那里。

那天的风出奇地温和，像是有意要抚慰我受伤的心灵。我迫不及待地回到家里，在我的书桌前奋笔疾书。我要完成我的小说，我害怕小说里的主人公也如我般苦苦地等待。我把柏蓝囚禁在我的小说里，想要她时就召唤出来，陪我说话，陪我做爱。一半因为贩卖摇头丸被抓了起来，判了几年的刑罚。我大方地让柏蓝去监狱探望一半，甚至让她哭泣着在一半面前许诺：我会等你出来的。一半一脸后悔地说：我只是想给你幸福的生活。

关于柏蓝的等待，我有两种理解：其一是无奈的一种表现，在无法改变的现实面前，人们又何尝不是选择沉默地等待；其二是有一种希望的东西在里面，谁也不知道下一刻会发生什么，对于困惑和苦难来说，还是美好、理想这种东西来得实惠些。与其苦苦挣扎，倒不如盼望明天会更好。

张小兵结婚了，老板做的媒，虽然当初连招呼都没打就离开厂，后来又厚着脸皮回来，老板都接纳了我们。他常常笑着说年轻人都会有这个过程。他不计前嫌给张小兵找了厂花，因为没有房子，老板给了一间大的宿舍做新房。张小兵满足地和我说：原来日子也是可以这么过的。我只能苦笑。张小兵又劝我：别等柏蓝了，她心里还有一半。

我知道，她在等一半出来。

2010 年的无锡还是有些阴冷，大街上来来往往的人们都很焦急，匆忙中却又忘了方向。朝阳菜场的门口密密麻麻都是买菜的人们，菜再贵还是要吃的；后西溪扎堆的都是买衣服的女人，衣服还是要穿的；证券公司大厅内都是老头老太，股票还是要炒的……那些年轻人的脸上都写着迷茫，生活要告诉他们什么，他们要赋予生活什么，这都是一个谜，唯有柏蓝的等待像一个车轮，滚滚地往前行驶，停不下来。

等着吧，明天会更好的。

2010 年 5 月

游　祺

一

大多数人喜欢看热闹，这是常理。但也有异类，我就是其中之一。人多的地方我坚决不去，稀奇古怪的场合回避，摇旗呐喊的场面赶紧离开。谨遵这几条原则，所幸到如今生存得极好，甚至可以用“安逸”来描述我的生活。与世无争又何尝不是处世哲学中的精髓？直到遇见游祺的那天起，我的“哲学”完全乱了套，如一团迷雾，拨都拨不开。

游祺，与其说是人，还不如说是一种意象。我自始至终都没有觉得她是我的同类，抑或是她给我的感觉不够清晰，让我产生错觉；又可能太过模糊，让我遐想连篇。总之，游祺在我是个谜，她一手布下的谜。

那天在岛上，游祺哀怨地对我说：再见吧，我的爱人。我为之一怔，不寒而栗，静静地看着她清澈的眼睛发呆。她的嘴唇冰凉，舌尖苦涩，连胳肢窝都透着寒意。我没头没脑地问：如今月亮上是冬天？就这样，游祺在我面前消失了。

2013年入冬，空气里都是邪恶的味道。我走在城市里，小心翼翼，总感到心里没底。一个好看的女警拦住我，向我索吻，我差点痉挛，大口喘着粗气，在不安中四处张望。她莞尔一笑：吓着你了吧？我也挺害怕的。这是一个活动，网络行为艺术，向一百个路过的人索吻。你是第一个，我今天刚出来。她说完红着脸撇嘴。我恍如隔世，惊悸不定之下吧嗒着嘴，想着早上没有刷牙，她热烘烘的嘴脸就贴了上来，我闻着一股奶香，不及回味她就离开了我。她朝我挥挥手，我看到远处法院门口有人拿着手机拍照。天是黑了又白，白了又黑，快要下雨的样子。我灰溜溜地沿着人行道行走。

回到办公室我心力交瘁，感觉有严重的脱水现象，头晕，晕得快要失去意识。我想尽快回到自己的安乐窝去，但是工作让我不得不留在这里，我也只有默默地忍受脱水，别无他法。游祺在沙发上坐下，哼着歌嚼着口香糖，她的眉毛很粗，又黑，让我联想到她的毛发很重，占有欲很强。“你的星座是什么？”我开口问她。她一脸坏笑，眼睛在一瞬间跳动，随后消失。这种意象经常和我玩捉迷藏的游戏，有时出现有时消失，伴随着我的偏头痛，久久不能散去。

其实，自从那天在马路上见过游祺后我再也没有见过她，后来与她的交往全都是建立在虚构之上的，只是脑子愚钝，很难分清何时真实何时虚幻。同事小叶兴奋地说我上了头条，某个三八的网站搞了个陌生人亲热的专题，我和游祺的亲嘴照被放在了醒目的位置，游祺在亲我的同时双手向着镜头做了“V”的动作，显得很活泼。我的半边脸僵硬，左眼在画面里竟然不争气地闭上了，俨然很享受。小叶觍着脸说：开心吧，多漂亮的女孩子，你撞桃花了。以后的数天里，同事们都喜气洋洋地取笑我，整个单位都弥漫在暧昧的气氛里。

二

我住在这个城市的角落里，父母留给我的房子已经破败，原先的村庄也不存在了。城市如推土机一般碾过了田野和天空，只留下我的破房子孤苦伶仃地站在那里。每天我都会腾出时间来做一件大事——在房子的后面盘根错节地聚集着许多秘密，我有义务去解开它。没有人乞求我，也没有人命令我，一切都是自然的，天经地义的，也许这就是我存在的价值和意义吧。

我从厨房下手，选择得手的工具，认真地挖起来。刚开始难度很大，始终不得要领，怎么挖都感觉没什么进度。到后来慢慢地密道越来越深，就变得快了起来。我放弃了所有的娱乐活动，下班后赶紧回家，抓紧时间挖密道；有时单位聚餐正吃着，突然就站起身往家赶，挖洞已经成为我生活的一部分，一天不挖浑身难受。

其实每个人都有自己的秘密，游祺的秘密有些难以启齿，小时候她被母亲关在猪圈里，被猪压在身子底下，下半身泡在猪粪里整整一天，长出许多湿疹，暗红色的点点密密麻麻，大多都在隐私处。游祺说妈妈吓得都不敢看，后来四处求医，辗转许久才被一个山里的老中医用偏方给看好了，但是也落下了后遗症，只要穿内裤就会复发，试验了许多次都很灵验，久而久之就不穿内裤了。我常笑着对游祺说：你这个秘密很好，很好。她就打我骂我是流氓。她毫无保留地把秘密告诉了我，我当然也得把秘密告诉她，否则就显得我很阴暗。我说我的秘密就是挖洞，每天坚持挖洞，我深信前方定有我想去的好地方。游祺问我：挖到没？我说：什么？她说：你的乐土。我笑笑，不置可否。

三

被游祺索吻的第二天，我重感冒，脑袋发沉，眼睛被汗水迷住了，睁不开。房顶在我眼前摇晃，随时都要倒下来，我第一次有了生命终结的感觉。难道游祺是外星生物或者是剧毒爬虫之类的东西，被她吻上小命就不在了？我强忍着不安去医院，医生给我配了青霉素，一个胖胖的护士在我的屁股上扎针，下手非常重，我断断续续地呻吟，胖护士恶着脸嘀咕：大男人哼哼唧唧的像什么样子。不小心被我听到，我发泄似的朝她吼：你规定的男人不能叫，我就叫我就叫。还真把胖护士吓住了，轻柔地给我揉屁股。游祺在另一边捂着嘴笑，我假装没看见她。

其实挂号的时候我就发现游祺了，她的一身警服太显眼，马尾辫扎得老高，脸雪白。我打针，她也在另一边打针，中间隔了块布，但是能互相看见脑袋。我们眼光相遇时，她朝我做了个鬼脸，我猛转头，留个后脑勺给她看。

我捂着屁股踮着脚下台阶，游祺在身后阴阳怪气地说：我来背你吧。我连连挥手：你就是病毒的源头，离我越远越好。她说：你生气了吗？我说：懒得生气。我们在太阳下面慢慢地走，谁也没有再说话。群众都奇怪地看我们，一个阳光般的女警搀扶着瘦弱、灰暗、躲闪的男人，这样的组合委实有些不合时宜。在一家小吃店前，游祺停下脚步，我也明白了她的意思，和她推门进去一屁股坐下。游祺到前台利落地点好面条，坐在我面前拍桌子：老板把桌子擦干净。我弯腰捡地上的一块拼图，却发现游祺的下半身很诱人。

午后的阳光从门沿上方的空洞照进来，让人懒洋洋得很自在。面店里除了一个半大丫头在看电视外，就剩下我和游祺两人嘴里不时发出刺啦啦的吃面声。游祺中途感觉热，把警服脱下来，穿一件红色的毛衣，胸前肉鼓鼓的。“快点吃，吃完交代问题。”她恶狠狠地说。我满不在乎：你得喂我，手还被你铐着呢。她贼大的眼珠往上一翻，留出迷人的眼白：爱吃不吃。

从认识游祺的那天起，她就让我交代问题，不说则把我铐起来，限制我的自由。我多次强调该交代的都已经交代了，实在说不出些什么来，就算是严刑逼供也徒劳。我说你在单位也是这么审犯人的？要如此早晚得出事。游祺恶狠狠地说：你就抵赖，看我怎么治你。游祺每次说这话的时候，都是穿着无袖的衬衫，胳肢窝里的黑毛伸出来一边一个，像猫的胡须，引我发笑。

面吃到一半她就打我的脸，让我交代。我一脸无辜：警察妹妹，我昨天才认识你，你在大马路上亲我，弄得我一脸口水，害我生了病，刚从医院打针出来，你却铐了我在这里叫我交代。我交代什么？我说话的同时，游祺俊俏的脸上阴晴不定，铜铃一般的眼睛像两个蓄水池，眨眼之间漂满了泪水，滚滚而下。我却一脸疑惑。

四

我去公安局办事，在大厅碰上了游祺，她扎个马尾辫，表情严肃，不苟言笑。我和她擦肩而过，在她的视线里几乎没有我的存在——那是我和游祺的第一次遇见。

窗口办事的是一个扁嘴的女孩，留着干净的短发。可是态度却不怎么样，冷冰冰的。我也就热情不起来，说话更硬。也不知矛盾来自哪里，总之是吵了起来。她认为我的身份证上的我并不是我，几番解释之后，一股无名之火就从心底冒出来，并无限放大。我的声音愈渐增高，最后到了声嘶力竭的地步，引得大厅里的人都盯着我看。扁嘴的女孩胸脯挺得老高，大口喘气，像是说：你来吧，我招架着呢。

那时游祺一把捞住我的肩膀：你这个人和小丫头吼，还像个男人不？我甩开她，大喊：我就不是男人，怎么？我怒视她，她无辜地看我，有半分钟的沉默，随后，三个人都笑了。我有点不好意思：谁会拿张假身份证来糊弄？吃饱没事干？我给自己找台阶下呢。游祺显得很老练，拿过我的身份证细看看，转而盯着我的脸，对女孩说：给他办吧。说完手插裤兜走远了。我心里想着：长得倒是不错。扁嘴女孩极不情愿地坐下恶狠狠地问我出去几天。

出门前照例要请几个好哥们喝酒，最好还要问问他们需要从外面带点什么进来，这样才表示像个人。我把他们约在二院后面的一个小餐馆，老板娘是越南人，叫媛姐，黑却晶亮，皮肤特别细腻光滑。因为我是常客，她把阁楼上最细致的一个房间给我留着了。下午三四点钟的时候，我在单位实在无聊，就早早步行到餐馆，时间还早，老板娘在吧台和几个年轻服务员聊天不时爆发出清脆的笑声，我站在门口发愣。老板娘示意大家干活去，给我行了个越南礼：你来啦。我打着哈哈。单位没事干就先来坐坐。媛姐笑着说：今天肯定是不一般的一天，不光是你没事干。我用疑问的眼神看她，她朝我努努嘴，叫我去阁楼看看的意思。我随她上楼，房间门打开的一瞬间我感觉有一道光射进来，一下子晃晕了我的眼。等我睁开眼，我发现游祺悠闲地坐在那束光里，随意地翻着腿上的书。我们互相审视了对方，又同时发出惊讶的呼吸。媛姐招呼我进去，却说了一句意味深长的话：看来都是有缘人啊。

我微微地坐下，心里却是有些开心。游祺合上书，默默地看媛姐为我倒上水随后关门出去。这个时候游祺很安静，整个人像是一杯清凉的山泉水。我甚至没法和上午那个干练的她联系到一起。也许时间在你我不经意间悄悄溜走了。我干涩地笑，整个房间都是我那不着调的笑声。游祺淡淡地说：你不必这样，我又不抓你。我才停住，讪讪地说：那是那是。

我给自己杯子里续了点水，刚要放下，又赶紧给她的杯子满上，却不小心倒多了，水溢了出来，她如一只兔子往后跳，连连摆手：不用了，我不喝水，谢谢。我想，那时我的脸估计比猪肝的颜色还要深。再次坐下来，游祺把书放在一边，没话找话说：你也是被请的吧？我一时没听明白：没人请我，走来的。她捂着嘴笑：我是说晚饭，谁请你的？同时，她的双手向前伸，手心向上摆在桌子上。我连忙点头，想想又摇头。她脸带笑容地看着我，并不明白我的意思。我想，今天的我和任何时候的我都不一样，有些慌张，也有些神秘。

房间里响起了歌声，晚饭前媛姐都会放一点越南的歌，虽然听不懂，却能感受到南方那个国家特有的味道。我们不再说话，半闭着眼睛认真地听歌。

陆陆续续地，我请的哥们都来了。每个人看见游祺都眼睛发光，胡乱找话和游祺搭讪，一半更是抓着她的手不放，嘴里喊等花子来了揍不死他，这么好的姑娘不早点引荐。游祺都是浅笑，自有她的一番威严。我被一半推到一边，仿佛是个多余的人。

菜上到一半花子才来，他的脑袋上架着一副墨镜，进门就不停地道歉：各位兄弟，意外，的确是意外。刚要出门老板叫我，南边的石头出了点问题，我是硬着头皮出来的。游祺，你来啦，这帮兄弟都自我介绍了吧。花子从进来开始眼睛就没有离开游祺，边说着话边推卫杨，觍着脸坐在游祺身边。游祺笑眯眯的：他们都很好。花子挨个把我们介绍了一遍，最后拍着游祺的肩膀，貌似隆重地说：市公安局的游祺，美女，公安局的宝贝啊，有事可以去找她。我们都吹口哨鼓掌起哄，一半酸溜溜地说：怎么好事全让你这个臭小子碰上了。游祺连忙说：别听他瞎说，你们出国办证可以来找我。

晚饭进行得很顺利，酒也喝了不少，渐渐地说话声就大起来。媛姐进来两次委婉地劝我们声音小一些，别影响到客人。最后叫买单时，媛姐居然换了一身衣服，应该是越南的民族服装，透着东南亚特有的女人味。花子、一半、卫杨挽着肩膀先出了包厢，说是要去下一个地点喝酒。游祺却没走，很有礼貌地等我同行。媛姐收了钱笑盈盈的并没有走的意思：你明天就去越南？我说：是啊，哦，你看我的粗心，那是你的故乡。媛姐又说：游祺去吗？游祺回答：不去，我今天才认识他。媛姐说：有的人认识了一辈子也没有故事，有的人哪怕刚认识却终将发生些什么。游祺有点不好意思地垂着头。媛姐手里捧着一个锦囊：送你们个东西吧。我接过来拿出来看，是两个不规则的晶体，用极讲究的红线穿着，可以挂在胸前。媛姐说：你把那个小的给游祺，这是我们那里一对得道高僧的舍利，就送给你们吧。我连连摆手，这么贵重的东西可不敢收。媛姐含笑挡着我的手：物件都是有它应有的主人，今天它们也是自有了归属。说完就急急地出去了，倒是留下我和游祺愣愣的。我把小的舍利给她，她也不接，只是笑着看我。我说：你不要可以一会儿还给她。她说：我要，只是不知道媛姐的意思。我笑：哪有那么多意思，来吃饭送的小礼物呗，至于舍利什么的我是不信的。游祺拿过去直接套在脖子上：好看吗？我说：不错，有点味道。我们笑着结伴出来。

夜已经深了，城市的灯光打破了夜的宁静。我们都没有说话，向前走了一些路。在南禅寺门口她向我道别并祝我旅途愉快。我看着她青色的背影发呆。

我又往回走，在饭店门口再次看见嫒姐。我说：嫒姐，你这身衣服真好看。嫒姐笑着说：在我们那边女子都穿这个，它有个很美的名字，叫“奥黛”。我若有所思地点头。嫒姐又说：刚才舍利的主人实际上是一男一女，他们还有一段很凄美的故事。我赶紧开溜，不听不听，一说故事就头痛得很。我大步往前走，只留下嫒姐爽朗的笑声。

晚上我回到家里感到一阵莫名的心痛，而且愈来愈严重，到后来只能趴在床上痛苦地呻吟。每天必做的挖洞工作也不能进行，好不容易到后半夜疼痛才缓下来，我沉沉睡去。

五

到达越南是半夜一点，我从飞机上下来就感觉天无比的黑。接我的是一个黑黑的女孩，牛仔裤T恤衫，并不是嫒姐说的“奥黛”，不免有些失望。她开的一辆小车，刚好塞得下我俩和行李。出了机场后刚开始还有些路灯和建筑，后来就是漆黑的夜色了。我和她说话不多，干脆就窝着身子打盹，竟然睡得很沉。

我被一阵疼痛叫醒，心里感到一丝害怕，连眼睛都没有力气睁开，只觉得全身如散架了一般。时间静悄悄地过去，我的意识也随之清晰，世界在我面前倒立，全身的血液都往头部涌来，感觉脑袋变大了许多。原来我被挤压倒立在车里，借着汽车仪表微弱的光芒，我看见嶙峋的山谷就在车旁，越南女孩也不知去了哪里。

我像一只猫，不发出声响，这辆可怜的小车刚刚一定是经历了从上到下的翻滚，带着我由天而降。我试着活动身体，左手还能动，双脚和右手却没了知觉。车门是经过多次尝试后才被打开一条缝，幸好我的脚没有被卡住，于是我如蜗牛一般慢慢地爬出了汽车。头顶是一片黑得吓人的天空。

来自丛林深处的各种叫声此起彼伏，我大口喘着气，趴在一片柔软的草地上等待天明。

一只彩色的鸟儿在枝头上鸣叫，一声接着一声。我睡了好久，再次醒来觉得身体灵活了许多，虽然还有些疼痛，手脚却没有断，也是万幸。空幽的山谷透着宁静与新鲜，让我这样一个在城市生活了多年的人生出许多感慨。在黑夜中我是害怕的，可是有了光亮的清晨，我心生坦荡。

这是一个偌大的山谷，所有的植物都带着露珠，感觉就在头顶飘着云雾。我向着开阔处走去，杂草把我的双脚打湿，我的鞋也找不到了，幸好满地都是草和野花。走了许久，感觉植物种类起了变化，有许多参天的树和枯死的藤蔓，脚下也开始有光秃的石头和带刺的灌木，把我的脚刺得生疼。最让我难以忍受的是，空气里弥漫着火药味，味道相当地浓，这让我想起童年除夕的夜晚放完烟花后空气中的味道。

莫不是今天便是除夕？

在毫无准备的情况下，我看见了游祺。当时我站在一个山头，眼前是一个广阔的平原，游祺就站在两支军队中间——剑拔弩张、猛虎扑食的样子。我细细地想，难道是爬了几个山头走了许多的路，血糖降低出现了幻觉。可空气里的那股火药味还在，无比真实。在游祺的身边还有两种打扮的人，都挺直了腰杆，类似军官。说也奇怪，我和游祺隔了这么远，游祺沙哑的说话声却飘了过来：不要开枪，不要……后面却是我听不懂的话了，也许是越南话。游祺的脑袋两边摆动，显然是在向双方说话。我躲在树林里远远地看着，令人咋舌的事情出现了，一个焦躁的“我”不知从哪里蹿出来，一把抱住游祺往身后拽，随后就响起了震耳欲聋的炮声和枪声，许多炮火在两人身边燃起，“我”和游祺慌张地捂着脑袋，“我”顺势一个抬头，一张惨白、惊恐、变形的脸映入我的眼帘。

六

我的洞越挖越深，离开居住的地方很远。洞里阴凉潮湿，湿气直往骨头里面钻。有时听到淙淙的流水声，有时听到坚硬的地铁穿过的声音。大多数时候我都是兴致盎然的，却也会有情绪低落的时候，质疑自己，认为这一切的一切都是毫无意义的。我甚至都不知道为何而存在，幸而游祺的影像出现在脑海才有些释然。我在亲手挖的洞里沉沉睡去。

游祺的皮肤雪白娇嫩，好像婴儿，屁股上有许多不规则的红点。游祺说没办法，阴天下雨就是这个样子。我吐着烟圈看着她说：看来你也有个不愉快的童年。游祺的那身警服就挂在床边，我们光着身子干那事，总有莫名的冲动。来回多次后，她穿上警服，拍拍我：你等着，我去买点吃的。说完就消失不见了。我一丝不挂地从门口探出脑袋，无锡的天空飘起了细雨。

花子踩着雨来找我，一进门就抖他的衣服：下雨，还真冷。我端坐在书房，手握毛笔，有模有样地写大字。花子慢慢看我，像是端详一个怪物：最近怎样？我说：还能怎样？很好。花子终于笑了：和游祺还有联系？都找不到她。我冷冷地说：游祺刚走，一会儿还来，买吃的去了。花子瞪着大大的眼睛看我，在我的书桌前走来走去。

那天，花子很晚才走。说来也奇怪，游祺一直没来，明明说是去买吃的。我写的毛笔字全都从纸张里走出来，在我的眼前晃来晃去。

七

我和游祺跑得很狼狈，其实是我拉着游祺在跑，她的表情木然，嘴巴一张一合。在树林里一个人走都困难，更何况还拉着发呆的游祺。于是我们经常摔倒，却又经常爬起来。许久，感觉离炮火很远了，我俩坐在树边大口喘着粗气。游祺显然是惊魂未定，眼角似乎还有泪痕，像一只受了惊的兔子。“你怎么会在这儿，到底是怎么了？”我问她。游祺的嘴巴轻轻地动了几下，没有发出声音。

枪炮的声音消失了，只有偶尔零星的几声。游祺开始哭泣，她抱着膝盖，头埋到肚子里，肩膀剧烈地抖动。我静静地等待她缓过来。树林里静谧阴暗，阳光很难透进来。等了好久，游祺终于停止了哭泣，抬起头，慢慢地抽搐。“本来可以阻止的，到底还是打了。”游祺说。

我并不关心谁和谁打，我只关心前两天才在无锡见面的游祺为何会在这里——越南与我相遇，因为疑团实在复杂，我都不愿去问她。

“去年年底开始的战争，就是一场灾难，看不到停止的希望。说好今天是元旦，可以停下来过节，让村里的老人看看自家的孩子，让守在家里的女人可以和男人有个难得的温存，让调皮的孩子看一眼从未见过的父亲。可最终还是打起来了。是我在中间没有说好，一切都是我的错。”游祺的说话声断断续续，让我感觉在身边又像是在远方。

游祺带着我往前走，她对这里很熟悉，知道在哪边转弯哪边停下，碰到崎岖的山路，她灵活地过去，提醒我小心，好像她从小就生活在这里。大约爬过一个山头，阳光变得热烈疯狂，我全身都已湿透，越南的天变化多端，犹如夏天。眼前出现了村庄，低矮的房屋相互依偎，一条小溪从脚下插入村庄，把这片陌生的土地一分为二。游祺平静了许多，脚步也不再匆忙。她仔细地打量我，表情很不一般：你不是越南人？她问我。我笑着说：你说的也不是越南话。她先是一愣，随后就笑了。她说:我是越南人，我从小就生活在这里。看，就是前面那个村庄。我随她的眼神看去，隐约看见有老人坐在屋子的门口远远地看着我们。

事情已经超出了我的想象范围，也许是哪个地方出了差错，而我却没有察觉。

“你不认识我?”我大胆地问她。

“你把我拉开，这是我第一次见你。要不是你，也许我能做个好翻译，也许战火能停下来。”游祺的眼睛里满是忧伤。

我却心生恐惧。

我和游祺慢慢地走进村庄，有面无表情的老太和游祺说着我听不懂的越南话，空洞而又遥远。

八

游祺穿着警服跷着二郎腿坐在我的办公室，光笑不说话。我很紧张，额头渗出汗来，就怕同事们看出些端倪，说我犯了事，警察找上门，还是个女警。

“你来做什么?”我问她。

“还能做什么？看看你呗。”

“穿成这样来看我，以为是传唤我呢。”

“哈哈，你做坏事了?”

“那倒没有，虽然一直想做来着。”

“就你，够呛。”

游祺和我有一搭没一搭地说话，小叶假装惊讶地进来说：你是网上和他亲嘴的那位吧。

游祺抿着嘴笑，我赶小鸡似的推开小叶：走开，别添乱。

小叶从门口探进脑袋来：真人比照片更漂亮。

游祺说：谢谢。看来你到处介绍我。后面半句是对我说的。

“去媛姐那儿吃饭?”我问她。

“好啊。”她直愣愣地起来，挺让我胆怵的。

那一阵子我和游祺的感情发展得很好，不紧不慢，不温不火。大部分时间是在媛姐饭店以及大马路上度过的，光中山路就走了有上百遍。

有一回走着走着碰见了一半，一半吐着大舌头惊讶地问我：你不是在越南吗？游祺却在旁边偷偷地向他使眼色，以为我没有发现，可那时我的脑袋却出奇地疼起来，想说的话一句也说不出来。游祺半推半拉地往前走，我晃晃悠悠的，看上去像个小丑。

我终于想到点什么：越南，是的，我好像去过。

“别瞎说，没有的事。”游祺严肃的表情让我看着害怕，我也不敢再说什么了。

我企图带游祺上我家去，可是游祺总是拒绝。我说去看看我挖的地道吧，那里通往一个美丽的小岛，好地方，很美的。游祺看我说得多了，就安慰我说：会去的，等你挖深一点，一定去，骗你是小狗。那天晚上回家我特别来劲，一直挖到天亮，中途有一段的泥土特别硬，我使了很大的力气依然挖不动，挖着挖着，从坚硬的泥土里掉出一个闪闪发光的东西，我拿在手里看，是媛姐给我的那个舍利。我便更加疑惑，它怎么会在这？它让我伤透了脑筋，我坐在洞里思考了许久，仿佛时间都停止了。

九

村庄里很安静，没有什么人，只有孤独的房屋。第一排房子的中间一个门前挂着两个红色的灯笼，大门关着，门上挂着一张图画，像是一片红色的云，画上方还有文字，我看不懂，却有一个数字，是“1980”的字样。我问游祺：这是什么意思。游祺冷冷地说：没什么意思，今天是元旦而已。我恍然大悟，怪不得有灯笼，是节日：那1980呢？游祺说：1980年。我更惊讶：哪个1980年？游祺不耐烦了，也不说话。我继续焦急地问：哪个1980年？游祺大叫：今天的1980年，今天就是1980年的元旦。我笑了起来：你胡说，1980

年元旦我才刚出生。

我浑浑噩噩地跟着游祺走，到一个小屋子里才停下，一个黝黑的小孩站在屋子里，鼻涕快挂到下巴。游祺和他咕噜咕噜说着话，他却看着我友好地笑。我一下子就晕了过去。

我醒来时游祺坐在身边，她的头发全都披在脑后，脸孔湿润，发出淡淡的清香。她穿着洁白的“奥黛”，把柔软的腰线全都勾勒出来。

游祺喂我吃东西，那是夹着药材味的乌黑的粥。我说：我的脑子很乱，吃不下东西。游祺说，她的脑子更乱，也得吃东西。后来就是她喂我，我吃，直到阳光照在我俩的脸上。

天黑前，游祺坐在门口编草鞋，自言自语，我又回去看了，到处都是死人。空气里都是血腥味。这个村子除了我们俩剩下的全是老人和小孩。我突然冒出一句没头没脑的话——我们要好好活下去——我也不知道是什么意思。

十

花子的石头生意做得很大，他要经常来往于无锡和云南，大多数时候要出境。每次回来都会带些稀奇古怪的石头送给游祺，游祺在工作上也会给予他方便。可后来他就把石头交给我，让我转送给游祺，我不干，他就取笑我：都搞到床上去了就别给我装，我和她只是利用关系，不像你和她谈朋友。我说：怎么，不能谈么？我们都是单身。花子说：可以谈，这年头又不包办婚姻，兴自由恋爱。我听花子的话中有话，立即警觉起来：谁说要和她结婚，没有的事。

花子说：那不是水到渠成的事？我摇摇头：不，不一样，我有苦衷。花子可怜地看我，一摸鼻子：是啊，你有苦衷。

晚上吃的小笼包是冷的，我吃得猛，走在中山路上老打嗝，游祺给我后背抚摸，还真灵验，打嗝好了。到电影院门口看到人很多，我们也没细看什么电影就买了票进去，结果是个恐怖片，游祺一个劲地往我怀里钻，我在她耳边轻轻说：你是警察还是我是警察？她嘿嘿地笑：我是文职，不抓坏人。从电影院出来我们一人一杯奶茶摇摇摆摆地边走边喝，看见一家美甲店，她就进去做指甲，我在旁边看着，一个胖姑娘像个木匠在给游祺的指甲打磨。在公交车站，游祺举着双手，手指撑开，晃着她亮晶晶的指甲：怎么样，怎么样？好不好看？我说：好看，像工艺品。看着她上车走了，我才乘着夜色回家。还没到家门口，游祺就打来电话，她说：白天碰到花子了，他让我离你远点，说你玩弄我，不想和我结婚，有这事不？我说：没这事。游祺说：那是什么事？我说，什么事？游祺说：和我结婚的事。我说：容我想想。她说：有什么好想的。我说：是没什么好想的，那就结吧。游祺在电话那头哭了，我悄悄地挂断电话。

十一

我慢慢习惯了山里的生活，空气里永远都是湿漉漉的，就算是晴朗的天也感觉生活在水泡之中。我和游祺，还有她那个黑黑的叫毛蛋的弟弟三个人没事就到树林子里去刨野菜、采蘑菇，听到有打枪声就自然地弯下身子企图让子弹从头顶飞过，其实战场在很远的地方呢。

游祺的神志越来越混乱，她经常自言自语，坐在石堆上就是半天，刚开始我觉得好奇，也很关心，听得多了也就不当回事。她总是自责，认为那些当兵人的性命都是她拿去的，真是可笑，她把自己当成了生命的主宰。有一段时间她都在修缮那个巨大的坟墓，里面埋葬的都是军人。我也不得不认清了眼前的事实，发生在我出生前后那两年的对越自卫反击战正清晰地在我身边播放，我都懒得去想明白这其中的逻辑和合理性，一切都随着时间回归正常。

一连下了十多天的雨，隔壁阿婆家的房顶都要塌了，我和游祺穿着蓑衣给屋顶盖油毛毡，毛蛋像只小狗在雨里蹦蹦跳跳，游祺用越南话大声骂他。就在这时，卫杨拖着一条伤腿从河边冒了出来，雨水冲刷着他英俊的脸，眼睛却睁不开。毛蛋看到他身上的解放军装扮，吸着嘴往后退，捡石子扔他，卫杨左右摇头躲避石子的攻击。我和游祺从屋顶下来，毛蛋躲到我们身后，我惊喜地喊他：卫杨！他晕了过去。

卫杨很虚弱，一直处在昏迷之中，虽然有时短暂地醒来，却又很快地睡去，嘴里时不时说些胡话。游祺用草药把他的腿伤敷住，身上其他地方并没有伤，可能主要还是因为劳累和疲惫。游祺问我：这个人你也认识？我点点头，很快又摇头：我也认识你你却不认识我，看他的装扮，估计他也不认识我。游祺说：你真是一个奇怪的人。我说：我也觉得我是个奇怪的人。

十二

卫杨在广告公司上班，喜欢打牌，只要听说有牌打，什么事都可以放下。有时中午的牌局刚开始就联系晚上的搭子，或者问能不能直接打下去，我问他：连轴转不累吗？他一般都是笑而不答，要么就是说不打更累。

有一天阳光明媚，暖和的空气包围着我，许多粉尘在阳光里跳舞。我泡了一壶好茶，穿上工作服，戴上一顶可笑的西瓜帽，准备大干一场，我得赶在春天来之前把地道挖通，好让游祺看到那个世外桃源。游祺带着卫杨来了，卫杨的眼神闪闪烁烁，说话时眼珠子乱窜，感觉恐惧缠绕着他。“你还好吧？”他问我。我说：很好，没有什么不好的。他们坐下来开始喝我的好茶，好像这壶茶本就该是为他们泡的。阳光正好照在他们身上，把他们的脸照得亮堂堂的。我不说话，他们也就不说话，时间静悄悄地过去。

在这段时间里我想起了上学时的卫杨，他瘦小却又结实，喜欢惹事，并且自认为英雄，样子虽然可笑，却也有闪闪发光的气质。也是，谁不想成为一个英雄？

后来游祺又不知去了哪里，留下我和卫杨默默地喝茶，气氛静得怕人。我干咳了两声：在越南我救了你。卫杨抬头惊讶地看我，我接着说：你昏迷了一天一夜，醒来就不认人，嘴里说着一些胡话，脸红脖子粗，口口声声要教训我，大声喊着口号。卫杨一时来了兴趣：都喊了些什么？我摇摇头，记不清了，有一句还记得。卫杨仰着头耐心地等我说下去，我假装喝茶故意卖了个关子，一抹嘴，大声说，人民的力量是无穷的。

卫杨开始笑，各种姿态地笑，夸张的是双眼象征性地挤出了眼泪，在我面前闹腾得像只猴子。我生气地说：好了，走吧，不留晚饭了。他的表情一下子凝住，感觉脸上结了冰块。最后，悻悻地走了。走远了，我看着他清瘦的背影忽然发了火，回屋把他带来的几个包装盒都扔到了门外。

晚上天气突变，狂风暴雨夹着冰雹铺天盖地下来，我在地道里感觉到了大地的颤抖，抖着抖着，来时的地道塌了方，泥土成块成块往下掉，我连忙往回走，可哪里走得出去？我心想，罢了，今天是要见马克思去了。

十三

形式急转直下，越南官方的封锁愈加地紧。我和卫杨躲在丛林里不敢出来，游祺和毛蛋给我们送饭。1980 年的越南山村，战火纷然，每天都在死人，卫杨的脸上线条凝重，透着一股孤独的寒气。他的眼神越发阴鸷，感觉大脑在积极地转动，谋划一件巨大的事情。我和他说话，他没有回应，给他吃的，也只是顺手接过，默默地吃着。我心里不免害怕起来。

天黑的时候，卫杨像只兔子跳了出去，我紧紧地跟着他，我们穿过了大半个丛林，在一条公路边停下来，卫杨静静地猫在草里，月光照在他棱角分明的脸上。

两个越南士兵骑着自行车经过，嘴里哼着歌，可能是喝多了酒。卫杨一个箭步突出去，放倒了一个，又扑第二个，和越南士兵拧在一起，互相掐着喉咙。我很害怕，躲在树后面不敢出去，眼看第一个士兵摇摇晃晃起来摸着腰间的枪，我心想，卫杨完了。却有个黑影不知从哪儿冒出来，握着透亮的尖刀在士兵身后给了几刀，士兵一下子软绵绵地倒下了。这时，卫杨也把身下的士兵解决了。

两人轻声地嘀咕了几句，把士兵的尸体扔在草丛里，一人推着一辆自行车往我这边来，我赶紧迎出去，帮忙推车。卫杨一脸兴奋，显得很高兴。我借着月光看那个和卫杨一样装扮的战士，居然是一半。“他是谁？”一半问卫杨。卫杨轻声说：自己人。一半认真地看我，我不怀好意地笑：别看了，你也应该不认识我。

两个和大部队失去联系的战士有说不完的话，两人竟然是一个团的兵，只是平时没有碰过面。战场也很近，翻越的是同一个山头，牺牲的是同一批战友，仇恨也是相同的。才会这么巧盯上了相同的敌人。

十四

无锡的冬天冷到骨子里，游祺在马路口做志愿者，挥舞着小旗子看红绿灯的变化。一阵冷风吹来，她在寒风里瑟瑟发抖，鼻子通红，眼睛迷离。

我从身后拉了拉她的头发，她一脸恼怒地看我。

“大冬天的，站在这里做雕塑啊。”

“起开，你知道什么？”

“我知道冷。”

“你不用上班？”

“上班上着没劲，来看看你，想你了呗。”

“别闹，下了班来找我。”

“给你买个手机，你的不是说坏了？”

“能用，买什么新的？”

“朋友送的手机券，不要钱。”

“真的吗？那现在就去。”

我们趴在玻璃柜台朝里看手机，把两个硕大的屁股暴露在外。一半表情严肃地站在柜台里面。我和游祺挑了好久，看看这个好，看看那个也好，举棋不定。一半并不打断我们，安静地看着。最后我和游祺吵了起来。“你用还是我用啊?”游祺贴着我的耳朵叫。“你用也得好看才行!”我坚决不让步。游祺叉着腰瞪大双眼气鼓鼓地看着我。我一直笑。

一半终于开口了：不要把券还给我，不送了。

我们都朝他看，连忙赔着笑脸：要要要，免费的干吗不要，就这个。

一半气着说：谁说免费的，是我送你们的，搞搞清好吗?

我们高兴地拿着新包装的手机，转身准备出门。

一半说：就这样走啦?

我说：多谢了好兄弟。游祺也摇了下脑袋：谢谢。

游祺在我的房子里摆弄新手机，很认真的样子。我穿戴整齐手拿工具马不停蹄。“你干吗去?”游祺抬头问我。我说：挖洞去啊。游祺落下眉毛：不能歇一天吗? 我大声朗诵：革命工作一天都不能歇。游祺无奈地摇摇头。

我又想起了什么，回到游祺身边神秘地说，告诉你，我最近感觉快挖到目的地了。游祺问：哪里? 你的乐土——我说：是的，经常挖到士兵和马车。游祺眼睛发光：别瞎说，挖到兵马俑要抓起来的。我点点头又摇摇头，我哪能管这么多，谁也不能阻挡我，秦始皇的兵马也没用。

那天晚上在洞里，我的耳边一直响着兵马冲杀的声音，时高时低，让我无比亢奋，眼看胜利就在眼前，浑身都是力量。

十五

游祺看到我又多领了一个人回来，很惊讶。一半看到游祺就不怀好意，他阴阳怪气地嘀咕：你是越南人。我挡在游祺身前：越南人怎么啦？她是好人。卫杨止不住地笑：又不是小孩子过家家。一半看见游祺手里吃的，一把夺过去，在角落吃了起来。我说，有本事别吃，我看你是坏人。

我们在丛林里躲了半天，一半一直不安稳，吵着要去杀越南人，又说要去找大部队。脸上的表情也不对，越来越执着。我让游祺赶紧回去，游祺也犯了倔：打仗倒霉的都是老百姓，你们当兵的只会杀人。我硬把她推走了。毛蛋害怕得紧紧跟着我们。

晚上的时候，还是出事了。我就睡着了一小会儿，一阵枪声把我吵醒。卫杨和一半已经不在，两辆自行车也不在。我连忙往村子里跑，狗叫声此起彼伏。游祺家门口聚着几个人围在毛蛋身边，毛蛋像只可怜的小狗瑟瑟发抖。“毛蛋，你姐呢？”我问他。他看见是我，眼睛发亮，紧紧拉着我，咿里哇啦地说着，我一句都没听懂，其他人也在用越南话叫喊，团团把我围住。我拉起毛蛋就跑，我猜想，游祺肯定是被卫杨和一半劫走了。

毛蛋一路上把我往东面的山上引，显然是看到她姐姐往那边去了。我们翻过半个山头，天是愈发地黑了。在下山的半山腰上，我们看到了部队，黑魆魆的营地四周都是站岗的解放军。我趴在灌木里凝神发呆，该如何去救游祺？毛蛋拉我的手臂，嘴朝营地努。“我知道你姐姐就在里面，可是贸然进去非但救不到你姐姐，我们也得被抓进去。”毛蛋仍旧焦急地拉我。我说祖宗，你听不懂我的话也能看明白这形势吧。话说到一半毛蛋撒腿就跑上去了，我一把没拉住。

很快就响起了枪声。营地边上的岗哨大声叫唤，有军官模样的人询问什么事，有人回答是个越南小孩。军官问死了没有？那人说死不了，打在腿上的。军官命令加强戒备。营地又变得安静下来。

我很害怕，在我的人生里从来没见过枪和炮，就是看见几个当兵的也是无锡城里的士兵，大多温文尔雅，我真的难以想象眨眼之间取人性命的军人究竟是怎样的，哪怕现在就在我眼前，我也不能理解。我在越南老山的某个山坳里半睡半醒，心中思量着如何救出游祺。

十六

游祺的家在无锡中心的一片老小区里，四周都已经建了高楼大厦，本来说是要拆掉，可几年下来仍在，看着很不和谐，后来在老小区的四周建了许多围挡，贴上五颜六色的标语和广告，把里面和外面隔成了不一样的世界。游祺的母亲有些轻微的神经，春秋天严重一些，平时还是很正常。我每次去她都邀请我和她一起剥豆子，起先我很乐意，可次数多了就不大高兴了，不光豆子，只要有壳的都剥，比如花生、瓜子什么的，热情得不得了。游祺说父亲喜欢喝点酒，用豆子和花生下酒。在老房子的堂屋正中挂着游祺父亲的照片，一身军装，表情严肃正经，看不出一丝笑意。

游祺的房间里随处挂着警服和衬衫，我坐在她的床上发呆。游祺咬着黄瓜进来，一屁股坐下拱我的肩膀：想什么呢？我无精打采：

想你的父亲。游祺饶有兴趣的：说说看，该如何想我的父亲。我打了她一个小嘴巴：你故意的吧，你的父亲，就那张英武的照片，我还是第一次看见，根本就是没有的事情。游祺哈哈地笑：逗你玩呢，我都没见过父亲。我搂着游祺的肩膀不说话。那张照片却在我脑海里出现，是一个充满青春的脸，由于刻意追求留影时的正式感，整个表情都是在努力克制着一触即发的笑容，才导致人物看上去有一种岁月沉积的严肃和萧瑟。游祺的父亲搁现在来说完全是个体面人。“怎么说呢，你父亲是个正直的人，从照片就能看出来——一脸正气。”游祺冷笑着吃完黄瓜：但愿吧，他死在了一个看起来正义的战场上。我企图让游祺说下去，游祺却被母亲叫了出去，她在外面喊花生没有了。

等游祺再次进来，我已经在她的床上睡着了。游祺安静地坐在床边研究我的脸，有时玩弄她彩色的手指，有时用她那湿答答的嘴唇亲我的面颊。

十七

恐惧填满了我的心头，我趴在草丛里一动不动，像一具尸体，但我浑身都在发抖。我的爱人就在眼前的军营里，我却没有胆量冲进去。

天快亮了，树叶上都流下晶莹的露珠。我迷迷糊糊地醒来，看见游祺如仙女般站在营地门口，四周的光线穿透了她的衣服，玲珑毕现。在她身后三三两两地站着几个军人，身上都背着枪，我脑袋发蒙，是要上刑场了吗？又走出一个身材高大的军人，看似有干部的气质——从其他人对他的唯诺上看。我再也按捺不住，想要起身冲过去，可是不争气的双腿因为一个晚上的守候又酸又麻，哪能爬得起来？只见“干部”走到游祺面前，友好地伸出手，游祺稍微迟疑了一下，也伸出手完成了一次重要的握手。此时天已大亮，“干部”的脸在我面前停留了许久，我清楚地看见，他的长相和游祺家墙上的那张照片一模一样，还要比照片显得精神矍铄一些。我哑口无言。

在回来的路上，我问游祺：和你握手的是谁？游祺说：解放军的一个团长。我又问：你们以前见过？游祺摇摇头，双手轻揉脖子：你那两个朋友弄疼了我的脖子。我陡然清醒：一半和卫杨呢？游祺冷眼瞪我说：被团长关了禁闭。毛蛋也留在那里养伤。他知道是我掩埋了他们的同志，一直很感谢我，我听得出来，他也不愿意打仗，至少这一年多来的战场生活改变了他的想法，他希望都能平安回家。游祺的脸红润富有光泽，她激动地说：我和他订了一个君子协议，他的部队和我们的乡村和平共处，我也会试着说服我们的部队和他们不再开枪……游祺后面的话我没有听清，因为我的脑袋像是要炸开了，疼痛传遍了全身。那段山路我走走停停，游祺不知道什么时候也不见了。

十八

那天毫无征兆，一切都那么突然。甚至记不起来那当中的过程。我只是有些累了，帽子掉到一边，镐头在身后的土里掩埋了一半。我已经连续几天不睡觉，也没有吃东西，快要晕倒的时候，我会捡潮湿的石头摩擦嘴唇，那一丝凉意直往喉咙里钻，我伸出笨拙的舌头，舔着冰凉的石头，瞬间精神亢奋，投入到战斗中去。也就是黎明前的那一层黑暗，看似浓厚，实则浅薄。我茫无目的地踢了一脚，眼前的泥土轰然倒塌，伴随着一阵清风，我的隧道终于到了尽头，一个大洞出现在我的眼前。

从洞里出来，我居然不争气地哭了。以往无数个日日夜夜仿佛如潮水般涌上我的心头，朋友、同事，包括游祺，他们的那种眼神再一次刺伤了我，委屈填满了我的心头。那淡淡的风吹在脸上，感觉嗅到了一丝咸味。整个世界都很安静，没有声音，也没有气味。极目望去，地面不知是泥土还是水，确切地说是看不清楚，整个地面都是亮晶晶的，直晃眼睛。直觉告诉我，我得走进去，和它们在一起。

我走了许久，四周的颜色一直在变化，可又觉得没有变化，只是自己的内心在挣扎。有奇怪的声音从远处传来，像马蹄声，又像是怒吼声。渐渐地，影像从红色的空气里显出来，骑马的战士用长刀互相厮杀，鲜血融化在空气里。转眼之间，蓝色的空气里又变幻出袅娜的仙女，和着音乐跳舞。风情万种，摄人心魄。她们缓缓向我走来，越来越近，似乎快要脸贴着脸，我能清晰地看到她们脸上如婴儿般的绒毛。我的心在她们绵柔的身上游走，企图摸遍那洁白的身体。刚要伸出手，又不见了。一只梅花鹿站在米黄色的空气里，一双眼睛闪着精光，嘴里不停地咀嚼着什么。我连忙奔跑过去，眼看就要追上它，它却如精灵在我面前急速向前，和我保持着小心的距离。我再回头，来时的洞已不见，我被丢在了一个孤岛上，陪我的只有一只似真似假的梅花鹿。至于其他都像是在梦境里。

十九

越南的空气很潮湿，特别的闷热。我和游祺去看毛蛋，走在半路就全身湿漉漉的，恨不得把衣服脱光。游祺走在我前面，汗水浸透了她的后背。我琢磨她奶黄色的连衣裤里什么都没穿，汗水调皮地穿过了她的全身，毫无阻拦。我从身后抱住她，整张脸贴在她的后脖子上，滚烫滚烫的。她一个激灵，嘴里发出嘶嘶的声音，像是一条蛇，双手努力地打我。我浑然不顾，就此彻底解放了我的本性。

游祺穿好衣服幽幽地说：你就是我的克星。这句话让我一下子有了力量。

军营里的战士都光着膀子，有些只穿个裤衩，每个人都是潮湿的、黑黝黝的。我紧挨着游祺进了一个临时房，毛蛋安静地躺在里面，腿上包着一圈脏兮兮的纱布。游祺脸上不知何时都是泪珠。我看着病床上的毛蛋，感觉像是一个躺在棺材里的小孩。

这时军营里一阵骚动，有人喊越南佬放枪了，赶紧还击。不一会儿，就传来放炮声，一声接一声，每响一声游祺的身体都不自觉地抖一下。毛蛋也被炮声吵醒，惊恐地看着我们。天气更热了，裤裆里都是黏黏的，像大小便失禁。团长拿着望远镜观察敌情，大手一挥，炮声就停了：别放了，就两三个人，早烧焦了。我和游祺站在伤员房门口看着他，他咧嘴一笑：放心，绝不滥杀无辜。那表情比无锡游祺家里照片上的人物要生动得多了。

二十

还有几天就是春节，我们都约好在嫒姐那儿吃个年夜饭。我、花子、卫杨、一半，我记得好像还有个人，却想不起来是谁，只记得这个人话不多，挺能喝酒，不和人碰杯，只是独自地喝着，中途花子拍他肩膀和他说话，其他就没什么印象了。我们一直喝到很晚，两个服务生都趴在包厢外面的桌子上睡觉。嫒姐在吧台安静地做十字绣，看见我们摇摇摆摆出来，笑着说一帮酒鬼。我说众人皆醉我独醒，是境界，是能耐。花子打我脑袋，说反了，说反了。嫒姐不断劝解：夜深了，都小心些，别吵着睡觉的人家。

游祺站在二院门口，穿着一件粉色的羽绒服，黑色的裤子，黑色的靴子。脸藏在羽绒服帽子里看不清楚，但是一双眼睛贼亮，水汪汪的。就在那个瞬间，我想起来刚才那个喝酒的神秘人，他的眼睛也是这种神采，如一把锥子插入人的心里。花子招呼一半和卫杨往远处走了。我把游祺拥入怀里：天这么冷，你又何必站在外面？游祺轻轻地抽泣：你为什么不听话，偷偷跑出来，喝这么多酒，身体能好起来吗？我摸着她的头发：放心，我的身体好着呢，我要照顾你一生一世。游祺哭得更凶了，也许是被我感动了。我们在午夜的无锡冰凉的天空下停留了许久许久。

后来在我家的床上，因为嗓子渴得冒烟，我从睡梦中醒来，看见游祺安静地躺在身边，脸容俊美甜蜜。我轻轻地摇醒她：刚才喝酒你爸爸也在，就是我在越南战场看见的那个团长，可惜没有说上话。游祺沉沉地说：你又做奇怪的梦了，睡吧，天快要亮了。说完闭上眼，留下一双清晰的眉毛。我哪里还能睡着？盯着天花板看——莫非真的是梦？

二十一

孤岛无边无际，我孤独地在岛上流浪。我的胸口挂着一个晶莹的石头，那是证明我的生命里曾有过一个美丽的女孩。有一天，月亮停在小岛上，带来了刺骨的寒意。游祺像个仙女光着身子出现在我的面前，脸上的表情极其复杂，有笑容，有忧愁，也有深深的遗憾。她洁白的皮肤感觉结了一层霜，闪闪发光。她的胸口也挂着一个晶莹的石头，这也许就是一种宿命。只见两滴泪珠轻轻落下，游祺哀怨地对我说：再见吧我的爱人。我没头没脑地问：如今月亮上是冬天？就这样，游祺在我面前消失了。

二十二

阳光透过百叶窗照进房间，晒在我的身上，我从头到脚像是被锯子锯成了许多条。电视关着，我盯着电视快有一上午的时间了，眼睛都没有眨一下。

“23号，该吃药了。”一个年轻的护士端着盘子进来，里面放了十几瓶药丸，她把盘子放下，按顺序从药瓶里倒出药丸来，有的一颗，有的两颗，有的三颗，有的许多颗，都放在一个小杯子里，举到我的面前。我慢慢地接过来，一仰脖子都倒在嘴里，咽到肚子里去了。护士灿烂地笑着说：23 号，今天表现不错。我回答了一声谢谢。我惊奇地发现，她原来就是那个在越南机场接我的黑黑的女孩，在她的左胸口的胸牌上印着两行字，内容是：无锡市第七人民医院，护士：和平。

2015 年 10 月

武林逍遥

所有人都在看我
所有火焰的手指
我避开阳光
在侧柏中行走
不去看女性的夏天
红草地中绿色的砖块
大榕树一样毛森森的男人
我去食堂吃饭
木筷在那里轻轻敲着
走过的孩子都含有黄金
没有一只鸟能躲过白天
正像没有人能避开自己
避免黑暗

第 一 章

我习惯在晚上写作，夜深人静的时候，正是灵感流动的时候，就如泉水喷薄而发。最好能点上一支烟，随着青烟腾空而上，思绪也就万箭齐发，不可收拾。故事就是这样开始的……

那是一条很老的街道，马路很窄，路边长了许多高大遮荫的树，给深夜的冷意增添了许多的神秘。一个冷峻的年轻人，走在如此凄凉的马路上，他走得不快，却很镇定，脚步很整齐。从马路这头到那头，似乎就只有这么一个年轻人的存在。在陈旧泛青的石砖块上，留下了节奏分明的脚步声。唯一让人觉得奇怪的就是，在如此漆黑的深夜，年轻人的脸上竟不合时宜地戴着一副墨镜，谁都不会知道这个年轻人的脸上到底是什么样的表情，因为缺少了眼睛的描述，表情肯定是木然不为人知的。

马路的一头突然出现了一大批黑衣人，很强壮，透过昏黑的路灯光，散射出许多双星星一样的眸子。因为黑衣人是在年轻人的前面出现，所以年轻人很快就做出了反应，他迅速地转身就跑。

“别让他跑了！”黑衣人如影随形地紧紧追上。

谁也没有多余地讲话，只有利索的脚步声。黑衣人显然是训练有素的，很快就追上了年轻人，当先的一个狠狠地一脚踢出去，年轻人背上挨了一脚，顺势倒地，一个扫堂腿，把单腿站立的黑衣人打倒在地，其余的黑衣人都赶到，七八条腿都往年轻人身上扫来。年轻人左挡右突，已无还手之力，只得两手抱住头部，任其殴打。又打了一刻，想是都累了，逐渐停手，留年轻人躺在地上，奄奄一息。当头的黑衣人一挥手，迅速地都散开，只一会儿就消失在马路尽头。

年轻人有一段时间没有动弹，后来缓过神来，才从地上爬起，捡起了墨镜，戴上，擦了擦嘴角的血痕，依然脚步稳健地向前走去。

我写到这里，笔停住了，吸了两口烟，眉头紧锁。这个年轻人为什么会被打，他被打了之后这是要去哪里，是回家吗？不对，像他这么神秘的侠客应该没有家，那在如此深夜他又将去哪呢，去找那些黑衣人报仇吗？可是连那些黑衣人是谁都不知道，又怎么报仇呢？再说，他也根本打不过这帮人呀。我被这些难以解决的问题给卡住了，可见一旦开了头的故事要想续下的确是件难事。

年轻人叫柳无声，我这么想。

无声上了一辆公交车，紧靠着后窗坐下。左手刚才不知是被哪个人的鞋跟戳了一下，火辣辣地疼，无声用手揉着痛处。

到了百姓路站口，无声下了车，头都不抬就着一个窄巷进去，走得很快，好一会儿，才在一间矮房子前停住，无声左右看看，连贯着敲门。里屋传出一声沉闷的应答：谁啊？无声贴着门缝说：是我，无声。里面有人走动，发出开门声，门支开一条缝，无声就进去了。屋子顶上停了两只鸽子，咕咕地叫。

里屋的灯光很暗，开门的小伙子光着膀子，嘴里哆嗦着进屋往被窝里钻。无声进屋直笑：犯不着这么冷吧，还没到冬天呢！这时，另外一个床上的人醒了，头挺出被窝，眯着眼睛，满屋找人：兄弟，给倒杯水，要渴死了。无声找了半天的水瓶，没找着杯子，就把水瓶递给他喝。那人一坐起，露出了里床的一个雪白的背，还有留着很黑的头发的脑袋。“这是谁呀？”无声问。“马路上泡的。”那人喝完水又回被窝躺下。无声笑笑，脱了衣服，钻进开门的小伙子的被窝里。“你手别碰我，跟冰凌子似的！”

一切又都寂静下来，屋子里弥漫着酒精和烟草的味道，是那种撩人心田的味道。黑夜像是滴入水里的墨汁扩散开来，看似有形，实则无形，到了鼻子前，才感觉到黑的凉意，是要钻到心窝子里去的。无声把被子捂实了，进入梦乡。

天大亮，透过玻璃窗，氤氲在暧昧的阳光流淌之中，使人慵懒。有许多声音传进屋子，自行车的声音、公交车的报站声，还有过往的卖早饭豆浆的声音，都是让人不想起床的缘由。陈弓一个骨碌从被窝里爬出来，坐着犯愣。无声钻出个脑袋：你今天反常啊，这么早就起床？陈弓没理他，麻利地穿衣服，没一会儿就人五人六地站在屋里对着玻璃哈口气就着梳头。“今天是要去相亲的吧？这么体面!”另外床上的花子也挺着头打趣地问陈弓。陈弓点点头又摇摇头，嘴里含糊地应了句，就出屋了。

无声一看花子就一个人躺在床上：咦，我记得昨晚我回来你旁边有口人吧，怎么就没了呢？

花子从床头拿烟，给了无声一根，自己也拿了一根点上：大概老早就走了吧，赶着去上班。你昨晚怎么那么晚回来，和哪个姑娘搂在一块儿了？

无声望着天花板，吸口烟朝着上面吐出去：昨天是栽到家了，被十来口人狂扁，差点回不来。

花子：又是冬天做的？我就搞不懂，那个秋天有什么好的，长得一般，要胸没胸，要屁股没屁股。哪天我给你介绍一个吧。

无声：你看见过她？我记得没有吧。

花子：谁说的，那天在她学校门口，我陪你等她的，只是你没让我和她见面罢了，穿得挺土的吧？

无声没有再说什么，又睡了一会儿，到吃饭的时候才起来。花子已经走了，他今天要和一个老板谈一笔小工程，谈好的话就又有生意做了。无声弄了包方便面吃下。从小柜子里翻出了那本很厚的有点破旧的书，他把上面的灰尘打掉，用抹布擦得干干净净，视如珍宝。

无声从小巷出来，在公交车站等车。午后的阳光暖暖的，是贴着人的心照耀的。这是深秋的天气了，路人都已经穿了外套，衣色鲜艳，五彩缤纷，光彩夺目。在站台左边有个女孩也在等车，高高的个子，虽然衣服穿得很实，却也掩盖不了她纤细的身材。长长的黑头发散散地垂在脑后，怡情，迷人！上身穿着一件红色的线衣，像水般绵延而下，配上紧身的牛仔裤、时髦的运动鞋，大有勾人魂魄的嫌疑。一辆公交车过来，女孩跑上去，回头的一刹那，好像是留给了无声一个神秘艳丽的笑。让无声心动不已，兀自感叹：让我看到却偏偏不让我得到，人间悲剧，人间悲剧啊！他转而一想马上要去见秋天了，刚才的女孩在秋天面前比起来，简直是一丫鬟一小姐，没得比啊！他也就笑了。

无声转了两站车，在一家幼儿园门口下来，园内许多滑梯之类的玩意儿空荡荡的，大概是午睡时间，所以没有一个孩子出来玩。无声从门卫小门进去，沿着花园走廊走，来到大楼前的第一个房间，那是老师的办公室。无声看见秋天正在里面低头看书，窗户开着，有风吹进来，撩动了她背后的头发，所以她不时地要抬手把头发拨下去，在偶然的一次抬手间，她看见了傻傻地站在门口的无声。

秋天：来了，傻站在门口做什么，用不着我请吧？

无声轻脚走进去，在她面前坐下：给，这是你吵着要看的。

秋天双手接过那本厚厚的书：《追忆似水年华》，你还真有这本书啊！不错。

秋天随手翻着书，秀气的脸上荡着笑，愣是把无声给看傻了。

无声摆弄着秋天桌上的铅笔，看玻璃下的每个孩子的照片和名字，在一沓作业本上的闹钟嘀嗒嘀嗒地响着。

秋天：这本书你看过吗？

无声：看过，没看完。你知道的，胡扯的东西过了那段新鲜也就没劲了。

秋天：你瞎说什么啊，这是有名的意识流小说，法国作家普鲁斯特用了一生才写成，像你这么浅薄的人能理解吗？

无声：好，好，我也不看，可是我觉得这高深啊，好像也不是挂在嘴边说的哟。是思想的东西，当真要说出来，不免就要掺假喽！

秋天：这句话说得倒有点道理，所以不是每个人都可以写意识流小说的，普鲁斯特的视角与众不同，想学都学不了。

无声：不和你说意识流了，你是新一代的文学家。昨天，我又被你哥的人打了，十几个人一窝蜂上，躲都躲不了，幸好脸没事。

秋天很惊讶，手在无声四周滑过，像是要给他揉身上的痛处，终于找不到伤处，也就停住，一脸愤怒。气得话都说不出来。

无声：你也别气，我又不是第一次被你哥打，都习惯了。

秋天：还疼吗？我一定去骂他。我要和他断绝关系。

无声：没这么严重，他好歹也是为你好，你哥不许我和你来往也有他的道理，犯不着你和他断绝关系，我也不忍心。我就是搞不懂，你哥究竟是做什么的，会有这么多手下，像黑社会似的。

秋天：我从来不管他的事，才懒得管。他心大着呢。

无声：别是犯法的事啊。

秋天：我们别说他了，好吗，你是不是不敢再和我来往啦？

无声：我还真不敢，都没完没了了。

秋天：那你还来做什么？你走！

无声：我不是和你开玩笑的吗？瞧你那嘴，都嘟一块了。下班还是我送你回家？

秋天笑：不敢叫你送，这回要把你打得猪八戒似的。

这时小高老师从外面进来，看见他们有说有笑的，故意大声地咳嗽：我没妨碍你们吧，热恋中的年轻人！

秋天：小高老师，你又笑我们。

无声：小高老师，我记得你也是没有老婆的人，怎么就老气横秋的呢？

小高老师：这不还没找到吗？秋天老师，马上要把那些孩子叫起来喽，午睡时间应该过了。

秋天：知道了。你就先回去吧，放学的时候来接我。

无声笑：遵命！

无声从幼儿园出来，没有坐车，沿着马路随意地走着，阳光懒洋洋地照在身上，很舒服。无声从兜里掏出支烟来点上抽着，洒水车从身边驶过，无声又蹦又跳地躲开水，但还是被溅了一裤子，无声骂了一会儿，就看见了马路对面的陈弓，他和一个女孩站在一块儿，女孩穿得很妖艳，裙子只有短裤长，衣服也是五颜六色的。他们都在抽烟，陈弓很颓废，低着头，女孩有一句没一句地在说他，拿着烟的手老是在陈弓头顶晃。无声觉得很奇怪，陈弓从来没这么窝囊过，怎么就这么让一个臭女人指鼻子骂脸呢，当然，无声听不到他们在说什么，所有的一切都是根据他们的神情动作想象的。无声刚想过去，就听到一声皮和肉的碰撞声，无声看见女孩捂着脸呆呆地看着陈弓，有一会儿没说话。无声看是在吵架，而且又动了手，也不好意思过去了。女孩说了几句话，大概是申述加恐吓的意思，扭头就走了，陈弓犯了一会儿愣，也走了。倒是无声，不知道他们究竟为什么，站在马路边独自思索了半天，也没摸索出因由来。

无声一下午都在想陈弓和那女孩的事，在麦当劳喝饮料的时候，无声又碰上了那个女孩，她坐在角落里，面前放了一杯可乐，两眼望向窗外。她的头发很短，是红颜色的，全都呈竖直状。无声离她很远，只能隐约地看清她的脸，是很照人的那种，也许是哭过，脸上的色彩有点乱。她坐了一会儿，拿出手机来打电话，声音很响，无声能听到一句半句的，虽然麦当劳的音乐在响着，但无声还是能听出女孩在和一个人诉苦，说些忘恩负义、没良心什么的，电话时间很长，好久她才把电话放下。打完电话她又看向窗外，脸出奇地平静，其实严格地说，无声并不能确定她的脸是什么状态，对于平静的判断也是从个人感觉来说的。她像是想起什么，又拿起电话拨了号码，对方过了好一会儿才接，她很是不耐烦，接通后就大声骂了几句，接着声音突然小了，是用一种商量的口气，头也低下来，怕是别人听见似的，这个电话很快就中断了。她深深吸了口气，眼光正好向无声这边扫过，无声觉得她的眼神一下子变得恶毒可怕起来。

到了下午五点的时候，无声看见那个女孩仍没有要走的意思。可无声却要走了，该是秋天放学的时候了。

秋天站在幼儿园门口，不停地跺脚，一脸的不耐烦。无声喘着粗气跑到她身边。

秋天：你就不要来了，我都等了二十分钟了。不守时！

无声：真的抱歉，出了点状况，不是来接你了吗？你看，脸都绿了。

秋天：你才脸绿了呢，走吧。

无声和秋天慢慢地走着，漫无目的，秋天穿着一件粉红色的连衣裙，在夕阳的垂照下，光彩夺目。秋天的脚步很大，一晃一晃的，像是跳着走，很可爱。

秋天：下午的课笑死了，两个小家伙在上课的时候打了起来，你知道为什么吗？就因为有个小女孩亲了其中的一个小孩，而另外的小孩嫉妒了，就打了起来，两个人还真认真，把衣服都撕破了，我赶紧拉才拉开，骂他们还不是很服气，都理直气壮的，有意思，真的很有意思。你没看到当时的样子，有趣死了。

无声：你是开心啊，我在麦当劳坐了一下午，无聊透顶。

秋天抓了一把无声的胳膊，笑：谁说要送我回家的啊，你后悔也晚了。

无声：那倒是，我自找的。今天吃什么，我们？

秋天：不知道，什么都吃不下。就随便吃点什么吧，然后到哪里去呢？

无声：昨天是跳舞，今天就看电影吧，好像有一部新的片子上映。

秋天：好啊，那赶紧走吧。

无声和秋天看了一场电影，影片是讲一对生死恋人最后却无奈离开的简单故事，无声看见秋天偷偷地擦了好几回眼泪。无声还不失时机地抱住秋天，手假装不自觉地握住秋天的手，秋天在情绪的感染下，当然没有推却。无声暗自敬佩这些低级电影的神秘力量，能让他和秋天亲密无间。

从电影院出来，秋天仍靠在无声的怀里，不肯出来。

无声：好了，故事都结束了。别伤心了。

秋天：我哪里伤心了？只是觉得为那男女主角可惜罢了。

无声：今天我不送你到家门口了，你打车回去吧，我还真怕你家后面那条破马路，行吧。

秋天：好吧，你这个胆小鬼。我一个人回去。

无声：亲一下再走吧，别这么小气嘛，就一下。

秋天假装躲开，却还是被无声在额头上亲着，脸就红了，头也不回上车走了，车子过去才回头看无声，发现无声傻站着朝她挥手。

第 二 章

无声回到百姓站的时候还早，又没带钥匙，走到家门口又折回来站在站口东看看西瞧瞧，别人都以为他是等车的，可就是随便哪辆公交车过来他都不上。人流如潮水忽涨忽退，只有无声如岩石般不动弹。

无声回来得早，并不是说时间还早，是这一次比以前早，没有在半夜回来罢了，其实夜已经深了，大多数人已经在家里看着电视准备睡觉了。无声嘴里嘀咕着骂花子和陈弓这两个夜猫子不晓得回家。

无声吸着烟在看马路对面一家夜宵店的服务员走来走去。这时有一辆公交车靠站下人，在车门快关的当口，又冲下来一个人，无声一看就觉得面熟，可一时又想不起来，那是个女的，手掩着脸蛋，好像是刚哭过，她一下车就钻进了无声家同一个巷口，在她漂亮的身材的吸引下，无声想起她是今天刚出来遇上的那个姑娘，想不到她也住在马桶巷，别是邻居——无声想。无声不由跟在她身后，刚抬腿，就听到身后汽车喇叭声直冲着自己喊，无声一看是谁呢，原来是花子回来了。花子从车窗探出头来，笑：又盯哪个姑娘的梢呢？无声也就没跟上那姑娘，上了花子的车。

无声：你怎么才回来？就等着开门呢。

花子：你没带钥匙吗？呵呵，今天的生意谈得不错，看来兄弟又有好日子过喽，明后天就签合同，有十几万的利润呢。兄弟你我又要好好干啦！咦！陈弓还没回来吗？

无声：没呢，不知到哪里去疯了，我今天在洪武路还看见他的，和一个“鸡”在吵架，他最近也不知道在做什么，神神秘秘的。

花子：今天回来要和他讲讲了，不能再玩了，先帮我把这笔生意做好。

花子把车子停在一家废弃的水泥厂的门口。

无声：怎么停这儿，原先的地方不让停啦？

花子：是的，这里停着也没事，挺安全的。

无声和花子回家连脚都没洗就上床睡觉了。到了后半夜，花子接了一个电话又出去了。有一会儿，无声迷迷糊糊觉得花子带着一个女孩回来了，无声听到他们在讲话，说什么就不清楚了，无声就看了那个女孩一眼，个子高得和鸵鸟似的。那个女孩说怎么屋里还有一个人。花子说没事，就当他不存在。后来他们做了什么，无声就不知道了，都习惯了，已经没有兴趣再去偷听什么，不就是那么个杀猪一样的过程！无声只是奇怪，到天亮陈弓都没有回家。

第二天中午，花子送走了那个高个子女孩。回来给陈弓打电话，陈弓的电话关机了。无声和花子没办法，奇怪了一会儿，也就出去了。花子说有一个项目要签合同，两个人开着车就去了。

在一家建筑设计院门口停好车，无声和花子上了六楼，和早已讲好的甲方会了面，双方说了些客套话，就进入正式的签字。甲方的刘总很大方，没过多地提什么要求，只是抓住质量这一块说了些不痛不痒的话，很顺利地把合同签了。最后握手离开的时候，花子提出晚上一起去大富豪吃饭加唱歌，刘总婉言拒绝了。

花子和无声一起在“黑指甲”咖啡馆坐着喝了一杯咖啡，悠闲地度过了一个暖洋洋的下午。咖啡馆里人不多，大多是年纪不大的白领，整个身子都凹陷在柔软的沙发里，只能看见一个个油亮整齐的脑袋。

花子又给陈弓打电话，电话还是关机的。

无声：这小子到底在做什么，把手机关了做啥？

花子：不对，他从来不关机的。奇怪！奇怪啊！

无声：会有什么我们想不到的事吗？无非就是和女人鬼混在一起，不过和女人也不能忘了工作呀，真是的！

花子：没事，现在合同也签了，送货还要等几天，也许要几个礼拜也不一定，他总不能关机几个礼拜吧。我想不会。

无声：哎，说到那合同，那个刘总怎么这么大方就同意和我们签了，我们的货又不是最好的，没人和我们竞争？再说，后来叫他吃饭，他也谢绝了，这么清廉的老总我好久没见过喽！

花子：你以为他是什么好货色啊，昨天我早塞给他五万块了，要不哪来这么痛快？

快接近下午五点的时候，无声的手机响了，是秋天来的电话。

秋天：喂，无声吗，你今天不来接我啦？

无声：嗯，今天要工作，可能没空，不能陪你了，要不你早点回家吧！

秋天：哦，这样啊！好吧。

这时花子轻声地问是不是秋天，无声点点头。花子又轻声地说叫她一起出来吃晚饭。无声又点点头。

无声：秋天，你先别挂，我马上去接你，我的一个朋友要请我们吃饭，啊？

秋天：你怎么一会儿一个主意？

无声：你在幼儿园门口等我一会儿，就这样，一会儿见。

秋天也挂了电话。花子叫服务员过来结了账，和无声两人上车去接秋天了。

花子的车子牌子是广州本田，是去年才买的，去年花子、无声刚从学校出来就拉着陈弓三人做起了电线电缆的生意，碰上鸿运当头，生意一桩接着一桩地做，出其不意地赚了不少钱，配备了这辆车，就为了谈生意的时候气派一点，可没想到，谈生意没用到汽车，在泡妞上它倒是提供了很多的方便。哪个姑娘不喜欢有车的单身男人呢？

秋天今天穿了一件白色的衬衫，配蓝色的牛仔裤，清新可人。汽车在她面前停下，她往后退了两步，看见是无声在车窗里，又笑着走上来。无声叫她上车，秋天打开车门问去哪儿，无声说你先上来再说。

无声：这是花子，我的兄弟。

花子回过头：第一次见面，秋天小姐真的和无声说的一样漂亮啊，他老在我面前提起你呢！

秋天：是吗？你也不错啊，很帅！

花子：和你的无声比怎么样？

秋天：比他啊，可强多了。

无声和花子都笑了。

花子后来又去天海大厦接了一个女孩，这个女孩长得有点胖，脸却很漂亮，眼睛很大，眉毛很黑，特别是嘴唇，也许是唇彩的缘故，娇滴滴，水汪汪，诱人魂魄。

花子开车到圆月酒店停下，四个人进了三楼的一个中型包厢，服务小姐身着红色的旗袍拿着菜单进来：请问是哪位点菜？花子用手指了指秋天，从口袋里拿出香烟给无声一支，自己也立刻点上。秋天接过菜单随意地看看，就丢给了无声，无声点了两个菜：一个是满堂红，一个是西芹百合。花子说怎么竟是蔬菜，他就拿过菜单，喊了几个油腻的菜。后来，天海大厦接来的女孩点了一个圆月酒店的招牌菜黔驴技穷，服务小姐问喝什么，花子说先来一箱啤酒，服务小姐就下去了。

花子：这位姑娘叫白忆，在天海大厦潇洒演艺吧上班，他是无声，她是无声的女朋友秋天。

白忆、无声、秋天都微笑点头。

一时无语！

菜一个一个上来，很快就齐了，酒也一人一瓶开好放在面前。

花子：都随意吃吧，酒自己倒，都要喝尽兴哦。

秋天把酒给无声：我不会喝，都你喝吧！无声把酒推给她，帮她倒了一杯：多少喝点吧，我送你回去还不行吗？大不了再被你哥揍。

花子：秋天啊，我觉得你哥做得可不对，我的兄弟哪儿不好了？就这么不入你哥的眼。对了，你哥到底是做什么的，派头这么大。

秋天：这是秘密，不能告诉你，啊！

花子：好，不说，来喝酒，今天心情特好。

大家都举杯！

晚饭吃了很久，无声和花子都喝了很多酒，一箱喝完又叫了一箱。白忆一直都没说话，也没喝多少酒，脸如瓷器般平静不见表情。秋天少许地喝点酒，脸就已经微微泛红，妩媚生动。最后，快要结束的时候，花子提议大家去唱歌，秋天说要回家，花子就和白忆两个人去了。

无声和秋天在街上走了一会儿路，走着走着，就走到了百姓路。

无声：秋天，我住的地方到了，就那条巷子进去，你知道那条巷子叫什么巷吗？哈哈……

秋天：不知道，叫什么呀？你别光笑，说啊！

无声：它啊，叫马桶巷，呵呵，马桶巷，好听吧。

秋天：难听死了，带我进去看看吗？你住的是什么狗窝。

无声：什么叫狗窝，小看人。

秋天：我看啊，连狗窝都不如，瞧你这人就脏兮兮的。

无声：你这么说我就不高兴了，我还真要带你去看看，走。

秋天：怎么这么黑，连个路灯都没有，什么地方！

无声：没有你条件好，我嘛，就这样的艰苦岁月混着呗。

秋天：到了没有，走了好多路喽。

无声：你急什么呀，钥匙不知有没有带，哦带了，先拿在手里。看，这不是到了吗？

秋天：啊，就这么个矮房子啊！

无声：怎么啦，别看小，五脏俱全。来，进去。我来开灯！

秋天：不，先不要开灯，我想就这样靠着你，很温暖。

无声：那就坐着吧，我的头好晕，天旋地转。

秋天：你别坐地上呀，我拉不动你，你的床呢，快起来，地上凉。

无声：你的手不凉，很暖和，你的脸也很暖和，你的身体也很暖和。我想亲亲你，好吗？

秋天：不好。

无声：不好就是好吧！

黑夜给了这对喝醉的人提供了调情的机会，也给了甜蜜和幸福展示的舞台，他们紧紧地贴在一起，像是一个人。无声感觉秋天的嘴唇是那么柔软，像是甜腻的巧克力糖；秋天的舌头灵活又显调皮，躲避着无声百折不挠的追逐，夹杂着酒味的齿香是多么的好闻；还有轻柔的鼻息，这都是一道美味可口的佳肴，令无声如入天堂。

这时，灯亮了。谁也不知道是谁开的灯。

在昏黄的灯光照耀下，无声和秋天的嘴都离开了对方，先是互相奇怪地对望，然后是秋天打量所处的屋子，旁边不远还有另外一张床，床上的被子凌乱，被单是紫色的，在床边还放着一个水壶，床头有一个绿色的台灯放在一个小柜子上，床尾靠墙是个简易的衣橱，拉链开着，露出里面一件件的衣服。屋子里就没有什么了，在无声床头卷着的夏天的席子靠在墙角，还有两个凳子。

秋天：是你开的灯吗？

无声：兴许是碰着床头的这根线了吧。无声拨弄了从半空挂下来直到床头系着的一根线。

秋天：你们这屋里就这么简单，连个电视都没有。

无声：就睡觉用用，其余时间不留人。我总觉得这屋里还有人，气氛不对啊。

秋天被无声一说不由害怕起来，依偎在无声怀里，你还别说，真的阴森森的。

无声用手势暗示秋天不要出声，细细听来，外面天井里真的传来轻轻的脚步声，嘟，嘟，无声也害怕了，握着秋天的手都湿了。无声大喊一声：谁？

先是一个高大的身影，接着是一句话：不要怕，是我。门开了。

秋天"啊"地一叫，然后又是奇怪的一声：哥哥！

原来进来的是秋天的哥哥冬天，这也是无声第一次看见冬天。冬天三十多岁的样子，脸上的线条很清晰。他的嘴里含着一根烟。

秋天：哥，你怎么会来这里，你跟着我们的？

冬天：他就是无声吧。

无声：是的，哥哥。

冬天：不要这么客气，看来前天打得你不够！

秋天：哥，你怎么这样，你是在干涉我的自由。

冬天：我不是跟你们来的，我早已在这里等他了，只是不知道你也会来，你们正在卿卿我我，哪会注意到我？你这里还真难找。

秋天：你太过分了。

冬天：你不要说话，我有很重要的事情问他，我不是为你的事来的。你听着，无声，陈弓你认识吗？

无声奇怪地回答：认识啊，你问他有什么事？

冬天要说话，可又看见秋天在，觉得不适合让她知道，就对秋天说：秋天，你先回去，外面有我的车，他们会送你回家的。

秋天：我不回去，你要对无声做什么？

冬天：我是在工作，你快回去，明天不要上班啦？

秋天拗不过冬天，只好先回去了。

冬天在无声的屋里走了两圈，在无声对面的床上坐下沉默了一会儿。

无声不知道冬天的来意是什么，也不知道他为什么提到陈弓，心里一团疑惑，就等着冬天告诉他。

冬天：你这里一共住几人？

无声：三人。

冬天：都有谁？

无声：我、花子、陈弓。

冬天：花子，是个什么样的人，你们在一起都做些什么？

无声：我们是自由职业，没有上下班，你是警察吗？问得这么详细。

冬天把烟灭了，从上衣口袋掏出一个蓝色的小本：我是乐池区刑警中队的中队长郝冬天，这是我的证件。

无声：你还真是警察，怪不得有这么多人追着我打。

冬天：谁让你追我妹妹的。不和你说废话了，十月十五日你在哪里？

无声：十五日，不就是昨天，我在家睡觉。

冬天：就一直在家睡觉，没去哪里吗？

无声：到底出什么事了，你先告诉我，好让我先有底呀。

冬天：告诉你也无妨，陈弓——你的好朋友已经死了。

无声：你说什么？你开玩笑的吧，谁要去杀他？

冬天：我可没说他是被杀。我们发现尸体是在十六日凌晨两点，也就是今天。地址是在天海大厦潇洒演艺吧，当时正好是打烊时间，陈弓一直坐在角落里，直到有人去推他，才发现他已经死了。

无声听冬天说完，脸已经完全扭曲，是那种极度惊吓后的扭曲，更是连话都说不出来。

冬天：你没事吧，吓成这个样子，还不知道你是真怕还是假怕。

无声：你什么意思，我天天睡在一起的兄弟死了我怕都不行。

冬天：我们在死者身上找到了一封遗书，大致是说为了一个女子抛弃他而令他不愿再活在世上，也就是对生活没了信心。初步分析是因为过多服用安眠药而死，具体情况要等法医鉴定才能知道。

无声：太不可思议了，他不像是想不开的人。

冬天：我就是来了解一下情况，好了，你可以说说从昨天到现在你都在做什么。你最后和陈弓在一起是什么时候。

无声：最后一次，好像是昨天早上，他神秘兮兮地出去了，我当时也觉得有点奇怪，对了，那时候花子也在，还没起床。接着过一会儿花子也走了，他是去和一家建筑公司谈生意。大概在十二点我起的床，吃了一碗面，我就出门了，然后去秋天的学校给她送去一本书，这个你妹妹可以做证，后来……大概下午两点我在秋天的学校附近溜达，在一家麦当劳喝可乐，一直到秋天放学我去接她。再后来我和秋天吃晚饭看电影，一直到十点才在电影院门口分手。

冬天：在哪家电影院？

无声：就是天海大厦旁边的工人电影院。接着我回家，到了家门口发现没带钥匙，就走到百姓站等花子和陈弓回来，一直到十一点半。这时，花子回来了，我们就回家睡觉了。

冬天：你怎么这么肯定是十一点半呢？

无声：我可以肯定，因为我和花子一起去停车的，当时我看见汽车上的时间是十一点半，不会错。第二天，就是十六日早晨我和花子一起去签了一份合同，后来我和花子很高兴，就去“黑指甲”咖啡馆喝咖啡，在那里过了一下午，到秋天放学我们去接她，然后又接了一个女人一起去园月酒店吃晚饭，再是和秋天回家，就到了这儿。余下的你都知道了。

冬天：那就是说后来你一直没有看见陈弓，他也没有回来睡觉吗？

无声：对，昨晚我还和花子等他回来的呢，想不到就……

冬天：好了，我把你的话都记下了，也不早了，看来花子回来还有一会儿吧，我就不等了，他回来你告诉他明天到乐池区刑警中队去一趟。

无声：好的，我知道了。

冬天起身要走，又突然回头凶巴巴地说：以后少打我妹妹的主意，老实说我不喜欢你，像今天这样的情况以后不许了，要不然我不会给你好果子吃。

无声申辩：我和她怎么啦？自由恋爱，你也太那个了吧。

冬天哼了一声走了，外面传来汽车发动的声音，等车子开远了无声才如释重负地舒了口气。然后想到天天和自己睡一块儿的兄弟死了，又害怕了，觉得屋子里外四周总有什么东西，衣服都没脱就裹着被子连头包着睡下。可是哪里真睡得着？灯是再也不敢关了，就盼着花子赶紧回来，可也奇怪，无声等了大半夜，花子都没有回来，门口连一点人走的脚步声都没有。快要天亮的时候，无声迷迷糊糊睡了，在梦里他看见陈弓摇晃着向自己走来，到近处发现他的眼睛直直的不见神采，无声很害怕，吓得说不出话来，这时他听到有个女人在疯狂地大笑，笑声很凄厉，一会儿在陈弓身边浮现了一个妖艳的女孩，那恶毒的眼神盯着无声不放。无声一下子从梦里惊醒，满头是汗。他想起来昨天在洪武路看见的被陈弓打巴掌后来一直在麦当劳打电话的女孩，好像就是刚才在梦里看见的女孩。无声想我怎么没对冬天讲我最后一次看见陈弓是在昨天下午呢，哦不对，是前天下午，现在已经天都亮了，花子怎么还没回来，和那个白忆到哪里去了？

第三章

无声没有去找秋天，他觉得心里堵着什么，很难受，他自己也说不清是什么原因。无声站在百姓站等车，车老是不来，好多人都等得不耐烦起来，大声诅咒公交车钻到臭水沟里了，要不就是撞上电线杆粉身碎骨了。无声倒不是很急，默默地站着。在他身边不知什么时候站了个女孩，挎个包，耐心地等车。无声认出就是上两次碰到的女孩。无声对那饱满的牛仔裤印象深刻，就像是一个有收藏癖的先生对古董钱币把玩在手念念不忘，无声喜欢她穿牛仔裤的身材。

无声用心地观赏着身旁的女孩，当然也就看见了伸进女孩身后皮包里的手，无声刚明白有小偷，那只手已经平稳地离开了皮包。

无声大喊：光天化日，如此大胆的梁上君子，实足少见——还不住手！

女孩尖叫：偷东西啊！

小偷匆忙扔下钱包慌乱逃走。

女孩：真的要谢谢你，如果没有你，钱包就要被偷走了。

无声：谁看见都会喊的，不光是我。

女孩：那我也要谢谢你的。我叫童乐，你呢？

无声：我叫柳无声。

童乐：你是不是也住在旁边的巷子里，马桶巷，呵呵。

无声：怎么，你注意过我？

童乐：等车的时候遇见过几次，像现在一样。

无声：听你这么说真是高兴。车来了，你还不上车？

童乐：一起。

无声：哦不，我在等人，不是等车。

童乐：那，再见吧。

无声点点头，看着她上了车。

无声想去一趟潇洒吧，他觉得有许多事能在那里找到答案。

无声在潇洒吧坐下后，谢莹莹客气地问他要喝点什么，无声点了一杯啤酒，然后他就认出了谢莹莹：我认识你，那天半夜你和花子一起来马桶巷的。

谢莹莹：是吗？可我对你没有印象。

无声：也许吧，我一直用被子蒙着头，你们当我不存在，寻欢作乐。

谢莹莹有点脸红：哦，是隔壁床上那位，你睡得死沉，没和你打招呼。

无声：在这里上班很开心吧，笑得这么舒坦。

谢莹莹：就这样，没劲透了。你坐着，我去给你拿酒。

无声随意地四处张望，酒吧里面一共十几个人，大都背靠椅子仰天坐着，不时说几句话，声音忽高忽低，间或几声若隐若现的笑声，空间里就回荡着神秘的气氛了。无声满场子没找到一个认识的，干脆闭着眼睛摇头晃脑地听音乐。

谢莹莹端来酒，还随带一盘水果，说是送的。

无声：算是优待吧。

谢莹莹：你是花子的朋友。

无声：不忙吧，坐下聊聊。

谢莹莹坐下后从无声的烟盒里拿了一支烟点上。

无声：白忆也在你们这儿上班?

谢莹莹：是的，这两天没来。你也认识她?

无声：一起吃过饭，不熟。你认识一个红头发的女孩吗？头发很短，装扮很那个的那种。无声做了个脱衣服的动作。

谢莹莹思考了一下，摇摇头。

无声没有再说什么，两人默默地坐着，后来来了客人，谢莹莹去招呼了。

快到下午五点的时候，无声离开潇洒吧，乘车去秋天所在的那个幼儿园。在门口无声等到秋天，秋天很开心，要请无声吃晚饭，无声问是什么开心的事，秋天不告诉他。

秋天和无声找了家中档的饭馆，面对面坐下点菜，秋天拿着菜单很快地报了几个菜名，又问无声要吃什么，无声说你吃什么我就吃什么。这时秋天才觉得无声怪怪的，她把菜单还给服务员：你怎么了，出了什么事?

无声：陈弓死了，不明不白的。

秋天很惊讶：就是和你住一块儿的？怎么会这样?

无声：毫无征兆，像是一下子被谁夺走似的。

秋天：昨天我哥找你就是为这事吧，他怎么说的?

无声：问了几句，没有具体的事。

秋天：你想怎么做？查出谁是凶手？

无声：我总觉得我知道凶手是谁，就差证实。

秋天：那我能帮你做什么？

无声：你帮我留心你哥的调查方向。

秋天：这很简单。

菜上来，两人都吃得不多，后来，无声和秋天去附近的一个公园静静地坐了一会儿，之后，无声把秋天送回了家。

无声坐公交车回到了百姓站，站口两个醉汉坐地上唱歌，无声不小心绊了其中的一位，醉汉上来就给无声一拳，无声眼睛一阵剧痛，立刻进行还击，三个人手舞足蹈，打得火热。有几个人远远地看，不吱声。两个醉汉兴许酒喝得实在太多了，几乎是不用无声太费劲，自个儿慢下来，最后干脆躺在地上喘气，嘴里喊着：小子，你有种，你等着，等我缓过神来——撕碎你。无声补上几脚，看两人根本就没力气还手，也觉得没劲，抖抖拳头回家去。

在巷口童乐追上来，一脸激动：看不出，你还真行。

无声：是你，你从哪里冒出来的？

无声的一个眼睛肿了，所以歪着头看她。

童乐：我站那儿看你打了一会儿，很英武。

无声：两个醉鬼，和打小朋友差不多。

童乐：还是很厉害。

两人都不说话，无声捂着脸颊，刚才那里被打了几拳，有点疼。

无声站在家门口：我到了。

童乐：这里，我好像来过，陈弓你认得吗？

无声一愣：不认识，没这号人，要不进来坐坐？

童乐笑笑：不了，很晚了我该回家了，大概是我记错了吧。

无声看着童乐远去的背影，不自觉地抖了一下身子，深秋的夜晚是越来越冷了。

无声钻进被窝后，并没有要睡的意思，他的思绪有点乱，他觉得事情要比他想象的复杂得多。今天刚认识的童乐好像早就认识自己了，可自己却一直没有发觉，最主要的是她居然认识陈弓，听她的口气似乎和陈弓很熟悉，可陈弓从来没有提起过她。陈弓的死到底和谁有关呢？陈弓是不会自杀的，这点无声非常了解，那么又有谁会要杀陈弓呢？她的动机又是什么？只有找到那个红头发的“鸡”才会弄明白事情真相。无声心里有点害怕，但更多的还是激动，那种侦探一样的思想老是刺激他的神经，这让他很过瘾。后半夜，无声醒了一次，迷迷糊糊的，花子开门进屋，身后跟着一个人，无声隐隐觉得她的头发是红色的，这情景就好像是做梦一样。无声沉沉睡去。

早晨的一缕阳光透过窗户射到无声脸上，无声醒了。无声回想了半夜似梦非梦的情景，花子睡得很死，在他的身边躺着一个人，由于被子盖得很严实，无声看不出她是谁。

无声稍微犹豫了一下，就掀开了被子，谢莹莹光着身子，由于受到亮光的刺激，眼睛眯开一条缝，她用手挡住眼睛。谢莹莹醒了：你干吗？花子，你瞧你朋友。

花子也醒了：无声，你怎么了，掀被子干吗？

无声：对不起，我以为是一个红头发的女孩，不知道是她。

花子：出什么事了？

无声：你还不知道，陈弓死了。

花子很吃惊：你说什么，开什么玩笑，他会死？

无声：我也认为开玩笑，可这是真的，就死在潇洒演艺吧，他没和你说吗？

无声指了指谢莹莹。

谢莹莹：是有一个人死了，那天白忆当班。他是你们的朋友？

花子：不可能啊，白忆没和我说。

无声：那天晚上在圆月酒店，冬天应该已经盘问过白忆。忘了告诉你，冬天是警察，他来找过我，还说要找你。

花子：是吗？怀疑我们？

无声：也不是，了解情况吧，我想，我们今天去找白忆问问？

谢莹莹：那还是别去了，白忆都失踪好几天了，昨天你不就是问过我。

花子一边抽烟，一边神情凝重：这是什么事啊，一起出来的兄弟，就这么死了。

花子没有赖床，说是要去找冬天。谢莹莹说：那我怎么办呢？

花子：腿在你自个儿身上，爱走不走，随便。

花子一出门，谢莹莹把被子又捂严实一些。

无声：别害怕，不是每个男人都对白花花的肉感兴趣的。

谢莹莹白了无声一眼，背过身继续睡觉。

无声心想：少了个陈弓，比打个雷事还小。真怪。

在百姓站等车的时候，无声又碰上了童乐，童乐朝他笑笑，无声板着脸没有理她。无声觉着她好像是在特意等他似的。车来了，无声没有跟着童乐上车，而是耐心地等待下一班公交车。在掏零钱的时候，无声发现上衣口袋的扣子掉了，这件破夹克都陪伴自己一年多了，是到退休的时候了。

在秋天的办公室，小高老师给无声泡茶发烟硬拉无声坐下要和无声聊天。大概是碰上合适的意中人了，就是不知道怎么才能套住她，小高老师向无声请教方法，无声支支吾吾说了些无关紧要的话，秋天笑着看着他们。

小高老师：我看你是不肯传授个中经验，心不在焉的样子，好好，你们谈，成全你们。

小高老师捧着茶杯出去。无声坐到秋天面前，翻秋天的书看。

秋天：我问过哥了，陈弓是被别人杀死的。

无声：这个我知道，他没胆自杀。

秋天：好像是被人掐死的，多半是为了迷惑人，死后被灌了安眠药。

无声：是吗？被人掐死，应该是个男的。你哥还说了什么？

秋天：没了，好像他们也没有什么头绪。我看这事你还是别管了，交给警察办吧。

无声：不行，我得弄清楚这件事。

秋天：可能有危险。

无声：你怕什么，怕我也和陈弓一样？

秋天：你，你犟得像头牛。

无声：我还有点事，先走了，今天不来接你下班了。

秋天：你自己小心点。对了，陈弓的死亡时间是十五日下午三点半左右。

无声在马路边不急不慢地踱着步，中午的阳光懒洋洋地透过光秃秃的树干照在身上，路上人不多，也许是都钻到大大小小的饭馆吃饭呢。无声没有心情吃饭，脑子有点乱。那天陈弓和“鸡”吵完架后一小时陈弓就死了。可是那个“鸡”在麦当劳坐了一下午，虽然她当时看起来很气愤。杀陈弓者另有其人，会是谁呢？白忆失踪了，她的失踪又代表什么呢？

“先生，擦个鞋吧？”一个小姑娘绊了无声一下，无声一个踉跄：不擦不擦。

无声在绊倒的同时好像看到身后的报刊亭旁有个人突然缩到报

刊亭后面不见了，无声也没有放在心上。可是当他走到商业大厦门口时，他从商业大厦门口的铜柱子上清晰地看到那个人贼兮兮地看着自己，手里拿着一份报纸。无声故意停下，那人也立刻停下抬头看着天空，无声确定自己是被人跟踪了。

无声漫无目的地走了几条街，还逛了几个大商场，那个跟踪者一直没有离开过他，他的盯梢技术很专业，每次无声突然回头，他都是立即做出反应，看报纸或者选购商品。无声躲在电梯里上上下下半个小时才摆脱了他。

从盯梢人的神情判断，那个人是警察。冬天已经开始怀疑我了，一定是陈弓的死亡时间让他们怀疑我的，因为那段时间没有人能证明我是在麦当劳坐着——无声觉得一切更加神秘起来，像是有个人在暗中操控着一切。

无声通过114查到了潇洒吧的电话，打了过去。接电话的是谢莹莹。

无声：我找白忆。

谢莹莹：她不在，你是柳无声吧。

无声：你怎么知道？

谢莹莹：打听白忆的除了你就是警察了，警察刚刚走，那就只有你了。

无声：警察和你说了什么？

谢莹莹：打听白忆呀，还有问你那天下午在不在潇洒吧。我说我不知道，因为那天不是我当班。

无声：那你知道白忆住哪儿吗？

谢莹莹：我这里有个地址，不知道是不是，你去找找看吧。永丰大厦18楼A座。

无声来到永丰大厦，乘电梯上楼。在18楼A座门口时却看见门是虚掩的，无声推门进去，屋子里很乱，像是有一大群动物在里面跑过。客厅没有一个椅子是端端正正立着的，都东倒西歪地躺在地上。玻璃桌子上摆满了碗，或多或少地留着食物的残渣，有一只方便面的碗倒在桌子边缘，暗红色的汤汁沿着桌沿一滴一滴地流下来，流在白忆苍白的脸上，白忆仰躺的姿势很自然，没有一点痛苦，看上去和睡觉没有区别，只是躺在客厅冰凉的水磨石地面上，就未免显得诡异。有人还是比无声快了一步，白忆被人灭口了。

无声在白忆的屋子里走了几圈，实在也没有发现什么可疑的东西，正准备离开的时候，郝冬天带着几个人冲了进来。郝冬天严肃地把无声铐了起来。

在乐池区刑警中队的审讯室里，郝冬天和柳无声面对面地坐着，郝冬天在抽烟，紫青色的烟雾盘旋在空中，无声死死地看着他。

冬天：你可以说说你为什么会在白忆家。

无声：我只能告诉你我是去找她。

冬天：你没有权利隐瞒什么，到现在为止，只有你无法说出十五号下午你在哪里。

无声：我在洪武路逛街，街上都是人，都是证人。

冬天：你能找出一个来为你做证吗？没有，老实告诉你，你现在是第一怀疑对象，在陈弓的口袋里，我们找到了和你身上一模一样的扣子，你难道没有发现你的衣服少了一个扣子吗？

冬天：你为什么不说话？

无声：我无话可说，一切好像都是设计好的，我无处可辩。

冬天：不过，有一点你可以放心，我们相信白忆不是你杀的。她是中毒而死，而且是晚上死的，昨天晚上你在我们的视野范围。

无声：原来，你们早就在盯着我了。

冬天冷笑：你也很狡猾呀，大白天都能甩掉我们。其实我也能猜到你去找白忆的用意，有两种可能，一是想杀她，因为她是你的合伙人也就是同盟；二是你想去弄明白陈弓是怎么就到了潇洒吧的。是生前去的，还是死后去的。看来只有白忆能回答这个问题。第一种可能已经推翻，所以你去白忆家和我们去那儿的原因是一样的。

无声毫无表情地看着冬天。

冬天：当然，我们怀疑你是可以的，但是一切还是要找到证据才能证实我们的怀疑。

无声：你和我说白了这些，其实你也就不怀疑我了。是吗？

冬天：这是我个人的想法，你没有杀陈弓的动机。

无声：你还怀疑了谁？和陈弓打交道的人可不少，特别是女人。

冬天：不光是陈弓，你，花子，你们的女人也不少。

无声：你是说，你在怀疑花子。

冬天：花子到我这里来过，他是个很聪明的人，聪明的人讲的话总是很小心。

无声：我们都是很要好的朋友。

冬天：你和童乐熟悉吗？

无声奇怪：她？你也知道她？

冬天：据我们的调查，她和你们三个人都认识。特别是和花子。

无声：我想你们是弄错了。

冬天：这是花子亲口和我说的，十五日下午，他就是和童乐在一起，他们互相可以做证。

第四章

无声从警察局出来的时候，天已经黑了。大街上熙熙攘攘，街边摆起了许多卖小吃的，许多小青年驻足等待羊肉串出锅，嘻嘻哈哈的笑声从他们中间传开来，迅速弥漫了整个街头。无声肚子也有些饿了，他在一个干净的小店坐下，等待馄饨下锅。派出所门口静悄悄的，没有人愿意在那里停留。馄饨端上来的时候，无声看到一个熟悉的身影从派出所出来，转眼就消失在人群中。无声皱了皱眉头，想着那人是谁，不经意面前却站着一人，鲜红的衬衫，蓝白的牛仔裤。

童乐笑嘻嘻地坐下，无意地拍拍手：你刚从那里出来？她用手指了指派出所。

无声：你也是，你在那里上班？

童乐摇摇头：陈弓死了，你知道吗？

无声低头吃馄饨。嘴里发出翻滚的声音。洁白的馄饨在调羹里跳舞。

童乐：警察问我话，十五日有没有和花子在一起。我对他们说我一直和花子在一起。可是我实话告诉你，我没有和他在一块儿。

无声仍旧不愿搭理她，吃光了馄饨，拿调羹搅汤，有几滴溅到童乐的衣服上。童乐打无声的肩膀。

无声：你来告诉我这些是不是想说陈弓是花子杀的。

童乐：当然不是，我只是想说十五日下午，陈弓一直和我在一起，我们逛街买东西，坐在广场上喝饮料。在观光车里看斜阳。

无声停止了手上的动作，右手像手枪一样指着童乐：你在骗我，你有什么目的。

童乐笑：我没有目的，我更没有骗你，骗你的另有其人。

无声惊讶：陈弓是在那天下午死的，你和他看斜阳？

童乐：谁告诉你他是下午死的？我们晚上还去了潇洒吧，在那里陈弓和一个营业员亲昵的举动把我气走了。从公交车上下来我还看见了你，你本来是要跟上我的，却被花子的车叫住了。

无声：你早就认识我们三人，你假装不认识我。你要干什么？

童乐：好玩而已。你要知道我只是一个卖保险的，对陌生人都有一种认识的欲望，每个人都有可能是我的客人。

无声站起来，径直朝马路走去，他懒得理睬她了。他对她的话不能相信。光陈弓的死亡时间她就在说谎，作为警察，冬天是不需要说谎的，秋天就更加不会骗他。那么童乐的欺骗就一定有目的，他觉得必须立刻找到花子。

花子很晚才回家，因为喝酒的缘故，脸红得发紫，在昏黄的灯光下，像魔鬼。

花子看着无声，像是在研究古董：你还不睡，在想谁呢？

无声：我在想你是怎么杀死白忆的。

花子：你在开玩笑吧，我杀白忆，有这个必要吗？

无声：那这是什么？在无声的手里，有一个亮晶晶的玉，细看的话，上面还刻了一个歪歪斜斜的"花"字。

花子舌头有些打转：你是从哪里找到的，我已经把它丢了好久了。

无声：你为什么还要在我面前说谎呢？这是从白忆的手里找到的，当时她已经是一具死尸了。你毒死了她。

花子无力地躺倒在床上，一声不吭。

无声：十五日下午你和陈弓在一起？

花子：没有，我和设计院的刘总在一起，我给了他五万块的红包。

无声：你还骗我，你和童乐在一起，你、童乐、陈弓三个人。你和童乐合伙杀了陈弓，当然你也借助了白忆，要不然你们是没有办法把已经死了的陈弓弄到潇洒吧去的。你回来后，借助汽车上调前的手表让我也帮你做了时间上的证人，真是天衣无缝啊。

花子叹气：你的想象力太好了，我有必要杀死陈弓吗?

无声：那要问你自己，陈弓死了，你就可以得到什么，童乐的确是个优秀的女孩，可是你用这种手段得到她，你不觉得要遭天谴的吗?

花子：你说到哪去了，童乐本来就喜欢我的，陈弓只是一个讨厌的第三者。我是失手才杀了他的。

无声已经懒得和花子继续说下去了，无声觉得自己简直是在地狱里，好兄弟为了女人杀了好兄弟。真是太荒唐了。

花子居然沉沉地睡去了，发出均匀的打呼声。

早晨的阳光从窗子外面照进来，暖和得像是在洗澡。无声懒洋洋地睁开眼，努力地吸了一口新鲜的空气。一切都是美好的，这样的想法促使他做了这样的决定——离开这里，离开这个鬼地方，什么都能很快过去。犯罪的人早晚是要受到惩罚的。

无声给冬天写了一封信，信上述说了许多陈弓的死因，当然还有许多疑点需要冬天去证实，在洪武路看见的和陈弓吵架的“鸡”，童乐和花子不明不白的关系，童乐对无声说的和陈弓逛街看斜阳的“谎话”。无声把这些恼人的东西像扔垃圾一样扔给了冬天。

在离去的火车上，无声想到了纯洁可爱讨人喜欢的秋天，无声的心一阵阵地疼痛。

第五章

几年后，无声在南方另外一个城市住下了，他每天准时上班，准时下班。下班后还要马不停蹄地去城中幼儿园接刚满四岁的女儿。

女儿总是趴在无声的肩头唱歌，唱着唱着，就睡着了。吃完晚饭，一家三口会到小区外的公园散步，无声牵着女儿的左手，妻子牵着女儿的右手。公园里都是出来散步的人，有谈对象的小年轻，也有步入中年的夫妻，更多的是带着小孩的老人。在绿树环绕、鸟声啁啾的空气里，充满着幸福。无声常常会在这个时候神秘地一笑，妻子每次问他为什么，他都是摇摇头，显得很神秘。

有一天，那也是平常的一天，和以前的任何一天一样，无声坐公车去上班，等公车的人都是熟悉的面孔，每天他们都是在这里等公车去上班上学。在公车摇摆而来的时候，他看见了一个熟悉的背影，那个背影纤细苗条透着清香，她上车的时候甚至没有人和她挤，每个人都被她优雅的气质惊呆了，在她回头一笑四处张望的时候，无声发现她就是自己仍在思念深处天天都盼望见到的秋天。他不假思索地走上去，却在这时无声看见了另外一个人，他手里拿了两袋豆浆还有几根油条，正往车上挤，秋天从他手上接过早饭，甜甜地笑，无声听到秋天对那人说:买这么多，吃不了。那人说:没事，剩下都让我来消灭。

无声没有上车，因为他实在不愿和已死的人同坐一辆车。那个能吃掉所有早饭的健壮的浓眉大眼的男人居然就是陈弓。

写到这里，我的心头一阵疼痛，我实在不忍心就这么草草结束这个故事。可为了留给读者细细思考故事的潜在内容，我还是选择结束。其实有许多地方我都无法解释，陈弓死了又活是最大的疑团，紧接着是陈弓为何和秋天在一起，唯一能提供大家对照的情报就是:陈弓和冬天是同一个跆拳道班的学员，两人关系一直不错，曾经在一个晴朗的午后，秋天出水芙蓉一样出现在道馆大厅内的时候，陈弓就深深地迷恋上了这个西施般的女孩，而当时秋天刚刚和无声进入热恋之中。冬天为了帮助陈弓追求秋天想尽了办法，故事开头的深夜追凶就是在这样的背景下发生的。至于童乐、谢莹莹、白忆，都是花子的女朋友中的一小股罢了。唯一的一个神秘人物就是在洪武路和陈弓吵架的红头发的女孩，连我都不知道她是谁了。

在空气清新的早上，喝一杯浓浓的牛奶，吃一块甜甜的饼干，看一段耐人寻味的故事，实在是人世间最美的事。

2004 年 9 月于无锡

出　卖

夜幕刚刚笼上……

走廊顶上第三个灯闪烁几下后熄灭了，也许是线头短路，也许是它的寿命已经到限而死去了。原本昏黄的亮光就显得更昏黄。

有三三两两的客人从洗澡区走进来，在走廊里摇晃着肥大的身躯，嘴里喊着有人没有。小康从他的休息间门框里探出个脑袋来，睡眼惺忪的。大厅往左拐，按摩跟我来。客人跟在小康屁股后面急促地走：有漂亮小姐没有。小康不耐烦地回答：都是漂亮的。

我扑灭手中的香烟，站起身，对着斑驳的镜子理理头发，拉齐整肩带准备迎客。

打开包厢的门，我一脸的笑：先生，我为您服务，您满意吗？客人头都没抬，也没有说话，只是左手急切地摆摆又迅速地放回身旁。我暗自窃喜，今天头一个就是好对付的：先生需要什么样的服务？

那人看我一眼，低下头。隔壁的客人在骂，这么丑的小姐也来挣钱，快走。我哈哈地笑，很随意地坐在那人身边，挽着他的臂膀，第一次来玩，害羞呢吧。

那人嘟哝一下嘴，手臂轻轻一甩，又被我牢牢抓住。他低低地说：我们说说话可以吗？

可以。我细细打量这个人，他年纪不大，三十出头，脸有些白。凭我多年的经验，他是第一次出来玩，刚开始都是假正经的，不一会儿就要露出原形。为了不把他吓跑，我只是随便地掏出手机来玩，不再碰他。

他的声音很低，说话速度也不快。“我本来是不能来这种地方的，这种地方我从来没有来过。我今天是真的乱了，乱得一团糟。”他瘦削的肩膀随着语气的急促而微微抖动。

我得给泥鬼回个短信，刚开门那会儿我正在洗澡，他叫我今天早点回去写信，家里的秋田还等着念我的信呢。嘿，一想秋田我就想笑，起个什么名字不好，非要叫秋田，怪怪的，可泥鬼说这个名字好听，富贵。去年生秋田的时候他正在一个日本人开发的工地上干活，工头鲍二在那个日本人面前孙子似的，点头哈腰，就差跪下了，嘴里还一声接一声地叫：嗨、嗨，秋田会长，一切听你的吩咐。多肉麻！泥鬼学到了秋田这个称呼，正好我在老家给他写信要他给小娃起个名，他说就叫秋田了，地主一样的名字。

那人停顿一下，接着又说：日子多艰难啊，太难了。像是有块大石头压在我的胸口，让我喘不过气来，可就不喘气死了算了，却不行，好多事还要去做呢。小……小姑娘，能给我杯水喝吗？啊，我的眼睛离开手机，手也停止操作。他居然叫我小姑娘，我有这么年轻吗？好久没人这么叫我了，听着真开心。我出去给他端水，小康在吧台后面朝我笑：笑什么，你个小嫩骨头。我笑着骂他。

我把水端进去，他已经平平地躺在床上，眼睛望着天花板，看见我进来，他的脑袋像乌龟一样探探，吁地叹口气：来吧，我们做吧。

哎呀，刚才还假正经地要说说话，这回就要来了。我讨厌地问：

大的还是小的。他停顿一下，说：大的吧。

这样也好，早点结束，今天就做这一个了，回去给秋田写信。这该死的泥鬼，给他发去短信又不回，肯定是和工友在一起喝酒吹牛，回到家醉醺醺的又要打我。泥鬼啊泥鬼，你要打就打吧，反正也打不死，谁让你命不好呢，每天都给你戴几顶绿帽子，你都快被绿帽子压得喘不过气来了。

“小月，我对不起你。”男人在高潮前喊出这么一句话，然后像摊泥一样堆在我身上。

我终于忍不住了，说：你可以起来了，没见过你这样的男人，出来偷腥还假模假样，做给谁看？

“你……”男人的脸涨得铁青，双手握拳。我下意识地抱着头，害怕他打我。男人的眼神从愤怒变得黯淡，他说：我该死，工作也没了，爸爸又得了癌症，没房子住，小孩上学的学费都快要交不起了。我还来这里，我该死。他猫一样地把衣服穿好，径直出去了。

我穿好衣服，心情也怪怪的，都是那个奇怪的男人，说一些奇怪的话，让我高兴不起来。不过今天还是要早些回家的，回家给秋田写信。

我在换回家衣服的时候，小康领着一个女人进来，不说我都知道又是来“下水”的。

女人年纪三十出头，很瘦，脸色不好，泛着黄。我盯着她，她低着头手弄着衣角。

“生活不好，过不下去了要来做这行？”我问她。

她点点头，思索一会儿说，先生失业了，老公公得了癌症，小孩要上学，没办法了才想到干这个。

我没有再说话，只是打了个手势示意她坐下，忽然间我的双腿好似中了麻醉一样无力，一屁股靠在椅子里不肯起来。这时走廊里传来争吵声：没钱还来玩小姐，给钱，给钱。小康粗鲁的嗓音里夹杂着浓厚的敌视，使得对方求饶的声音显得很无力，也很可怜。我听出来就是刚才光顾我的男人，我刚想走出去看个究竟，我旁边的女人箭一样地飞了出去。

又是一个奇怪的女人！今天奇怪的人真是太多了。我把走廊里杂碎、精彩、尖异的如放在大锅里煮的腊八粥一样的复杂的声音抛在脑后，乘着夜色消失在黑压压的人群中。我可是要赶着回去给秋田写信呢。

2007 年 12 月

我的欢乐园地

第 一 部

我一直在长大，有许多人也在陪着我长大，他们都很可爱。我把我们的成长故事叫作我的欢乐园地，因为我们总的来说是欢乐的。在我的欢乐园地里，有许许多多荒唐可笑的故事，就如小时候撒在墙脚的那泡尿，新鲜却又带着骚味。

毛　毛

小说的主人公叫毛毛，男，祖籍江苏宜兴，出生于1979年。自从做了欢乐园地的主人之后，就非常活跃，忙碌于园地之间。毛毛住在水村，稀稀拉拉没几口人，当人们都在追求爱情的时候，毛毛还什么都不懂，后来发生的一件事让他明白了一些道理。

那是一个晚上，没月亮，没星星。奶奶躺在旁边入了梦乡。毛毛和女孩开始做一个游戏。女孩拉着毛毛的手，把它放在自己的眼睛上说："这是什么?"毛毛说："眼睛。"女孩说："有什么用?"毛毛说："看东西。"女孩笑笑，表示毛毛说对了。女孩继续把毛毛的手往下移，鼻子，嘴巴，然后是到达如豆子般的乳房。女孩说："什么?"毛毛说："奶子。"女孩说："用?（为了不让奶奶听到，话是越简单越好的。)"毛毛想想说："可以吃。"女孩犹豫了一会儿，最终还是慢慢把手往下移。毛毛接触着一层光滑湿热的皮肤。

经过这件事，毛毛得出了结论：爱情是有趣的，爱情万岁。

漂　　流

毛毛离家出走了。毛毛是要去找一种叫"漂亮"的东西而离家出走的。在路上，他遇见了刘光。当时，刘光正站在一个水沟边发愣。毛毛也就站在刘光旁边，随着她的眼光向水沟里看去，可是什么都没有。毛毛说了句毛病就又上路了。懂事后的毛毛才领悟到长时间的呆视和凝视并不是毛病，而是一种精神。人与人之间就是缺少那种精神，才会变得冰冷而又遥远。就算是躺在身边的人也是不能和你长时间盯视的。那天后来发生的事情是这样的，刘光一路小跑地追上毛毛，不停喘气，说："你去哪儿?"毛毛没理她。刘光就不停地问。毛毛只能告诉她他要去找"漂亮"。刘光说："我也要去。"毛毛没有拒绝，两个人高高兴兴地朝镇上走去。其实，毛毛离家出走是有原因的，那是去年冬天，天很冷，西北风猛烈地刮了一夜。早上起来，湖面上结了一层冰，全世界都是白茫茫的。毛毛和妹妹起来得很早，妹妹一蹦一跳直哈气，她叫："好漂亮哦!"毛毛说："漂亮？我怎么没觉得，它在哪里?"妹妹说："你看这冰，多漂亮，我要上去走走。"于是，妹妹就掉进了湖里，只剩一个冰窟窿在毛毛面前。从此以后，爸爸妈妈就走了，也没有回来看过毛毛。

就只有毛毛和奶奶在一起过日子。毛毛一直认为是“漂亮”把妹妹带走的，所以他要去找“漂亮”，看它到底是什么东西。在镇上，当时发生了一件事，让毛毛停止了对“漂亮”的寻找。事情是这样的：毛毛和刘光站在十字路口，看来来去去的人，满大街都是各种各样的自行车。忽然，驶过来一辆黑色的汽车，为什么说是汽车呢，因为它既像吉普，又像轿车，只能说它是汽车。大概刘光从未看见过这种东西，所以拍着手说漂亮，那情景就像去年妹妹看见冰的时候一模一样，毛毛很担心，就怕刘光也被“漂亮”拉走。所以，毛毛急忙去拉刘光，刘光却跑了上去。刘光被汽车撞倒了，送进了医院，毛毛也回了家。这次寻找“漂亮”的离家出走就这样结束了。

经过这件事，毛毛得出这样一个结论：第一，妹妹的死确实与“漂亮”有关，她要不是喜欢和“漂亮”待在一起，也就不会被它带走。刘光也一样。不过，她没被它带走，可见，刘光是值得一交的朋友，她还没有完全被“漂亮”迷倒。第二，关于“漂亮”，毛毛简单地总结了一下，认为实在是害人的东西，但它只会伤害女孩子，所以以后千万不能让身边的女孩和“漂亮”在一块儿。第三，毛毛认为这次离家出走是自己想妹妹了，想爸爸妈妈了。他们为什么还不回来？

嫉　妒

奶奶老了，经常做错事，不停地埋怨自己。有好几次都把马桶踢翻，然后一点点地把屎尿运出去。奶奶独自哭泣，说老了，照顾不了毛毛。有一次，毛毛偷听到奶奶的哭声，毛毛很伤心。他是爱奶奶的，他不想失去奶奶，所以毛毛不出去玩了，常常待在家里陪奶奶。奶奶就笑，说毛毛变乖了。那个时候，刘光已经从医院出来了，她经常来找毛毛玩，毛毛很喜欢她来。还有卫杨，卫杨也来找毛毛。开始，他们是一个一个来的，后来他们就一起来。而且他们来时都手拉着手。毛毛看见他们手拉手就浑身难受，毛毛想卫杨肯定更难受，自己看着就不舒服，别说还要拉着刘光的手。太阳快要落山了，满田野都布满金黄。毛毛、卫杨和刘光在田野间笑闹。奶奶站在家门口用手遮住额头看着他们轻轻地笑，阳光洒了她一身。

他们经常做一个打针的游戏，刘光当妈妈，卫杨当爸爸，毛毛当宝宝。刘光摸着毛毛的额头，对卫杨担忧地说："宝宝病了，怎么办?"卫杨就说："给他打针吧。"然后，刘光抱着毛毛，把毛毛的手举起来。卫杨拿着针筒，对准毛毛的手臂，恨恨地扎下去，痛得毛毛直跳。毛毛骂卫杨干吗这么重。卫杨嘀咕："谁让你们这么亲热，干吗不让我当宝宝?"于是毛毛就和卫杨换角色，到毛毛给卫杨打针时，看着卫杨在刘光怀里撒娇不肯打针，刘光就亲了一下卫杨。毛毛也不由自主地用力给卫杨打针。然后，毛毛和卫杨就打起来。刘光在旁边笑着看他们打。事后，刘光对毛毛说："你们都爱上我了。"毛毛说："不可能，爱不是这样的。"刘光说："是这样的，你知道为什么你和卫杨会打起来吗?"毛毛说："为什么?"刘光说："是嫉妒。卫杨看见我抱着你，他就用力地给你打针。你看见我抱着卫杨，你就用力地给他打针，所以你们就打架。这说明你们都爱上我了，要不然，你干吗不和花子打架？我爱你们两个。"毛毛觉得刘光的脑子肯定有问题，女孩子的脑子都有问题。自己怎么会爱上她呢？她又没让我的小弟弟翘起。至于打架，如果是爱上刘光，那就应该勇敢起来，是要去找花子打的，而不是和卫杨。和卫杨打架，完全是为了彼此的友谊。后来，刘光说如果不是爱那就是喜欢，至少你是嫉妒的。毛毛没有否定她，毛毛已经认识到嫉妒的存在，毛毛想起来那种看见卫杨和刘光手拉手就浑身难受的感觉，也许是嫉妒吧。

经过这件事，毛毛得出了结论：第一，自己喜欢刘光，喜欢和爱不同，喜欢是因为嫉妒而产生的，而嫉妒之后就要打架，打架之后就能增进友谊。所以，毛毛认为和卫杨永远都是好朋友，因为他们同时喜欢上了刘光，刘光也喜欢他们。第二，毛毛认为自己是喜欢奶奶的，可为什么不去和别人打架呢？也许是奶奶太老了，没人嫉妒毛毛，奶奶就只有毛毛喜欢她，毛毛要永远和奶奶在一起。第三，刘光的脑子有问题，应该有问题，要不然怎么什么都懂？

毛毛开始做梦的时候，刘光已经走了，每天梦里，毛毛都和刘光相会。她又跳又蹦，活泼可爱。她是毛毛童年的玩具，就算在梦里也是。可她还是走了，是毛毛把她气走的。毛毛一直耿耿于怀。

上　学

毛毛和卫杨上学了。老师是个漂亮的女人，毛毛从任何角度看她，都觉得很好看。虽然毛毛并不完全了解漂亮。报名的时候，老师问："叫什么名字？"

"毛毛"

"学名？"

"什么？"

"你就只有这个名字吗？"

"是的。"

漂亮老师在报名表上写下了"毛毛"两字。毛毛觉得自己好像少了什么，是少个名字还是什么？他从老师鲜花般脸上的疑惑中感到了一丝害怕，就像把自己卖给了"扒皮鬼"。奶奶在晚上经常讲"扒皮鬼"的故事给毛毛听，"扒皮鬼"专扒不听话的小孩子的皮！

老师就是“扒皮鬼”——毛毛想。

第一天上学，毛毛很新鲜，教室很破，放着几个很大的长方形桌子，淡蓝色的小凳子整齐地摆在桌子后面，墙上有的地方都破皮了，露出了砖头。老师说第一天不上课，大家一起装点教室。于是大家呼啦一下全都跑到操场上玩去了，只剩几个女孩子帮老师。老师笑着摇头——这帮可爱的孩子。其实一共才只有十五六个小孩上学。男孩子有毛毛、卫杨、花子、一半、张进、周也。他们在操场上玩“攻城”的游戏，用砖头在地上画了两个紧挨的城堡，然后用最原始的推拉撞使对方失去自己的领地，以此获得胜利。这往往需要力量和灵敏的完美结合才能屹立不倒，守住自己的城堡。小伙伴们沉浸在这种侵略性的游戏所带来的无限欢乐中！毛毛摔倒了，膝盖被擦去了一块皮，他跛着脚回到教室。老师正和女孩子们往墙上贴东西，全都是彩色纸板的月亮、星星、太阳，还有水果，五颜六色的，遮住了露出砖头的墙。毛毛傻傻地看着她们笑。老师回过头来，看见了毛毛，笑着说：“漂亮吗?”

毛毛说：“漂亮!”

“喜欢吗?”

“喜欢!”

然后老师就发现了毛毛膝盖上的伤口，她惊讶地察看流血的伤口，然后拉着毛毛出去了。她帮毛毛清理包扎好伤口，并不停地嘱咐毛毛，以后不要这么皮了，弄伤了很疼的。毛毛起先并不觉得疼，可不知道怎么回事，经老师一说，毛毛竟疼得流出了眼泪。毛毛突然觉得老师很像自己的妈妈。

老　　师

水村的晴天越来越多，每个人的脸上都露出笑容。在那个灰色的岁月里，欢乐园地里都鲜花盛开，阳光灿烂。欢乐园地的主人——毛毛是快乐的，他发现原来一个人是可以同时喜欢许多人的，是可以同时爱许多人的！但是毛毛不敢说爱，他害怕爱！他喜欢奶奶、刘光、妹妹，还有老师。他觉得他会喜欢越来越多的人！

水村的学校又来了一个老师，男的，四十多岁，听说是某个大学校的校长，因为犯错误，才会到水村的。男老师理所当然的是女老师的上级。毛毛几个男生都讨厌男老师，他看见毛毛他们在玩“攻城”游戏，就会骂他们，不许他们玩。于是到了男老师上课，毛毛就会站起来，说：“老师，撒尿。”老师看看毛毛说：“去吧。”于是男孩子都一个个站起来说：“老师，撒尿。”以后每节课，都会有很多人陆续地去撒尿，男老师的课就上不下去了。后来，女老师找到毛毛和这些男生，说：“你们不该为难他，要好好地听他的课。”男老师和女老师总是一起骑车回家，笑容满面。男老师给毛毛他们上了一堂音乐课，男老师说要教一首歌，还没教，卫杨就哼起了村里的儿歌，男老师说：“这首歌是国歌，懂吗？这是一个国家的歌，作为中国人，你们要学会它，要好好学会它，要爱国。”于是，在男老师的二胡伴奏下，毛毛一句一句地学会了国歌，在那一瞬间，毛毛觉得自己在膨胀，变大，就像小弟弟那样翘起。原来国家也是可以爱的，一旦爱了国家，不但小弟弟变硬，连人都要膨胀，毛毛尝到了从未有过的成就感！

毛毛发现男老师和女老师越来越亲热，有好几次毛毛看见女老师打男老师的肩膀，那是在办公室里。虽然女老师还是对毛毛很好，可是毛毛已经开始嫉妒了。（毛毛还是从刘光那里知道这叫嫉妒的。）有一次放学后，毛毛回到家才发现自己把书包落在了教室，毛毛回去拿，在办公室的窗口，毛毛看见女老师露出了水蜜桃一样的奶子，女老师漂亮的脸上泛起鲜红的光彩。“漂亮吗？”“漂亮。”“喜欢吗?”“喜欢。”男老师猴子一样咬住水蜜桃。在回家的路上，毛毛想：简直狗屁!

毛毛经过了上学这件事竟然没有得出结论，每次他都能得出结论，可偏偏上了学后得不出结论来，难道是上了学后反而笨了?毛毛想，上学后应该学到很多东西的呀，可除了小伙伴们的“攻城”，和男老师像猴子一样地吃桃，其余什么都没有，原来以为女老师有点像妈妈，但后来却也不是。妈妈的奶子应该是给我吃的，而不是给男老师，她是男老师的妈妈。

追 梦

毛毛的思想开始出现奇怪的分化，就像是刚刚抽穗的麦芽，异军突起，互不相让。

那是在一个满月的夜晚，毛毛坐在门口，手里摇着扇子，挥赶蚊子。月光下的田野宁静安详，毛毛在躺椅上睡着了。

我来到毛毛面前，用力地拍醒他。

毛毛用迷茫的眼神看着我。“你是谁呀?”

我并没有回答他，只是静静地坐在他的身边，望着田野。

毛毛也就不说话，望着田野。

“你喜欢思想吗?”我问毛毛。

“不喜欢。”他说。

“你不觉得我们相识吗?”

“我不认识你，我没有像你这么大的朋友。”

“我是以后的你，我在你长大后挣扎着生活，我走出了你的欢乐园地，我跌得满身是伤，我回来了，我不该出去。”

“你回来干吗?”毛毛用手拍死腿上的一只蚊子。

“来寻找失去的欢乐，我想也许只有找到你我才会变得欢乐。”我释然地望了望月亮，很圆。

“我不懂你的话，叔叔。我要进屋睡觉了。”

“再聊聊吧，也许你会记起我的。”我不想毛毛早早地就去睡觉。

“不，明天我还要上课，又该迟到了。”

“你不喜欢男老师，为什么还去上课？”我说。

“是的，他抢走了女老师，还吃她的奶。”

“你也想吃女老师的奶，对吗？”

“有一点，不过我觉得她像我的妈妈。小时候我就吃过我妈妈的奶。”

“想妈妈了？”

“嗯。”

我和毛毛暂时地陷入了沉默，似乎都想起了以前和一个温柔的女性生活在一起的愉快时光。

“你还想刘光吗？”我问他。

“不，她走了，不理我了。不过，我和卫杨还在一起玩。”

“你不是喜欢她吗？”

“是呀，不过她妈妈说我是流氓，不准我喜欢她。你走吧，我要睡觉了。”

“好吧！不过明天你要早起呀，别迟到了。”

我起身向着月亮的方向走去，毛毛望着我朝我挥手，然后拖起躺椅撞开了家门，进去睡觉了。

我飞在空中，无限留恋地凝望着深灰色的小屋，那里面有我欢乐的童年，还有我最敬爱的奶奶，他们都沉睡不再醒来。

第二部

钱　　媚

毛毛醒来的时候，发现自己躺在一个大房子里，油漆的木质大床，光滑，透亮，床头一盏台灯略显破旧，灯泡似乎也爆掉了。在角落里摆着一台旧电视机，黑白的，从上面的灰尘来看，已可猜出准是一台坏电视机，屋里还剩下一张暗褐色的破沙发，和床并行地靠着墙，沙发上有几本小学的课本，封面上的一男一女在向着太阳傻笑。毛毛暗自疑惑，以为这是梦境，而且这一切似曾相识，在某个时间，似乎来过。可毛毛又清楚地知道自己并不是做梦，可为何昨晚是在小屋里面的小床上进入梦乡的，一夜之间却换了地方？毛毛起床下楼，就看见奶奶在厨房里烧早饭。一夜之间，奶奶老了许多，背驼了，头发白了，连动作也迟缓了。奶奶看见毛毛，叫毛毛刷牙洗脸，说早饭快好了。奶奶脸上的皱纹已多得数不清。毛毛洗脸的时候，对着镜子发愣，镜子里是一张大孩子的脸，眉清目秀，棱角分明，少了许多稚气，多了许多傻气。毛毛想：原来我已经长大。奶奶把早饭摆在桌子上，不停地催：“快吃吧，别又迟到。卫杨刚才就来喊过你，你还没起床。”

有许多人也许知道自己在慢慢地长大，因为他们都活得很清醒，身上只要有一点点变化就已发觉。可还有一些人却不知道自己在长大，只是在某个时期突然发现，自己已经长大，毛毛就是这样的人。

毛毛觉得刚刚还在和小朋友玩“攻城”的游戏，可现在却骑着车上学。卫杨也变成一个大孩子，眉宇间，英气毕露，再也没有小时候流着鼻涕的孩子气。毛毛发现这一切都是令人快乐的事。毛毛的中学在马路旁边，进学校前总归是要穿马路的。一进门口，是一条长长的车道，一面是墙，另一面是操场，操场很小，一个篮球场旁边圈一圈跑道。每个星期一，学校里所有的人都排队站在操场上，看一面红布沿着杆子徐徐而上，大家称之为升国旗。车道的尽头又是一个门，右转进门后就是一排排的教室。地是用红砖平铺的，坑坑洼洼，还很潮湿，每个角落都种了树，葱葱绿绿的，煞是好看。毛毛进这个学校认识的第一个女孩叫钱媚，她坐在毛毛后面，短短的头发，大大的眼睛，胸脯鼓鼓的，毛毛总疑惑那里面藏着东西。第一天上学，毛毛让奶奶准备两个鸡蛋敲碎了放在菜盒里，路上自行车颠簸晃动把鸡蛋都翻掉了。吃饭的时候，毛毛饭盒里就一层白饭，毛毛怕让人看见自己没菜，干脆把饭盒藏在抽屉里，一个人趴在桌子上睡觉。“你怎么不吃饭呀?”钱媚问毛毛。毛毛装作没听见，不理她。可是钱媚重复地问了好几遍，把别的吃饭的同学都引得朝这边看。毛毛装不下去了。“我不饿。”毛毛不耐烦地说。“没菜吧!”钱媚一下子就猜到，毛毛的脸唰地红了。“吃我的吧，我带了很多呢!”钱媚把菜盒往前推了推，菜盒里有三个狮子头，还有好多的长豆干。毛毛有点馋，但是支支吾吾地不说话。“你的饭呢？拿出来吃吧!”然后她自顾自地吃起来。毛毛终于忍不住，把饭盒拿出来，几下子就吃完，毛毛把三个狮子头全吃掉了，吃第二个之前，毛毛还征求一下钱媚的意见，钱媚说不要吃，给你吃。毛毛就把它吃了，吃第三个时，毛毛只是朝她看看，她笑了笑，毛毛就把它吃了。毛毛认为这顿饭是从未有过的香甜，他早早地下了结论：和女孩在一起吃饭，饭好吃，菜更好吃。

放学的时候，毛毛去找卫杨（毛毛和卫杨不在一个班级）。在卫杨的教室里，卫杨正在和同学打架，那个同学个子比卫杨高过许多，身体也很强壮，他把卫杨扔过来扔过去，卫杨死死地抓住他不放手，两个人就这样僵持着。有好多人都围着看，为那个同学鼓掌。毛毛想起小时候卫杨和花子、一半打架的情景，当时毛毛没有上去帮忙，毛毛把这归结为没有爱情。可现在，毛毛想都没想就冲了上去，狠狠地抱住敌人，最后毛毛和卫杨两个人把敌人死死地压在地上，使他不得动弹，直至他求饶为止，毛毛和卫杨胜利地笑了。毛毛认为友谊也能像爱情一样使人勇敢。

学校第一次升国旗的时候，毛毛排在队伍的最前面，本来队伍一般是前面站女生的，后面才站男生，由于毛毛个子矮，破例站在最前面。他说，要不然看不见国旗怎么办。钱媚正好又站在毛毛后面，她老是偷偷地笑，笑得毛毛浑身不自在。音乐响起，毛毛的两腿绷直，眼睛一动不动地盯着杆子看。钱媚开始对着毛毛的脖子吹气，轻轻地，不停息地吹，痒得毛毛肩膀都耸起来，可是手又不能动，没办法，毛毛就希望旗升得快点，能刺溜一下子上去更好，可那旗却作对似的慢慢地往上爬，好不容易升好，毛毛的两个肩膀都酸了。毛毛回过头来盯着钱媚，怒气冲冲，钱媚干脆笑得弯下了腰，没骨头似的。“你是看旗还是冲我吹气呢?”毛毛问。“你后面有……有条乌龟尾巴，就在头发下面的脖子上。怪有意思的。”钱媚有气无力地说。

上课的时候，毛毛很认真地听，他对知识永远有着浓厚的兴趣。可偏偏有些人，喜欢做点别的事，钱媚就不安稳，她老爱写小纸条给毛毛，毛毛不理她，她就用力地用手抵毛毛的背，毛毛还是不理她，她干脆用脚踢毛毛的屁股，没办法，毛毛只能接过她的纸条。接纸条必须谨慎小心，不能让老师发现，其过程是这样的：毛毛先把左手慢慢从桌面上移下来，然后背轻轻地靠在钱媚的桌子上，左手从屁股后面往上移，用背挡住，露出桌面时，迅速地钩住纸条，按原路退回，费这么大劲，展开纸条小心地看时，却写着："听得真认真""干吗不理我""今天中午有好菜吃""晚上回家干吗呢"，这些毛毛都懒得理她，唯有看到"中午有好菜吃"时，才会回她一两张，不过写着"我知道了""快听课""别烦我"之类的，可越是这样，钱媚的纸条越是传得勤。一节课下来，毛毛的手机械地不停地做重复运动。毛毛的班主任是个爱干净的女人，她在教室里看到什么小纸头、橘子皮之类的，就会大着嗓子骂人。钱媚一节课下来当然会有纸条掉在地上，有一次，就偏偏让班主任逮住，这个女人弯腰拾起一看，上面写着"真没劲"三个字，她问毛毛："是不是你写的?"毛毛想说是钱媚写的，可是看见钱媚低着头吐着舌头，脸都吓白了，就什么都没说。班主任把纸条展开铺平放在毛毛桌上，叫毛毛在"真没劲"旁边写几个字，但不准写相同的，毛毛知道这是对笔迹呢，毛毛一时想不出写什么，愣住了。"你写呀!"班主任大声地骂。毛毛立刻写上了"去死吧"，班主任冷笑着拿起来看看说："果然是你扔的，这个礼拜教室的卫生你包了，让你真没劲。"班主任走后，钱媚一直对着毛毛笑，当时，钱媚的脸红红的，眼睛里水汪汪的，少了许多狡猾，却好像多了许多温柔。毛毛冷冷地说："这没什么，你别谢我。""谁谢你呀。"钱媚笑着说。

那是一个阳光灿烂的日子，花子和一半从桑树园里采了一大袋桑葚，都是紫红紫红的，分给大家吃，一个班的人围着一袋桑葚抢，一会儿就没了，大家说吃得不过瘾。于是，最后大家决定午自修不上，全班都去采桑葚，这也得到了班长游祺的同意。全班兴高采烈地出发了。毛毛本来是跟在花子、一半的屁股后头的，被钱媚叫住了，钱媚硬是要坐在毛毛车后面，手拉着毛毛的衣服。毛毛问："你的车子呢？”钱媚说：“在车棚里。”毛毛说：“干吗不骑？”钱媚尖着嗓门说：“我就要你载着我。”桑树园很大，很茂盛，四周都用铁丝网拦住，一眼望过去，不见尽头。毛毛走在园子里，转来转去碰不到人。只有钱媚跟在后头，一声不响。毛毛走快，她也走快，毛毛走慢，她也走慢。在一棵大桑树拐弯处，毛毛拔腿就跑，连转几个弯子，倒在树根上喘气，总算把她给甩掉了——毛毛想。这时，从头上方有桑葚扔下来，先是一个一个，后来是一大把。毛毛仰起头一看，原来是卫杨。“你们班也来啦？”毛毛问。卫杨坐在树杈里，边吃桑葚边说：“早来了，肚子都吃饱了。”“你怎么上去的？”“爬上来的呗。”“我也来试试。”毛毛抱着桑树往上蹬，一蹬一滑，怎么也爬不上去。卫杨在上面哈哈地笑。毛毛爬累了，仰着头说：“你帮我采点吧，我上不去。”毛毛拿着一袋桑葚走回去的时候，在田埂边碰到了钱媚。当时钱媚一个人傻傻地坐在地上，手抱着膝盖，眼泪大颗大颗往下掉。“谁欺负你了？”毛毛拿一粒桑葚往她嘴里塞。“不要。”钱媚躲开说，“是你，你干吗不让我跟着。”“那也不用哭呀。”毛毛自己把桑葚吃了。“我一个人不害怕吗？”钱媚说。“大白天的，你怕什么？”“刚才碰到花子和一半，他们……”钱媚愣住不说话。“他们怎么了，你说呀。”“他们两个人合伙摸我。”钱媚一边说一边又开始掉眼泪。“摸你哪儿啦？”毛毛问。“这儿。”钱媚用手指指鼓鼓的胸部。“我去找他们算账。”

那天后来发生的事情很简单，毛毛在桑树园里找着花子和一半，二话没说就打起来，毛毛脸上挨了好几拳，回到教室上课的时候火辣辣地疼。钱媚递小纸条问他脸上疼吗，毛毛摇摇头。

毛毛洗澡的时候，惊奇地发现小弟弟根部长出好几根又黑又粗的毛，弯弯的。这让毛毛清楚地觉得自己确确实实在长大。这是令人高兴骄傲的事，有好几次毛毛都想在卫杨面前炫耀一番，以此来证明自己的力量和男子汉本性。可每次，毛毛都觉得很迷惑，以前每件事毛毛都能得出结论，可长大后，却什么结论都没有，这又如何值得炫耀。一切为了上述原因而做出的英勇行为都是愚蠢的。

想　象

毛毛病了，他总是这样认为，他老是管不住自己，就像是脱缰的野马、破了网的鱼群，拉也拉不住。在静坐的时候，毛毛的思想会天马行空般地遨游，就像是滴入水中的墨汁，漫无边际地扩散开来，因为是四处散开，就没有方向可言，没有主次比较，没有尊卑之分，思想的支流爱上哪儿就上哪儿，它不是喘着气跑步会觉得累，它是漂流，它是飞行，它是蔓延，是永不疲倦的。想象，有时候会变得歹毒，十恶不赦。一个平凡的人，一旦患上喜欢想象的毛病，那是比什么都麻烦的，它会让自己在想象的世界里变得完美、英勇，无处不在。在想象的空间里，人是可以超越、千变万化的，是有用之不尽的机智，有随处可得的机会的，这对平凡的毛毛来说，无疑是找到了世外桃源，给自己苍白的心灵带来了一帖良药。说良药其实不妥，因为这良药比蜜还甜，一直甜到心里，余味无穷，在心满意足后，毛毛就会变得更加痛苦不堪，他发觉现实中的自己实在是无圈无点，普通得无法再普通。他是一拳谷米中平凡的一粒，一碗湖水中普通的一滴，风中飘荡的一颗灰尘，茫茫红尘的一员过客。毛毛这种毫无来由的失意伴随着想象的不断完善越演越烈，后来，变成没有想象，毛毛就无法生活，无法学习，人只是一个躯体而已，无精打采，欲罢不能。

毛毛慢腾腾地上学，慢腾腾地上课，慢腾腾地吃饭。有时候，毛毛一天都不说话，钱媚以为他病了，更加地关心他，照顾他，菜挑好的夹到毛毛饭盒里，细声细语地陪毛毛聊天，说是聊天，其实是只有钱媚一个人说话，毛毛只是怔怔地坐着，眼睛看向远方。后来，钱媚去找花子理论，她说是花子把毛毛打傻了，惹得花子大笑一场，他说傻了吗？本来就傻的吧。一半趁钱媚气冲冲骂花子的时候，手迅速地飞出，摘桃似的摸一把钱媚的奶子，得手后嘿嘿地笑。钱媚停下来看着他们，红着脸跑开了。

毛毛觉得自己忽然变小，变得和蚂蚁差不多大，他是早晨刷牙时开始想象的，屋后的野草杂碎遍布，太阳的光线从这些乱物照过，使人变得朦朦胧胧的，像是罩了层纱布。毛毛蹲着刷牙，白沫从嘴里掉下来，刷着刷着，有一阵风从某个角落猛烈地吹来，夹带着地上空盒、破纸。毛毛茫然地看看，风是一团的，吹到毛毛的周围时从中射出一折光来，就是这光，使得毛毛睁不开眼睛。风停了，毛毛睁开眼睛，看到一根巨大的塑料棒横在面前。说它是塑料棒其实是错误的，它应该是一面高大望不到顶的墙，在它的颜色和中间一个破处，毛毛认出是刚才他抓在手里的牙刷。风儿吹着毛毛的头发，毛毛转身无比欣悦地呼吸着新鲜空气，面前是一望不着边际的“海洋”，“海洋”上吹着浪花，浪花白白的，黏稀稀的，空气里有触鼻的牙膏味，毛毛知道这“海”其实是他掉下的牙膏沫。毛毛大声地叫起来，撕破喉咙地叫，毛毛觉出胸中无数堆积的东西都随着叫声跑出来，跑得无影无踪。毛毛开始向着一个方向跑，他知道前面就是野草杂碎，但现在对于他来说却是一个神秘恐怖的原始森林，阳光从“森林”的缝隙里照下来，阴阴幽幽的。地上铺着一层似草非草、似花非花的植物，踩上去，沙沙地响，就是这声响，配合着支离的阳光，让毛毛觉得非常激动。这太有意思了。毛毛穿过一片又一片的“森林”，被一座土山挡住前进的道路，山上光秃秃的，什么都没有，在山的顶头上停着一只巨大的“怪兽”，黑色的身躯下面，伸出几只铁钩一样的脚，牢牢地搭在山上，背上长着一片薄而透明的翅膀，“怪兽”在动，转着身体。毛毛趴在草堆里，只露出眼睛来观察，它的头大得像个铁球，在不停地动来动去，球的上方凸出来一个圆的亮晶晶的玻璃样的东西，呈一格一格的网状，毛毛判断那是眼睛。球的下方伸出三片锥子一样的甲片，一会儿张开，一会儿合拢，这应该是“怪兽”的嘴，毛毛从这些情况综合认定“怪兽”其实是一只苍蝇。“原来是苍蝇而已。”毛毛不屑地想。他刚准备从草堆里站起来继续赶路，只觉得身体附近的“树”一棵一棵地倒下来，身边响起了山崩地裂般的巨响，毛毛的脚底在不停地抖动、摇晃，站也站不稳，毛毛只能顺势倒在地上。难道是要地震了——毛毛想。山上的大苍蝇似乎也感觉到了危险，拍着翅膀飞起来，毛毛的耳朵又被“嗡嗡”声震得很难受，像是飞机起飞。苍蝇在空中盘旋了几下，忽然被一条龙一样的东西卷起来，缩了回去，这个过程发生得实在太快，令毛毛有点目不暇接，他只觉得天上突然出现一条碧绿的长虹，把苍蝇卷走，毛毛爬起来，向着长虹消失的方向跑过去。在一大片趴倒的“树丛”中，毛毛又是爬又是攀，终于站在一片草叶子上，算是个制高点。毛毛扑鼻闻到一股腥味，夹杂着水臭和草根气，一个绿色的庞大身躯横在毛毛面前，比山还大，竟似遮住了半边天，这个庞然大物发出一阵阵熟悉的声音，凭着声音，毛毛知道它原来是一只青蛙，青蛙猛地跳起向前一跃，毛毛只觉得天空如乌云遮日般地划过一片碧绿的瀑布，一晃而过，转眼即逝。毛毛正想从草叶上滑下来，到地上去，却听到一阵奇怪的嗞嗞声，一会儿滑过来一面彩色的“布幕”，把毛毛撞了下来，头昏沉沉的，“布幕”带动着草连着毛毛一起朝前拖去，毛毛不时被草和琐碎的东西拍打着，浑身疼痛。好不容易在一处停下来，毛毛拼命地打了个滚，远离那面“布幕”，“布幕”却忽然回过身来，晃动着，忽左忽右。这情景令毛毛大气都不敢喘。气势是排山倒海的，摆动的过程夹带起一阵阵腥风，空气里好像充满血腥味。毛毛害怕了，不停地往回跑，跑了许多路，觉得不那么响，才敢回头看，这才看清，是一条蛇在蠕动着三角形的头，它的嘴鼓鼓的，拖着两条绿色的腿，在一动一动地挣扎，毛毛看出那是青蛙的腿，蛇把青蛙吃掉了。毛毛时而惊奇，时而恐惧，时而不惑，时而大悟，就像是大热天的午后，整个天都闷人，像是要压下来，压得人喘不过气。毛毛沉浸于自己虚构的故事里，不声不响地洗脸，吃早饭，有时奶奶跟他唠一两句家常，他是不理的，但是他很想和奶奶说两句话，可是情节起伏的故事令他忙不过来。于是他就匆匆地吃好早饭，骑着车子上学，在路上，是没有人来打扰他的。他仍继续着自己的故事。

卫杨一到放学就要来等毛毛一起回家，毛毛的班主任（就是那个爱干净的女人）特别喜欢在放学后仍继续上课，这往往是最讨人嫌的。放学铃一响，花子和一半就在后面闹起来，班主任不理他们，板着脸照旧上课，卫杨总是在门口一探，缩回去，然后靠着墙，把书包垫在屁股底下等毛毛下课。低着头，剥剥手指，或是嘴里哼一段歌，远处教室前面的路上经过一阵热闹的自行车“展示”后冷清下来，日已西沉。这情景就像是画在纸上一样在毛毛的脑袋里定格下来，让毛毛生出一些奇特的感觉，他觉得在以前的某个时间里这情景也曾出现过。一切都是重复后的再重复！

回去的路上，总归是四个人的，毛毛和卫杨，钱媚和游祺。钱媚和游祺也像毛毛和卫杨一样，一个村的，常在一起玩。游祺是个聪明的女孩子，在班里没多大声音，一个人静静地坐在角落里，虽然是班长，却也不怎么管事，这倒和毛毛很像。毛毛特看不惯她，老是认为她假清高，是故作高深，其实是什么都不懂的那种。说也奇怪，“假清高，故作高深”是钱媚经常说毛毛的话，在毛毛独自发愣的时候，钱媚就这样骂他，现在全让毛毛引用到游祺身上。就这个原因，四个人骑车从学校出来后，就会分成两队，毛毛和钱媚骑在后面，游祺和卫杨骑在前面。游祺和卫杨是卫杨说游祺听；毛毛和钱媚是钱媚说毛毛听。卫杨老是逗游祺笑，他对毛毛说；“游祺笑的时候像天使。”毛毛就说：“你看见过天使吗?”卫杨一愣即说：“看见过，和游祺一个模样。”所以严格地说，卫杨等毛毛，等的其实是游祺。

有一阵子，大家伙课后开始玩一种新的游戏，名字叫“斗鸡”。玩法很简单，把人分成两队，成群厮杀，玩者把一腿抬起，用一手握住脚踝，单腿站立，然后冲上去，采用推拉、顶拱、抵撞的手段使对方放弃单腿站立，就获胜。胜的一方总要雀跃一番。这游戏比起“攻城”来说就简单野蛮凶狠得多，往往是为了达到征服对方而盲目地逞一时蛮力，无需什么智慧。虽然减少了智慧，却也需要很多的毅力和忍耐性。所以，大家都兴趣高涨，踊跃参加。教室的前面左角有一间荒废的露天小屋，隐秘得很，一下课，男同学全都拥进去，互相叫嚷着，像是一群公鸡。两派人斗习惯了，也就出了派别，互相推出领袖人物。一派是花子和一半，另一派是郑飞。郑飞属于高大型的人物，他比每个人长得都大，看上去不像是这个年龄的人。他就像是优良的麦种，要比别的麦子先成熟，鹤立鸡群似的。毛毛就是郑飞一派的。郑飞一抬腿，嘴里喊一声冲啊，一群人全都冲上去，和战场上打仗一个模样。郑飞总是一个顶花子和一半两个，花子和一半从两边挤撞郑飞，郑飞动也不动。抬起的腿弯成的三角只轻轻一拱一半，一半就退了下去，可是一半并不认输，单腿站稳了继续冲上来，由于毅力和耐性的相抵，也能打个平手。毛毛往往总在那个时候不注意地从旁边狠狠地顶撞花子，花子一个踉跄，腿着地就输了，花子一输，一半也顶不住，这样一来，多数就是郑飞一方赢。郑飞总说，别看毛毛个子小，打仗的时候会动脑筋。花子和一半把毛毛恨到骨子里，毛毛总也不温不火，赢了就笑笑，输了也不恼，大家都说他是个呆子，呆子怎么做军师？这时候，郑飞就揽住毛毛的肩膀，不许别人说他。

这种近乎暴力的游戏是得不到老师们的许可的，老师总是要在早课上禁止一番，并会恐吓般地加以惩罚的条件，但同学们是不听的，继续着他们的游戏。有一次，两派人马正杀得热火朝天的时候，班主任暗着脸站在小屋门口，她也不出声，只一个一个把名字记在肚子里。大家高喊着，怒目圆睁，短兵相接，杀气腾腾。不知谁喊了声“班主任来了”，顿时偃旗息鼓下来，每个人都放下腿，低着头。毛毛正好躲在门后，不吱声，时间好像凝固，班主任哼了一声转身走了，大家才全都跑回教室。毛毛只是想，再也不能像“攻城”那么自由自在地游戏了。

上课的时候，班主任报出一大堆的名字，在说郑飞、陈花子、谢一半时还特别加重语气，着重罪魁祸首的意思。报完之后，班主任怒喝一声：“全都上来！”一个个垂头丧气站在讲台旁边，都推推搡搡不肯站在前面。班主任又叫他们按游戏时的动作摆好样子，于是全都架好腿，一手拎着，单腿站着，像一群可怜的呆头鸭。毛毛坐在下面不免战战兢兢，害怕被叫到，他总觉得班主任的头慢慢地变成一个三角形，身体也变得五颜六色，竟似要伏下地来，在地上爬行。刹那间，班主任变成了一条花色斑斓、口吐信子的蛇，张口欲咬的样子，而那些摇摇晃晃，单腿站立的同学却也似脸泛青色，变成一群可怜的青蛙。只不知那苍蝇是谁，毛毛暗自思索，却听得钱媚在身后偷偷地笑，还自言自语：该，就该这样，看那陈花子和谢一半的可怜样，就要好好惩罚他们。原来钱媚是苍蝇，毛毛想。

班主任又问：“还有谁也参与了，知道的检举出来。游祺你说。”

游祺站起来想了想，说："还有毛毛。"当时毛毛正在想苍蝇、青蛙、蛇的故事，没有听到。直到班主任大喊："毛毛，你也上来，看你平时安安静静的，却也是个害群之马，这学期的评奖你是肯定没了，看你贼坏的这张脸。"毛毛任凭她数落，思想早就回到了早晨的故事里：毛毛不停地跑，他像抹水一样抹去蛇吃青蛙在脑袋里留下的印象。他记不清穿过多少树林，多少小河，还有石子山，就再也没有碰到什么活物，竟似有了空谷幽山的味道。这时，毛毛来到一片花丛之中，红黄的花朵就像伞撑在头顶上。毛毛费劲地爬上花瓣之中，正想缓缓气，脚底一滑，一直滑入花心，扑鼻的花香熏得头晕乎乎的，全身上下都沾满了花粉，毛毛高兴地在花心打滚。天上飞来一只洁白的蝴蝶，打了一会儿翅膀，停在花心上，毛毛没来得及起身，就连着花粉沾在蝴蝶毛茸茸的脚上，蝴蝶停了一会儿，就飞向空中。毛毛在空中俯瞰着大地，一切都是恍惚不定的，这迷离朦胧的荒野之地，却也生生不息。毛毛享受着急速飞行所带来的愉悦，不禁大声地吼叫起来，虽用尽力气，却也只能听得嗡嗡几声响。也不知飞了多久，毛毛竟似睡着，醒来太阳快要落山，微红的太阳慢慢地滑进云层里。什么都变大了，这太阳好似没变，一样的大小。蝴蝶在一处剥了皮的墙砖上停下来，也许是飞累了吧。在角落里，张着一张极大的蜘蛛网，一只蜘蛛在网端静默不动，在毛毛眼里，大得犹如一只重型坦克。网中央还有一个活物在挣扎，显然是被网住了。毛毛再细看时，却是一人，而且是很熟悉的，等到他转过脸来，毛毛看清原来是游祺。游祺满脸都是泪水，眼里的惊恐都要溢出来，她看见蝴蝶腿上的毛毛，大声地喊，声音有点颤："毛毛快救我。"毛毛一拍蝴蝶的腿，蝴蝶受了惊，飞起来，离蜘蛛网越来越远。毛毛冷冷地笑，游祺那张楚楚动人的脸打动不了毛毛的心。谁来救你——毛毛想。毛毛只是奇怪游祺怎么也变小了呢？

毛毛是一群金鸡独立的人当中站得最稳的一个，一节课下来，有的人的腿都掉下来几次，就是郑飞、花子、一半他们咬着牙也在晃来晃去。毛毛平静地单腿站着，整张脸安详迷茫，面无表情，稍有一丝满足的笑却也不易察觉。钱媚后来脸上的表情是痛苦得像是嘴里含着黄连样的，倒是游祺，仍是冷冰冰、若无其事的样子。

踏雪无痕

毛毛开始喜欢旷课，早晨起来睁开眼眨巴几下，仍旧闭上眼睡去，再醒过来算算时间，就要迟到了，匆匆忙忙地穿衣服，心里想着再快也来不及，终究心里难受，不肯再穿衣服，索性脱掉，钻入被窝睡去，要睡就睡个够。奶奶吃力地爬上楼催毛毛上课，毛毛躺在被窝里不理，奶奶就坐在床边不停地唠叨。毛毛受不过，就甩出一句：“今天不去，生病了。”奶奶就很关心，说了许多话，才下得楼去，没一会儿，又上楼来，买来药片，端了开水送来，嘱咐毛毛吃下；再次下楼，端着早饭上来，坐定后不走，抿着嘴，叹着气。毛毛钻出头平躺着睁眼看天花板。时间静静地过去，耳根清爽许多，没有老师的上课声和叫骂声，没有钱媚的笑声和说话声，没有伙伴们的吵闹声，世界仿佛一下子停下来。耳边传来呼呼的风声，令毛毛又进入他的想象世界里。故事应该发生在一个风雨交加的夜晚，雷声随着闪电，大雨随着狂风，无端地生出许多恐惧来。一排排只见黑影的树在风雨里摇曳，夹着一阵阵沙沙声，路面渗出令人作呕的白色，恍惚着无形的哀叫，一直朝前通去，越远越暗，不见光，也许就只有这点白色，才照着毛毛赶路。树后面是一大块一大块的黑暗，这黑暗足以吞没一切，就算是扔一座山进去，也是不见得会有声响的。毛毛已经记不清走了多久，仿佛从来就是这样走的，开始应该觉得累的，到后来也就麻木了。在毛毛认为应该出现什么的时候，路似已真的到了尽头，连着黑暗的是一大片光明，豁然开朗，风雨俱已过去，吹过一阵凉风，风中都似夹着歌声。光明里是一扇宏伟气派的大门，一大群人站在光明里，都排成一队队的，每个人都不说话，毛毛觉得回到了家，自动排在队伍后面，在旁边的队伍里，有一女孩低着头，看自己的脚玩着石头。她的脸红红的，长长的眼睫毛动来动去。毛毛依稀认出好像是久违的刘光，虽然刘光走时是个小女孩，个子没有现在大，脸也有点变样，但毛毛仍旧认出她。“刘光，刘光！”毛毛轻声地喊。刘光依声看过来，睁着那双大眼睛。刘光变得漂亮，也长大了许多。她先是惊异地看看，然后笑起来：“毛毛，是你呀。”她说。毛毛很高兴，他招手示意刘光过来。刘光左右看看，忽的一下跑过来，挤在毛毛面前。毛毛一把握住她的手再也不放开，刘光双眼晶莹剔透，竟似渗出泪花。“你走了这么久，盼着你回来，又怕你真生我的气不肯来。本来还要等你来我们再去寻找‘漂亮’的，终未等到你。还记得我、卫杨还有你一起玩吗？我和卫杨打架，你在旁边乐呵呵地笑。”毛毛嘴巴不见停，也觉得自己眼睛里有水珠在打转。刘光一个劲地点头，还是如小时候般地傻笑。“大人们那次都说我是流氓，你说我是流氓吗？”毛毛急切地问。刘光说：“没有，那次的事我都忘了，我哪有这么好的记性啊？”两人你一句我一句地说着热闹时，不知不觉已排到了队伍最前面，两个类似官员的人物盯着他们。“不得喧闹！”其中一个人大吼一声，刘光和毛毛静下来，呆呆地看着他们。“轮到你了，怎么死的？”那人问刘光。刘光胆怯地说：“被车子撞死的。”那人说：“说仔细些。”刘光说：“我上学时，穿马路被卡车撞的。”那人用笔记下来，说：“是意外死，进去走 10 号路。下一个。”刘光站着，也不知是进去好还是不进去好。毛毛没等那人问，赶紧说：“我也是被车撞死的，走10号路，对吧？”那人却一皱眉头，大吼一声：“你是未亡人，却怎么擅闯阴曹入口，来人呀，押他回阳间。”余声未尽，两个兵士装扮的人物押起毛毛朝来时的路走去。刘光急切地喊：“毛毛，你别走。”毛毛挣扎着想要跑回刘光身边，终究拗不过兵士，越离越远，最后看不见刘光的人，毛毛才大喊一声：“刘光！”

想象到此本来还要继续，毛毛认为他会有十全十美的办法去营救刘光的，只要他的脑袋继续运作下去。可此时奶奶不间断的说话声音总是打断毛毛的思绪，令毛毛难以思索。奶奶说也不知怎么回事，也许是老了的缘故，老是做梦，梦里全是碰见以前死去的亲戚老友，他们都在梦里和她说话。她又说甚至不是在梦里，就在眼前身边似的，一切都像是真的。奶奶最后说也许是他们唤她来了，要她回到他们的世界里去。毛毛听得她的话，不由害怕起来，像是有什么东西掉了，再也想象不下去。那一天的时光在飘飘忽忽的气氛里过去，屋外甚至下起淅沥的小雨。毛毛和奶奶一直在说话，大多是奶奶说，毛毛听。奶奶述说了那辈人疾苦难忆的生活，一一道来，就如亲身经历，中间多少辛酸，多少苦痛，都叫毛毛体会出来，这一天奶奶是觉得毛毛特乖的，从来没有安心听她说过这么多话，到底是长大的缘故，奶奶似乎放心许多，也不知因何故放心。最后，奶奶说着说着，毛毛沉沉地睡去，奶奶喊他几声，见毛毛不吭声，知他睡着，才蹒跚着下了楼。

傍晚的时候，卫杨、钱媚和游祺来了。卫杨笑毛毛肯定早上没来得及爬起来，还说什么生病，都蒙谁呢。钱媚见毛毛躺在被窝里，倒是关心地说了几句，问是不是真的生病，毛毛说没有，只是不想去学校罢了。卫杨坐到床上一把拉起毛毛，然后对游祺说：“我说对了吧，装病。”游祺似乎很生气地哼了一声，板着个脸。毛毛说：“我装病跟你们有什么关系呀？”卫杨说：“下次我们一齐装病不去上课。”钱媚坐在毛毛做作业的凳子上，手里玩着笔，她说：“那样准会让老师猜到的。”毛毛就说：“管他呢，今天老师说什么没有？”钱媚说：“没说什么，就问了一声。”毛毛说：“我是对班主任没什么好感的，假得不得了。整天板着个脸，像个木头桩子。”卫杨说：“我们班主任倒不错，从不敢骂我们，对我们总是笑嘻嘻的，第一次上课的时候整张脸都是红的。”毛毛说：“那你们是真舒服，我们班主任还喜欢布置很多作业，总叫我们做不完。哎，我说，你别把我的笔拆了呀，就剩一支。”钱媚笑笑，没理毛毛，继续玩手里的那支笔。卫杨说：“我们那个王老师也布置作业，但下面只要一喊太多了，他就笑笑说：‘太多了，那后面几题就别做了。’好得很哪！”毛毛说：“真羡慕你们班。”卫杨说：“那是，你知道吗？今天学校打架了，打得真够厉害。”毛毛说：“怎么回事的，谁和谁呀？”卫杨说：“和校外的，有三个人来我们学校惹事，当时就扬言要和初三的‘巴掌’单挑，‘巴掌’没理他，喊了全学校的人冲出去，我也去了，捡块砖头在手里，到那儿就往里面扔，砖头满天飞，那三个人有两个抱着头跑，都被砖头砸傻了，呵呵，还有一个被砸得倒在地上不会动，送了医院。你们班的郑飞也去了，还有花子、一半，想必也扔了砖头。”卫杨满脸兴奋，说得特激动，好似这一切都显示了男孩子的英勇，大男子汉的气概。毛毛说：“我不应该旷课的。”卫杨说：“是啊，错过这么有意思的场面。”这时游祺要回家，钱媚也就说要走，她交代了今天要做的作业，走时神秘地说：“毛毛，你的笔里有东西。”卫杨一听游祺要走，也就跟着游祺下楼。倒是游祺，自始至终一句话都没说，脸上像是结了冰块。

晚上，毛毛做作业的时候，突然想起钱媚的话，就把笔拆了，里面塞了一个纸团，这和以前钱媚上课递给毛毛的纸条是一样的，雪白的正方形的纸。毛毛揉开来看，上面是这样写的：毛毛，我有很多话要和你说，但真的到了你面前就不知说什么，我知道我是喜欢上你了，不知道你喜不喜欢我，告诉我好吗？钱媚。毛毛瞪着纸条愣住了，他实在不知道该怎么办，他多想立即去卫杨家问问卫杨怎么办，但又怕卫杨取笑他。在毛毛、卫杨这个年龄，对新鲜事物往往是渴求的，但当新事物真的到了面前，却又害怕起来，虽然这并不是什么新鲜事物，他早就得出过什么是爱的结论，还亲身体验过。可是，当有女孩子如此大胆直接向毛毛倾吐心中的“爱”的时候，毛毛才真正地体会到，对于“爱”，毛毛是害怕多于喜欢的。再说，钱媚纸条上说的只是喜欢，还未必是爱，这就令毛毛更加模糊起来，就像虽未看见过海和江，对海却总比江了解得多，无形中，毛毛把爱看得要比喜欢来得“范围大些”，或者应该说要“神圣些”，不是到达的那种，而喜欢也不是那么容易悟彻的。单纯地认为对某个人有好感，那是肯定不能说喜欢的，应该还有别的东西存在。毛毛想得头疼了都不知道怎样回答钱媚的问题，是喜欢她呢，还是不喜欢？说了喜欢，那应该和钱媚怎样相处，还是保持原样吗？那肯定不对，要不钱媚就不用写这张纸条。那是要和她多说说话，多传纸条，多陪她玩吗？毛毛觉得这样有点难为他，似乎做不到。看来只有说不喜欢了，说了不喜欢，不知钱媚会不会伤心，还会不会给自己菜吃，说不定连话都不会说了，这些又令毛毛犹豫。毛毛想了很久，未见有好的办法，躺在床上，仍是双眼睁着，苦思冥想，最后，时间实在太长了，也就慢慢睡着了。

早晨醒来毛毛就把这事给忘了，但心里总有个疙瘩。奶奶说不舒服也就没有起床做早饭。毛毛在小店里买了包饼干，一边骑车一边吃着。骑到半路，才想起到了学校是要碰到钱媚的，还是要回答她问题的，毛毛就不免头痛，这连续一夜的难题仍像绳扣一样捆得人难受。毛毛后来干脆做如此的打算：只要钱媚不问，就装作没看见这张纸条，希望能蒙混过去。毛毛有了这万全之策，才算松了口气。这时车子已经骑到学校门口的马路对面，毛毛看见马路中间围了好多人，有学生，也有大人，把路都堵住了，人群旁边停着一辆卡车，卡车里没人。两三个交警在人群周围挥动着手臂，指挥着来往车辆，使得交通能够顺畅。毛毛想，肯定出事了，不知是谁。毛毛把自行车停在路边，挤进人群。不时有人说:真可怜，谁知道是哪个班的？还有人说:还是个孩子呀。毛毛好不容易挤进去，先看见的是游祺，虽然脸上的表情依旧是冷冰冰的，但总觉得失魂落魄，眼睛没了神采，茫然的样子。然后就看见趴在地上的钱媚，旁边倒着一辆粉红色的自行车，前轮已经粉碎。毛毛是从钱媚的衣服裤子判断出地上的是钱媚，钱媚的头被轧成扁扁的，肉挤得四处都是，甚至有一颗眼珠也迸到了旁边，血还在从眼眶里渗出来，流向四处。毛毛当时是用欣赏的眼神看着一切，他肯定地认为这一切不过都是他的想象，他记不起是何时开始想象的，他挣扎着想让这无聊的想象结束，他要去找活泼可爱的钱媚，钱媚还等着毛毛说喜欢她呢！不知谁发出了呕吐的声音，然后接连有几个人在吐出东西来，毛毛的脑袋才“嘭”的一声，像是被木棒重重地抽打，一下子失聪了。毛毛看见许多人在掉眼泪，有认识的，也有不认识的，化子和一半也来了，卫杨也来了，都在哭。郑飞苦着脸，一声不吭。毛毛却不敢再看一眼钱媚，这时一个交警不知从哪里找来一块布单，把钱媚整个盖住。警笛声此起彼伏。

整整一天，学校笼上了阴郁的气氛，云遮雾罩，恍恍惚惚，班主任来上课的时候，脸伤心得变了形，眼睛红红的，明显是哭过。她在上面讲解的时候，底下竟没有一个人在听，都想着各自的心事，后来干脆课也不上了。毛毛找出了无数条理由让自己相信钱媚没死，她只是学他旷课没来而已。毛毛想着放了学该去她家看看她，顺便回答她的问题。毛毛后来想起昨天想象的故事里的女孩其实不是刘光，而是钱媚，毛毛已经有许多年没看见过刘光，应该不会记得刘光的样子，就算是愿意想把她想象成刘光，却不自觉地把钱媚的音容笑貌安在了刘光脸上，毛毛自己却没发觉。毛毛赶紧地接起了这个故事：他无比神勇地再次闯入阴间，救出了钱媚，带她一块儿离开那里，回到学校，生活和以前一模一样。毛毛还不忘告诉钱媚：我喜欢你，可是你也不能老是烦我。钱媚笑得整张脸像是开了花。这些情节的想象和构思都极其简单，易于处理，毛毛最后卡在一个关键上不得思索，那就是钱媚的头已经碎了，怎样让钱媚的灵魂回到她的肉身上去呢？毛毛苦苦思考，用尽所有的智慧都找不到一个好办法，干脆就一带而过，直接让钱媚变成活泼可爱的人类，可终究过不了自己的一关，于是继续留在这个问题上，锁紧眉头，露出一脸的痛苦。毛毛一整天都是这样度过的。游祺玻璃般的脸上时不时掉下一颗豆大的泪珠来。后来，花子和一半来找毛毛，花子说："毛毛，我们和好吧，做永远不变的朋友。"毛毛说："为什么呢？你们不和我打架了吗？"花子说："不了，不打了。"一半说："没意思，一团和气多好。"毛毛说："是因为钱媚吧。"花子说："昨天还和她开玩笑的，今天就没了。"一半摇着头说："没意思，真没意思。"毛毛想起钱媚采桑葚时坐在田埂上掉眼泪，心里就像刀绞一样。不过，毛毛还是愿意和花子、一半做回朋友，只是当时放不下脸而已，终究不是什么深仇大恨。

放学后，班主任也没有拖课，立刻宣布下课，每个人都似丢了魂，收拾书包回家。卫杨来等毛毛和游祺，由于心里都不好受，三个人一句话都不说，骑着车回家，本来每天是四个人回家，现在只剩三个人，不免怅然心伤。学校门口马路上的一大摊血痕被汽车自行车的印痕割得支离破碎。游祺半路上突然说："我叫她等车子过去再过马路，她没听，还笑我胆小，没想到车子在路中卡住，汽车连刹车都没踩，就在她头上轧过去。吓死我了，吓死我了，是我没把她拦住，都是我不好，是我不好。”卫杨说：“你别难受了，这不是你的错，这是谁也料不到的事。”游祺怔怔地说：“是吗？只是她别来找我才好。”卫杨说：“她已不在了，怎么会来找你呢？”毛毛冷冷地说：“要找又怎会找你？她只会来找我。”

时间一天天过去，许多人都渐渐忘记了那天早上发生的事，一切又回到从前，照样上课，照样玩“斗鸡”的游戏，郑飞、花子、一半几个人有时会偷偷地躲在角落里抽烟，大串大串的烟雾熏着眼睛，他们都在偷着乐。钱媚死后的第三天，有个酷似钱媚的中年妇女到班级里来拿钱媚剩在课桌里的东西。她的脸白得可怕，抑郁着无穷的悲伤。她还和毛毛说了几句话，她说：“你就是毛毛吧，钱媚老提起你，说你是班里最聪明的学生。不过以后，没人给你菜吃了，她回家总叫我多做点菜，她说没人给你做菜，她说你老是偷偷地吃白饭，她要把菜给你带去，可现在她……”她没有说完，眼泪竟似又要落下，转身急急地走了。毛毛几天来淤积在心中的愁闷孤寂一下子被推涌出来，眼泪竟线般往下掉。他明白了一个失去爱女后的普通人的刺心般的伤痛，他就像是漂流了许久的孤独的心终于找到了依靠一样，同样明白多年前自己的母亲失去女儿时排山倒海的悲哀。多年来，毛毛对母亲的怨恨一刹那都随泪水流走了，余下的只是无穷无尽的思念。

毛毛也学会了抽烟，是和郑飞一起学的，一下课，花子和一半就往外跑，还不忘喊一声毛毛和郑飞，他们四个人在食堂后面的角落里，蹲着拿支烟在嘴里抽。起先，烟怪呛人的，慢慢地，烟像一双温柔的手一样抚慰着人心。毛毛在烟雾弥漫的瞬间老是幻觉般地看见钱媚的笑脸。郑飞他们一边抽烟，一边说些不着边际的话，没一会儿，上课铃就响了，他们扔掉烟头儿朝教室跑，毛毛总在后面慢吞吞地走。

毛毛每天总是带白饭，到吃饭时去小店买包榨菜就饭吃，倒也吃着香甜。有时饭含在嘴里吃着，眼前就出现钱媚可爱的脸，她在笑，不停地笑，她还是同样地用勺子把菜送到毛毛饭盒里，毛毛愣愣地看着钱媚，想说话却因嘴里含着饭说不出声来。“快吃吧。”钱媚说。毛毛耳边真切的声音令毛毛难以相信，钱媚真的回来了，毛毛无比激动，可没一会儿，他才发现，钱媚的脸慢慢地变成了游祺的脸，仍是茫然冷冰冰的一张脸。毛毛说：“我不吃你的菜。”游祺说：“你以为是我要给你啊，是昨天钱媚托梦叫我给你带菜的，她就是欠你的。”毛毛想再说什么却说不出口。以后每天，游祺就像是接钱媚的班一样天天给毛毛带菜。

游　淇

那是钱媚死后一个月的某个晚上，游祺骑车来到卫杨家。当时，游祺穿一件白色的衬衫，下身黑色的裤子，脚上穿黑色的布鞋。游祺洁白的脸有点激动，眼睛显得比平时更黑，嘴唇因被牙齿频繁地轻触而变得惨白，不显红润。卫杨有点担心，害怕出什么事，就把她让进屋里。堂屋里很暗，有一股潮霉气散发出来，游祺身体不停地发抖，手在无主意地横来横去。卫杨问她怎么了。她先是不说话，后来问了几遍。她像是开了闸，不停地说下去。她说：“前几天我去钱媚家，我看到她的日记本。我不该看的，却忍不住。我是难以明白钱媚的心思，不知道她是如此的傻。她每天记下的都是和毛毛在一起的经过，每句话每个表情都不落下，就算毛毛每次都对她爱理不理，她总能找到许多话和理由来为毛毛开脱，她认为对毛毛的一片真心早晚能把毛毛淹没，她竟似准备等待一辈子的样子。真是好笑啊。她又怎会爱上毛毛这样的木头，这真是一场悲剧。在每一天的日记里，钱媚都要说喜欢毛毛，都要说爱毛毛，这种没日没夜的期盼并没有让她觉得痛苦，相反，她觉得很快乐，很幸福。我想她肯定是中了什么邪。她说：‘我看着他吃饭的样子，就会想入非非，就会希望他能说声喜欢我，我真愿意永远都会给他带菜，然后看着他吃饭。他认真听课的表情就像是世界上最美丽的图画，令我百看不厌，我会永远地爱着他。’你说，她是不是傻了？”游祺痛苦的脸上露出无以言喻的疑惑。卫杨刚开始对游祺的话并没有放多少心思，可越到后来就越觉得自己和钱媚简直有点同病相怜，不过，钱媚现在走了，似乎是要比自己轻松了许多，可这也说明她是再也没有争取的机会。卫杨不由得感慨万千。游祺见卫杨愣愣的，就又继续说：“这两天我梦见钱媚，她总是在哭，不停息地哭，有时眼睛里都流出血来。我总觉得她有什么话没说完，总要缠着我，我这一辈子是甩不掉她了，我干吗去看她的日记呢？我好像是一下子跌在泥团里，越是挣扎越往深处陷。”游祺说完独自发愣。外面的天已经黑了，隐隐约约能听见邻家吃晚饭的喧闹声。卫杨的奶奶吃完晚饭出去串门了，屋里冷冷清清，连灯都不开。卫杨和游祺静静的，不说话，面对面坐着，两人中间隔个桌子，桌子上放了几本书和一支笔、一个本子。这情景，在那个年代，似乎处处可见，又似乎从未有过。后来，卫杨握住了游祺的手，游祺想挣扎却又未挣扎，一切都是自然的样子。卫杨动情地说：“钱媚不傻，她那是叫爱情，她是怀着一种到底的精神，那种追求是何其的伟大，又何其的纯洁，她是抱有幻想却又实实在在地爱着的，虽未真真切切地得到，但是她仍是充实满足的，唯一可惜的是，她连听毛毛说爱她的机会都没有了。其实，我又何尝不是和钱媚一样，我每天的日记里也有一个令我不忘的人物，我也是日日月月地爱着她的，我比钱媚好，我还有机会等着她说爱我。”卫杨说话的时候，眼睛慢慢地有了神采，有点按捺不住。游祺惊红了脸，说：“你是说我吗？你也是如钱媚爱毛毛一样爱我吗？”卫杨点点头。游祺又说：“那我也爱你。”游祺的回答就如是在完成一个心愿似的，说完有了一种如释重负的感觉。她只是想快速地摆脱钱媚的阴影，她认为只有爱卫杨，才会把那种揪人的遗憾驱走。相反，当游祺说爱卫杨的时候，卫杨却没有得到那种朝思暮想铅华落尽苦尽甘来如入天堂的感觉，他只是觉得得到了爱也就这样吗？他很不甘心。后来笨拙地用嘴去亲吻游祺的嘴，伴随着游祺冰凉的嘴唇给他的刺激，他一下子觉得爱情实在是美好的，他甚至忘了刚才忽生的失落感。游祺并没有退让，她觉得既然已经说爱他了，他要亲也就随他亲吧，不过，她到底还是有点羞涩，在嘴唇轻触嘴唇之后，她觉得履行了什么似的松了口气。

这就是卫杨“得到”游祺的经过，那天卫杨一个劲地吻游祺，把游祺搂在怀里。后来，卫杨把手伸进游祺的怀里，摸她的两个光滑湿热的乳房。自始至终，游祺都没有反抗，她像个木偶随意让卫杨抚弄，直到奶奶进门，卫杨才停止他们的爱情。那天，他们说的话都超越了他们的年龄，似乎是用扩声器扩大声音一般，他们提前说出了连他们都不明白的话。

毛毛对游祺从未有过好印象，他觉得游祺冷得像块冰，就是天再热，只要游祺在，就有一股子刺人的凉意。钱媚死后，毛毛放学就不怎么和卫杨游祺一起走了，除非卫杨再三要求，毛毛看不得卫杨和游祺亲密交谈的样子，游祺总是笑得像个无忧无虑的少女。毛毛早就看出来游祺肆无忌惮的笑容是装出来的，就像是突然戴了个开心的面具，可怜的是卫杨蒙在鼓里，高兴得没了主意。毛毛总想揭穿游祺的阴谋，可又不知游祺的阴谋在哪里，所以干脆不和他们一起回家。有一次吃饭，游祺照例坐在毛毛对面，把菜放在中间，不声不响，低头吃着饭。毛毛问她：“你和卫杨在谈恋爱?”游祺抬头看了一眼毛毛，又继续吃饭。毛毛说：“玩真的吗?”游祺停了好一会儿说：“不关你的事。”毛毛说：“你真的喜欢蓝卫杨?”游祺点点头。吃完饭游祺站起来去洗碗，毛毛很快地站起，手猛地伸出去抓了一把游祺。游祺脸先是一红，然后变成愤怒，最后恢复原样，冷冷地走了。

油菜花开的时候，满田野一片金黄，这是一种沉甸甸的感觉，人处其中，恍惚飘然世外，不再烦恼。午后，常常是要溢满阳光的，昏沉沉，迷人的神情。门前水泥地白晃晃的，是苍白疲乏的样子。屋里也是亮堂堂的，东窗户开着，有风吹进来，每个人脸上都兴高采烈，新鲜的，跃跃欲试的。不时地有人说话，你一句，我一句，嘻嘻哈哈地笑，也会有短暂的沉默，但这沉默不是冷清，是大戏前的拉幕，是下一轮高潮的暗伏，是有深意的。每双眼睛都是一对锥子，是要刺透人心的，钻到骨子里去的。他们才不会管门外的阳光明媚呢！这情景是毛毛后来星期天下午度过的一个版本，基本上每次都没有什么变化，就连话题都是一样的。那是郑飞的女朋友东京的家，门前是一条河流，河上终年漂着硬纸盒、破布以及旧拖鞋什么的，河岸上有水泵之类的东西，是要用来向田里打水的。毛毛吃完饭，就骑车准时来东京家里，有时花子和一半已经先到了，有时是郑飞、卫杨先到，卫杨是要带着游祺的，两人手拉手，透着一股子自家人的劲头。不管谁先到，后来者总能自然地融入谈话中去，就像是江流汇入大海一样，是不排斥的，海纳百川，有容乃大。东京总是穿条花色的短裤，一副睡午觉未醒的样子，坐在靠近门口的小凳子上，看着门外，说话时就回过头来，脸带笑容。郑飞抽烟最凶，一支接一支，脸总在烟雾里，说话声沉稳、镇静，就像来自远方。其实，说话最多的还是花子和一半，其余人都是插进去的，所以很快就能退出来。花子和一半的声音是那年每个星期天东京家午后的特色。毛毛每次来后，总是悄悄停好车，从东门进屋，坐在靠窗的长条凳上，默默地抽烟，难得说上一句话。

有一次，说着说着，不知谁提到了缘分，话匣子就开了，都各自发表着见解。花子是抢着说的，他说："要说这缘分，我最有感想，它可是谁也改变不了的东西，就拿我爸爸和我妈妈来说吧，我爸爸是木匠，当年可是穷得叮当响，都说他讨不着老婆，哪曾想会遇上我妈，你们知道我妈妈家是做什么的吗？是做钢材生意的，那可是发大财的生意。我妈妈从小到大要什么有什么，是见过大世面的小姐，什么地方没去过？却偏偏嫁给我爸了，谁也说不清为什么，都是缘分使然。我是认定缘分这个好东西的，前一阵子，我认识的章南茶，真是个漂亮女孩子，又大方，简直百里挑一，要不是跟着老大去一中打架，又怎会认识她？要不是我溜进女生宿舍，又怎会看见她一个人在宿舍换衣服？要不是这些误会，她又怎会喜欢上我呢？这一切都是缘分啊！"花子一口气说完，脸上尽是自豪。一半说："好小子，怪不得打到一半不见你，原来是去偷看女生啦，还说什么缘分。"花子说："去你的，整个二百五。你不懂。"这时东京说："花子，那你下次把你说的那个漂亮女孩带来呀。"花子说："好的，只怕她不肯来。"郑飞的声音从一堆烟雾里慢慢传来："我不相信缘分，都是没用的人自找台阶的说法。"卫杨插上说："难道你和东京就不是缘分吗？是吧，游祺。"游祺点点头。东京笑着说："谁和他缘分啊，说不定将来会不会十万八千里老死不相见呢？"卫杨说："不会的，都惦记着对方，又怎会分开？我要和游祺永远在一起。"东京幽幽地看着郑飞，说："他要有你这么重感情，我就开心了。"郑飞笑着摇摇头，大口大口地吸着烟。花子一个劲地说章南茶的好，可偏偏一半总要和他抬杠，屋子里就只有他们两个人的声音。其余人都陷入了沉思。后来，毛毛突然说：“我是和她没缘分了。”大家都疑惑地看着他，等他说下去，毛毛却又不说。游祺听懂了毛毛的话，整张脸像是被谁打了一下般惊悸。

星 期 天

过了一个星期，花子还真把他说的章南茶带来了。毛毛是最后一个到的人，他进屋就看见来了个不认识的女孩子，她坐在花子的怀里，眼睛大大的，在每个人脸上转，脸有点黑，倒不是花子说的特漂亮，但整个人看上去很健康。毛毛在窗子边坐下，郑飞递给他一支烟，他慢慢点着抽着。花子今天话不多，搂着章南茶在凳子上摇来摇去。章南茶说：“你们这么一屋子人都不知道干啥吗？太没劲了，要是换了我们，早上大街上疯了，什么打游戏啦，溜冰啦，打架啦，事情可多了，像你们，可真闷。”东京说：“都是瞎折腾，还不如坐着说说话。”章南茶不屑地笑笑，回过脸来在花子嘴上碰了一下，拿花子的手直往怀里塞，弄得花子不好意思，涨红了脸。章南茶说：“让你摸却不敢，要么就偷偷地摸，像贼一样，哈哈……”东京说：“要亲热，你们就上楼吧，楼上没人。”刚开始花子还不想去，章南茶在他耳边嘀咕了几句，他才犹豫地抱着章南茶上楼。等他们上楼，一半说：“这小子真是艳福不浅。”郑飞说：“你怎可让她上楼？”东京说：“没事，疯不到哪儿去。”这个星期天因为章南茶的到来给这个平静的午后带来了骚动的气氛，每个人的心里都起了不小的波澜。如果说以前的午后聊天是平静的、安详的，但现在是有要被破坏的引子了，这本来就不是能永远如此的局面。后来，卫杨和游祺也悄悄地躲到厨房，只留下郑飞东京一半毛毛四个人打八十分，也都默默的，似乎在想着他们在干吗。东京不停用脚偷偷地踢郑飞，脸红红的，很热的样子，有好几次东京的脚都踢在毛毛脚上。

再后来，星期天的午后就不是坐在屋里说话了，每个男孩子都搂着女孩躲在角落里，倒是毛毛一个人坐在大堂里，好像是给东京看家的。有一次，毛毛一个人在屋里抽烟，天空突然暗下来，没一会儿就下起了大雨，毛毛想去叫东京收衣服，就走上楼，房门没锁，毛毛推开一看，东京正叠在郑飞身上，光着身子。毛毛轻轻关上门，下楼出门推着车子就走了，大雨淋湿了全身，毛毛木然没有感觉，他脑子里充满了欲望的恐怖。

毛毛把这一切都归入是自己想象的情节，他认为现实不是这样。本来钱媚死后，他就不再想象了，可这一次，他停止的想象的念头再次被翻出。这一经再次被勾起的念头，比以前来得更厉害，没日没夜地，没有停的样子。毛毛有了超灵的本领，他的眼睛彻底地通灵了。在他的眼里，女生们的衣服不复存在。

一连两个星期天毛毛都没去东京家，他想卫杨、郑飞、花子都是自己的好朋友，不愿看见游祺东京章南茶光着身子的样子。郑飞老问毛毛出了什么事，叫毛毛别整天傻坐着乱想心事，多去玩玩，说说话也好，让毛毛下个星期天一定要去，毛毛没说话，是去也是不去的回答，郑飞摇摇头叹口气，一副没办法的神情。到了星期天，卫杨到毛毛家里来喊毛毛，奶奶说："是卫杨吧，在楼上呢，还在睡觉，饭都不吃，你去帮我喊喊他吧。"卫杨说："哎，奶奶。"卫杨到楼上，一看毛毛还在被窝里，被子蒙住个头，露出一双脚。卫杨掀开被子，说："起床了，都什么时候了。"毛毛没理他，翻个身睡去，卫杨一把拉起他，说："你怎么了，又发呆病啦。你说，你怎么两个星期天不去东京家了？"毛毛睁开眼，看着卫杨说："我不想去，没劲。"卫杨说："在家里睡觉就有劲吗？快起来，陪我去东京家。"

毛毛说："我不去。"卫杨说："不去也得去。"毛毛突然高声说："去，去，去看你们光着身子睡在一起吗?"卫杨惊白了脸，说："你看见谁光着身子睡在一起啦?"毛毛说："不知道。"卫杨说："说我和游祺吗？我要是想，游祺也不许啊。"毛毛说："那你们干吗非得一对对躲起来呢？像以前我们坐在一块儿聊天不好吗？都是那个章南茶，她来了，东京和游祺都变坏了，都不怕羞了。"卫杨不由发怒，他说："你说东京可以，你不能说游祺，我和她是光明正大相爱的。"毛毛说："谁知道你们是不是躲在角落里啃嘴巴子。""你……"卫杨重重地打了毛毛一拳，走了。

那天后来毛毛还是去了东京家，东京仍是穿着短裤坐在小板凳上，游祺和卫杨坐在桌子旁说着悄悄话，郑飞还是一支一支抽烟，花子章南茶不停地抬杠，互相嬉笑打骂，一半也在和一个女孩套近乎。毛毛觉得以前的情景又回来了，窗子边的位置空着，是留给毛毛坐的，毛毛坐下后，章南茶说："小眼睛，前两个星期天怎么不见你来，忙着追女孩子了吧?"毛毛不理她，只是呆呆地看着她。这时，一半旁边的女孩（其实她也正好坐在毛毛旁边）对毛毛说："你怎么一句话都不说?"毛毛想我从来没看见过这个女孩，不知是谁。这个女孩脸很大，眼睛也很大，留着长长的刘海，最为显眼的是，在她的额头左边有一个明显的红色胎记，颇似蝴蝶。她见毛毛不说话，只是盯着自己，被他看得浑身起疙瘩，不由动动身体。其实，她是坐在桌子旁边的，毛毛看不见她光着身子的样子，只是看见一双洁白的手臂和肩膀。毛毛没吭声，她又说："我叫胡蝶，和南茶一个班的，你呢，你叫什么?"一半凑上来说："他叫毛毛，总是傻呆呆的样子，不爱说话。"胡蝶一直看着毛毛笑，毛毛后来也问了她学校功课游戏的问题，胡蝶都一一回答。卫杨有几次想和毛毛说话，却又赌气地不开口，似是说你不来怎么又来了呢？毛毛不生卫杨气，他饶有兴趣地沉浸于和胡蝶的谈话中。

那天，东京的母亲突然回来，她看见一屋子人，有男有女，脸上就不怎么好看，东京说都是同学，来玩玩。大家也就坐不住了，都起身告辞。东京站在门口送他们。章南茶在路上建议大家去镇上玩，郑飞同意了。到了镇上，一群人进游戏厅打游戏，胡蝶一直拉着毛毛，让他和她一起打，毛毛不会，胡蝶就耐心教他。正起劲时，花子和一个镇上的“流氓”吵架，那个家伙气势汹汹，一副要打架的样子，章南茶也在旁边骂他，那个家伙一挥手，从四周喊了许多人，把花子围起来，郑飞、一半都冲过去，两帮人都对视着，那个家伙说：“人挺多啊，给我打。”一下子拳头乱飞，喊声四起，胡蝶见这阵势，直吓得往毛毛身后躲。毛毛先是看看，随后拿起凳子冲过去对准那个家伙头上砸，那人哎哟一声趴在地上不动了，其余人也就停手围过来看，都说打死人了。郑飞说了声“走”，大家就跑出游戏室骑着车溜了。

蝶恋花

事情总是在没有开始的时候开始，没有结束的时候结束，让人始料不及，杞人忧天。

胡蝶是一名优秀的运动员，在跑道上时，像一只羚羊，白色的运动衣衬托了一个健康活泼的少女。唯一带给她飘动飞翔感觉的是那一头乌黑的长发，在风中被远远地甩到身后，许多人都在为胡蝶鼓掌，激动雀跃。她显然地成为了这届全镇中学生运动会的焦点。她就像是一只蝴蝶自由飞舞。

她出现在毛毛的面前时，满头是汗，脸红得像成熟的苹果。“你跑起来比兔子还快。”毛毛寒碜地说。胡蝶不停地笑，不停地喘气。

一半热情地邀请胡蝶一起吃饭，脸上堆满了笑。胡蝶说：“等我换好衣服。”说完转身朝休息室跑去。这时，花子也结束了比赛项目，由章南茶搀着走过来，看见一半脸激动得发红，说：“怎么，把马子啦。”一半狠狠地点头，说：“叫她去吃饭，挺乐意的。”胡蝶穿了一件白衬衫，下身红色短裙，头发用牛筋扎起。整个人看上去很轻盈，一蹦一跳的。学校门口出来，就是街道巷口，两边都是饭店、小卖部、水果店，招牌大多陈旧、灰暗，有三三两两的学生在买东西，立着讲话。这里和毛毛的学校不一样，这里是镇的一隅，所以有些闹中取静、诗意朦胧的样子。这就是一中门口给人带来的感觉。一半给每个人发烟，又给每个人点上，乐呵呵地笑。一帮子都立在校门口，傻傻的。卫杨愁眉苦脸，不停地抽烟。花子问他怎么了，他也不说话。一半也不停地问，拍胸脯说兄弟有什么难处尽管说，我不皱一下眉头，为你两肋插刀。卫杨仍是不说话，只是微笑着点点头。胡蝶笑着说：“你们是吃饭还是站着说话？”一半赶紧接过话，说：“吃饭，当然吃饭，走！走！”毛毛其实是知道卫杨为什么会心情不好的，是因为上次打架的事让游祺很害怕，令她不敢和卫杨在一起玩，这让卫杨很为难，作为一个男子汉，他认为打架是完全没有错的，但因为这样而失去游祺，不免觉得窝囊，如鲠在喉，所以他才会闷闷不乐。

毛毛的那辆自行车已经很旧了，骑的时候老是会哐啷哐啷地响，刹车也不怎么好，碰到紧急情况，毛毛总是屁股往前一跳，坐在横杠上，两脚踮地当作刹车，这样一来，带给他的后果就是屁股和胯部的疼痛。毛毛总是抱怨，他认为自行车不听话，完全是不愿意被他骑，无论被谁骑，它总归是不满意的，总要给骑它者以报复，所以令毛毛屁股疼，那是最轻的惩罚。要是谁敢骑我，我会割了他半个屁股——毛毛想。

胡蝶每天放学骑着一辆红色的凤凰牌自行车经过毛毛学校，总要停下来向里看看，她看见操场上有几个穿红背心的在打篮球，也有几个小女生叽叽喳喳地观看，有垂头丧气的学生从门口骑车出来，都默不作声，死气沉沉。胡蝶立着看了一会儿，大概没有看见要看的人，就失望地骑车走了。刚走一会儿，毛毛就骑着那辆破车出了校门。这是1993年毛毛的学生时代。那一年，毛毛的奶奶去世了，静悄悄不留痕迹。奶奶走后的第一个晚上，毛毛躺在床上数绵羊，数清了好几群羊，连公羊和母羊都数清了，还没有要睡的意思。毛毛的思想像是一部机器，开动了就毫不疲倦，不得停。后来，毛毛把屋里屋外所有的门都开着，像是等谁似的，这样才能入睡。

游祺是第一个在奶奶死后来毛毛家的。那天的月亮又大又圆，风刮得树梢哗啦啦地响。毛毛正在楼上做作业，楼下响起了断断续续的敲门声，毛毛喊门没关，然后继续做作业。游祺悄无声地走上楼，站在毛毛身后，毛毛抬头一看，说："你吓我一跳，像鬼。"游祺笑笑。毛毛又说："坐吧，没多余的椅子，就坐在床上吧，找我肯定有事。"游祺说："没事，只是睡不着。"毛毛说："哦，是这样。"然后两个人又都不说话，眼睛都随意地找个角落瞅着。一只虫子沿着笔杆在爬，毛毛用手把它捏死了。毛毛问："你是怎么来的?"游祺说："骑车子。"毛毛说："那车子还在外面放着吧，要不要推到家里?"游祺说："不用了，过一会儿还得走。"毛毛说："放在外面也没事，水村很安全的，从来没有出现过贼。"毛毛给游祺倒了杯水，说："没有茶叶，将就喝吧。"游祺接过杯子抿了一口就握在手里盯着窗户看，窗户对面是卫杨的家，那边的窗户一片漆黑。毛毛说："外面风是不是很大？在家里都能听到风在叫。"游祺点点头。毛毛又问："你们还去东京家玩吗?"游祺摇摇头。毛毛觉得无话可问了，就看着游祺，游祺的眉毛很浓，凝结在一起，像两片乌云。

游祺突然说："也不知道为什么我总是忘不了他，尽管我不去想他。"毛毛说："你是指卫杨吧？"游祺沉默不语，过了一会儿又说："我是来找他的，可他家门关着，不敢敲门，所以来你这儿了。"毛毛说："要不我帮你喊他？"游祺急急说："不用吧，不用吧，大概睡了。"毛毛打开阳台门，风一下子扑进怀里，凉得让人心寒。卫杨后窗有一格的玻璃碎了，贴一张报纸，风吹得报纸扑扑地响。卫杨！卫杨……毛毛喊了好几声，停下来看一会儿天，黑乎乎的，就进屋把阳台门关上了。"睡得太死，喊不醒。"毛毛说。游祺有点失望，坐了一会儿就说要走，毛毛把她送到楼下。"以后早点来，在卫杨没睡前来，你这么晚骑车回去不怕吧？要小心喽。"游祺点了好一会儿头，就骑车走了。很快，她消失在黑色里，只留下毛毛站在门口看远处漆黑的屋脊。

第二个来的是胡蝶。一半拥着胡蝶，花子拥着章南茶，都挤坐在床上，嘻嘻哈哈地笑。花子给钱叫毛毛去买烟，毛毛起先不愿意，经不过催促，也就下楼去了，这时胡蝶追过来，说："等等我，我也要去买东西。"一半在后面叫："买什么不会让毛毛带吗？"胡蝶已经推着毛毛走了。胡蝶和毛毛走在路上都不说话，胡蝶硬环着毛毛的膀子。到小店门口，毛毛示意她放手，胡蝶鼓鼓嘴，不情愿地松了手。毛毛买了一包烟，然后等着，小店主也等着，胡蝶也等着。胡蝶说："走吧。"毛毛问："你不是要买东西吗？"胡蝶说："我说过吗？"然后两个人出了小店。胡蝶仍旧是环着毛毛，毛毛闻到了一阵阵的发香和皂香。进门时，胡蝶在毛毛耳边说："今天我是特意来看你的。"一半、花子、毛毛都在努力地抽烟，烟雾从嘴进入鼻孔，须一滴不漏，是为"回龙"。章南茶也嬉笑着学着抽，呛着了，就不停地咳嗽。她兀自说烟很香，令人陶醉。胡蝶翻着毛毛的作业本，无聊的样子。夜是要往深处赶了，再也看不见外面的池水、鱼塘。

毛毛永远都不知道这样的谈话何时会结束，因为在他看来，每个人都兴高采烈的，又何必早早散去令人不快呢？花子孜孜不倦地说起了“爱”，他说“爱”这种东西是呼之即来挥之即去的，是廉价便宜随处可见要多少有多少的。这些话让人兴奋起来，涨红了脸。胡蝶和毛毛的眼睛连成了一线，都不肯移开目光。章南茶说没劲睡觉吧。花子搂着她去了隔壁房间。一半突然抱住胡蝶，呢喃着说我们也睡觉吧，胡蝶挣扎着企图掰开一半的手，可是一半抱得很紧，胡蝶再怎么努力，也未脱开。她抬头看着毛毛，眼睛都快挤出眼泪了，那是一种楚楚可怜的哀求，是无助者对英雄乞求的眼神。一半暗示毛毛叫他出去。毛毛坐了一会儿，就起身出去，还帮他们把门关好，在关门的一瞬间，他又看到了胡蝶那双亮晶晶的眼睛。

毛毛一夜未眠，他老是被一双眼睛注视着，那是一双多么清澈的眼睛啊，那是雨后的鱼塘，那是山间的小溪，那是花朵上的露水，那是天边的霞光。可是那双眼睛是急切的，是需要帮助的，就像搁岸的美人鱼，乞求路人能把她救回海里。她本来是对人类抱有希望的，可是路人却离她而去，她失望了，她无奈了。那双眼睛流出了眼泪，这是毛毛后半夜脑袋里停留的一幕，到后来，那眼泪变成了血，整张脸都隐去了，只剩下一双流血的眼睛和那个暗红的胎记。

快到早晨的时候，一半跑进毛毛的房间，他激动地和毛毛说：胡蝶还是个处女，他把她做了。毛毛平静地听完一切，然后又倒头睡去，他实在太累，一夜没睡，脑袋里已是一片空白。花子、一半他们走的时候，毛毛已经进入了梦乡。胡蝶看着毛毛的房间发了一会儿愣，带着眼泪走了，她甚至发誓以后再也不到这个鬼地方。

这是一个蝶恋花的故事，蝴蝶总是留恋芬芳灿烂的鲜花，花香与美丽都让蝴蝶驻足，不肯走开。然而，蝴蝶总归是要走的，是有许多花要它去留恋的，这必将是短暂伤残的爱情故事。谁说蝶恋花的爱情是美丽的，令人羡慕的，那他肯定没有真正地爱过。花依旧是花，蝶依旧是蝶，可这花、这蝶是再也不会联系在一起了。蝴蝶飞走的时候，不知是花在伤心，还是蝶在落泪。反正都是纠缠不清的。毛毛在睡梦中了解了这一切。于是他渴望醒来的时候能忘掉一切。

卫杨的爱情故事

卫杨曾经许过一个诺，他说他要永远和游祺在一起。他自认为是信誓旦旦的，再也不会怀疑所有一切分开的可能。可是时间的流逝伴随着的是毫无来由的分道扬镳，一切的一切都是平常的，谁来管那个狗屁的承诺。

有一次在学校吃饭，卫杨去洗饭盒的时候，碰上了游祺，游祺冷冰冰的脸像块白玉。游祺说："那天我去你家找你了，你不在。"卫杨点点头，然后洗饭盒，游祺站在旁边看着。洗好后，卫杨看看游祺，想说什么，终究没说出口，兀自走了。游祺紧紧跟着他。卫杨回头说："你跟着我干啥？"游祺说："咱们像以前一样好吗？"卫杨想了想说："好啊，像以前一样。"游祺紧绷的脸庞出现了笑容。卫杨又说："我们以前是怎样的？"游祺一愣，说："经常在一块儿啊！"卫杨说："你觉得有意思吗？"游祺说："你不是说和我在一起很快乐吗？你不是说要和我永远在一起吗？你都忘了，你说过永远爱我的，你不爱我了吗？"卫杨说："爱，当然爱，那你今晚到我家过夜行吗？"游祺疑惑地说："干什么？我妈妈不会同意我住在外面的。"卫杨说："你看，刚才还说要和我在一起的，可见都是空话。""你……"游祺没有再说什么，只是急得眼眶里噙满了泪。

卫杨也不知何时有这种怪想法的，他觉得自己的思想是在默默地变化，不知不觉地变化，他似乎已经了解了什么是男女，什么是男欢女爱，总是有一种急切的渴望在心里徘徊，他是想尝试从未尝试过的东西。尽管有好多人教育他现在还不是尝试的时候，但该发生的总要发生。游祺在半夜偷偷地溜出家，又偷偷地溜进卫杨的家。淅淅沥沥的小雨把游祺的头发都淋湿了。卫杨给她一条毛巾，游祺站在镜子前擦头发，眼睛看着镜子里的自己。“擦干了，就过来吧。我们躺在一起聊聊。”卫杨坐在床上对游祺招手。游祺迟疑了一会儿，走过去爬上床，不过到底是第一次，脸隐隐地泛红。卫杨环着游祺的腰，游祺挣扎了一下，头枕上他的肩膀，闭上了眼。

“你偷跑出来，不会让爸妈知道吧?”

“应该不会，晚上妈妈不到我的房间来。”

“早晨呢，早晨谁先起来，你和他们?”

“没事，他们总要八点起来呢。”

“……”

“……”

“你的胸口上有个痣。”

“别动，你的手不规矩！你再这样我就走了。”

“那我不碰你，我们说说话，你没和我在一起的日子都在做什么，放学也不见你回家。”

“我都很晚回去，在教室把作业做好，这样到家就可以一个人吃晚饭，免得看见他们吵架。”

“谁吵架，你爸爸妈妈吗?”

“是呀，越吵越凶，每次都是拿我出气，我要说说话，那更是不得了，好像和我吵似的。”

“他们为什么要吵?”

“我爸爸整天在外赌，还和别的女人在一起，被我妈妈看见，就没完没了地吵。我爸爸真是的，都怪他不好。”

“……”

“吵架时又是摔碗，又是打热水瓶，吵完又都出去，剩下个烂摊子让我收拾。”

“其实，其实你也可以不管，他们还真的会不闻不问吗?”

“以前他们可从来不会这样，一家人在一起吃晚饭其乐融融的。”

游祺沉浸在回忆中。卫杨的心思被游祺的陈述搅得忐忑不安，他本是安着一颗冒犯的心的，可因为游祺无端的悲哀使得卫杨觉得游祺神圣纯洁弱小起来，反正卫杨心里的欲望之火是熄灭了，再也没有“亵渎”“神灵”的勇气。一夜卫杨握着游祺的手，手心都出了汗。游祺说：“小时候很好玩，总是有很多玩处，我姥姥家在一个山坳里，有大片的油菜地，金黄色的，引来许多蜜蜂。我一到那里，姥姥隔壁家的小强哥总会带我去罩蜜蜂，抓住了就给我掐里面的蜜，让我尝，问我甜不甜，我骗他说不甜，他就埋怨自己掐得太慢，蜜全让蜜蜂自己吃掉了，我看他懊悔的样子就偷偷地笑。大山附近有很多小溪，小溪里有活蹦乱跳的鱼啊、虾啊什么的，有一种鱼，叫起来像娃娃哭，小强说这种鱼很难捉，它是随着溪水才会冲下来，要不然总是躲在背阴的浅水里，颜色和石头差不多，小强说要给我捉一条，他找了一天，走遍了所有的溪流，都没找到，他回来说下次一定捉到，我想我只是觉得好玩而已，真的放在我面前，我也不要了。晚上，我们几个伙伴在姥姥家门口数星星，看谁数得多，小强最不耐烦，看着我数，然后一个劲地问我有几颗，我告诉他他就去和别人炫耀，别人就取笑他：‘都是小祺数的，你会数得清吗?’小强申辩说：‘怎么我就不能数吗?’脸涨得通红。他们男孩子在白天还玩一种‘攻城’的游戏，在地上画两个紧挨的城堡，然后又是推又是拉，来占领别人的城堡。我远远地在旁边看他们玩，小强总是最厉害的，他像一尊坚固的石雕，无论怎么拉，就算两个人一起拉他，也拉不动，他总是最后的胜利者。”卫杨静静地听游祺回忆童年，像是在听一首催眠曲，在听到“攻城”的时候，卫杨似曾亲切，有一种回到从前的感觉，至于是从前什么时候，卫杨也说不清楚。总之，卫杨是睡着了，拉着游祺的手睡着了。这是他爱人的手，虽然他还说不清楚爱是什么，但至少他没有因为这个“爱”字而做下什么遗憾令人难以追忆的事。这就是卫杨的爱情故事。

以后卫杨再也没有让游祺来家睡觉。游祺也没有提出要来卫杨家。如果要回忆，哪里都行。

东京之恋

东京出事了。早晨学校沸腾如煮熟的粥。郑飞入定般坐在教室里，整张脸是罪犯等待审判前一刻的扭曲。早知如此，又何必当初。毛毛是想用这句话去劝劝郑飞的，可话到嘴边，却又犹豫。后来郑飞被班主任和教导主任喊去，每个人脸上都很严肃。毛毛有意无意地看看游祺，游祺在发愣，苍白的脸配合着惊悸不动的眼睛，可见其主人是受了不小的惊吓。

放学的时候，毛毛骑车碰着游祺。她一个人。其实她一个人的时候最美，有人相陪却反而成了多余的点缀。

“害怕了?”毛毛问。

“什么?”她转过脸，表示惊疑。

“由此及彼，由她到你，难道不都是一回事吗?你们所谓的恋爱!”

“你是在念经，得道高僧的样子。”她轻蔑地笑笑。

毛毛也笑笑，也许只有笑才能掩饰不自然。

"东京为什么跳楼，你知道吗？"游祺问。

"听说是肚子里有了孩子。怕被知道。"

"是郑飞的吗？"

"应该是吧。"

两人都沉默不语，只听见自行车轴承的声音。

"你和蓝卫杨怎样？"

"啊？"

"不会和他们一样吧。"

"没有。"

"不是经常去他家吗？"

"我们只是聊天。"

"但愿如此。"

"我倒要知道你和胡蝶也是说话而已。"

"尽听谣言，都是没有的事。"

"可是胡蝶碰见我一直说起你，大概是偷偷地喜欢你！"

"别说了行吗？"

"你怎么了？"

"没事。"

东京在医院里的时候，郑飞一直在校政教处受训。东京出院的时候，郑飞也被学校开除了。东京肚子里的孩子也没了，有了这件事，也就主动退学了。东京什么都没得到，当然，郑飞也什么都没得到。关于他们的议论，因为他们的离校也慢慢地停止了。

后来的某一天晚上，郑飞和东京相拥着到毛毛家，东京脸上露出淡淡的笑，郑飞手里提了个蛋糕，还有只手提着一个塑料袋，从口袋里拿出了许多熟食，鸡啊，爪啊，猪舌头啊，都散乱着摆在桌上。郑飞说开始吃吧，今天是东京的生日，为她闹闹。毛毛去小店买了两瓶白酒，都倒得满满一碗，大口大口喝起来。东京问起学校的事，说是走后挺想念的。毛毛说："还不是老样子？上课睡大觉，一下课就活精神，追着女孩子跑，花子和一半还是喜欢摸人家，女生们只要一看见他们就捂着胸部，躲贼的样子。"东京听罢，就说还是学校的生活有意思。那些鸡毛蒜皮的流氓事在外面简直什么都不算。毛毛问她现在干什么。东京只是笑笑，笑得很妩媚。郑飞说："有什么不好意思，都是自家兄弟。"然后东京又红着脸说："在夜总会做三陪。"毛毛问什么是三陪。郑飞说："陪客人聊天、喝酒、睡觉。"毛毛听了就没有说话，猛喝酒。三个人喝了很多酒，郑飞的脸越来越白，后来干脆趴在桌子上睡着了。东京的脸如烧红的晚霞，灿烂夺目。东京不停地说话，她从外面的臭男人对她的不规矩，然后说到学校的老师，她说："那些老师，其实都是流氓，猪狗不如，外面的男人想要占你便宜好歹也一目了然，还给你钱，说到底只是交易，可那些老师，脸上装成得道高僧的样子，暗地里却流着野狗的唾液，那是披着羊皮的狼。你知道吗？我不止一次地被他们侵犯过，政教处王主任有一次把我叫到宿舍，花言巧语，软硬兼施，扒光了我的衣服企图强奸我，他威胁我说只要一喊就开除我，打得我没有力气反抗，那是什么样的感觉，他插入我身体的那一刻是我对人类看清的那一刻。那个老头像是尝到了甜头，频繁地强奸我，直到我被学校开除。如果说男人都是流氓，那老师就是最歹毒的流氓。"东京说到后来开始哭泣，眼泪决了堤，成串往下掉。毛毛手足无措，最后实在没法，就抱起她往楼上走，毛毛想让她早点睡去，免得兀自伤心。

东京的脸贴在毛毛的脸上，滚滚发烫。毛毛闻到一股郁金香和着白酒的香味，使得毛毛有点陶醉。东京睡眼蒙眬，低语呻吟，身体软绵绵，整个儿倒在毛毛怀里。毛毛好不容易把东京摆在床上，给她盖上被子。正准备再下去把郑飞扶上来，东京却一把拉住毛毛，睁开眼说：“我陪你睡觉好吗?”毛毛记得当时傻傻地看看东京，她微闭着双眼，嘴角轻轻扬起，露出浅浅的笑，美丽如花朵。毛毛如猛兽般扑在东京身上，狠狠地压着她，他笨拙地亲吻东京，东京也是激烈地回应着，她把舌头伸到毛毛嘴里，不停地拨弄毛毛的舌头。毛毛此时的身体陷入了无控制状态，他的脑海一下子闪过了刘光、钱媚、胡蝶、游祺的脸容。毛毛胡乱地脱光了东京的衣服，他记得印象中的东京一直穿着那条花色的短裤，所以他急于想知道东京是不是还穿着那条花色的短裤，他解开了东京裤子上的扣子，麻利得像剥香蕉皮一样剥下了她的裤子，穿在东京身上的是一条雪白的三角内裤，在内裤的中间还隐约地看到一团黑色。毛毛很失望，他觉得自己好像受了欺骗，以前喜欢的那个东京已经不复存在了。东京自始至终都闭着眼睛，轻轻地呻吟，如是在享受某个功夫颇深的按摩师的按摩。只是苦了毛毛，莫名其妙得好似被强奸了一次。毛毛离开东京的身体后，东京说：“你还是处男，真不错。”就光着身子睡着了。毛毛却迷糊不解：她凭什么说我是处男，简直就是欺负人。毛毛脑子里一片空白，总想不出个所以然。

早晨，郑飞第一个醒过来，他看见毛毛和东京光着身子搂在一起，只是笑笑。他喊醒了东京，东京一个劲地说头疼，胸露在外面。郑飞怕她冻着，把被子往上拉拉。郑飞说：“昨天喝多了，忘了跟你说生日快乐，蛋糕也没吃，你没生气吧?”东京说：“没有，昨天我很开心，我又找到了我们第一次的感觉。好快乐!”郑飞说：“你这样对毛毛却是不公平的。”东京转头看看毛毛，毛毛还没醒，整个头都埋在被子里，东京怜惜地在毛毛的额头上亲了亲。东京自言自语说：“是对不起他，我太自私了。”

郑飞和东京轻轻地走了，没有惊动毛毛。毛毛躺在被窝里，虽然对他们的话不是很理解，可眼泪却管不住地流了下来。东京亲他的那一刻，毛毛早就醒了。

东京的到来和消失都像是一阵风，温柔又缠绵，她带给毛毛前所未有的经历，使得毛毛真正地接触了女人。可正因为这种接触，使得毛毛糊涂迷失了方向，他在衡量犯罪与享受之间的真正联系，到了最后，他终于明白，原来两者是互相抑制的，他单纯地认为，和东京的一夜享乐其实是犯罪的起点，今后的生活，他将在享乐与犯罪的极度矛盾中挣扎度过。毛毛好怀念星期天在东京家度过的无数个日子！

毕　业

在毕业前，毛毛有一个礼拜没去上课，他一直在找一个人，找最亲最敬爱的人，他觉得她的消失是突然的，不留痕迹的，再回头去找她，却又无从下手。在这片欢乐的园地里，难道真的隐藏着某种痛苦吗？毛毛深深体会到了失去某个人后牵肠挂肚的伤痛。毛毛在寻找照顾他整个童年，深爱着他的老人——奶奶。毛毛在厨房里静静地坐下来，他是在听奶奶走来走去鞋子拖地的声音。奶奶就在身边，她健康开朗，她行动自如。她是一个活物存在着。她眯着眼睛找糖，找味精，找盐，锅里的油开了，她把刀板上的白菜一下子倒在锅里，啪啦地响起来。厨房里飘满了香气。毛毛笑着沉浸在其中，可没一会儿就不见了，在毛毛的眼前是一只乌黑的锅，火也熄了……难道奶奶也像钱媚一样消失不再回来，永远都不会见面？其实，那段没有奶奶的日子里，毛毛也曾消沉过，可是很快生活里的新事物让他忘记了悲伤。他连愧疚之情都没有过，甚至在焚烧奶奶身体的时候，他感到好奇而发自内心地笑了。这是一个留不住悲伤的时代。

考试就像是一个流程，没有人去刻意地停下来多耽搁，也没有人忽视它。都是在默默进行。毛毛考得很好，算是超常发挥，分数刚好够升入重点高中；卫杨也进了那所高中，不过分数差点；游祺考得特好，考入了一所师范学院。就像是人群里的一颗炸弹，只轰的一声，四散而逃，不见踪影。

开春的天气冷冰冰、亮晶晶的，雪已融化，积水漫无目的地四散流淌，天空白得瘆人，遥遥远远处有点蓝。毛毛骑车经过学校停下来看着门口发愣。他眼前一下子模糊变得有了个边框，四角是惨白的天空和呆板的土地，唯有中间透着股生气。有人从远处走来，她在笑，很甜，摇头晃脑的样子，她的出现伴随着一条紫黑的虹，无头无尾，若近若远。走近了，是钱媚，无比可爱，无比神秘，总也猜不透她那天真无邪的笑。毛毛想和她说话，却嘴巴紧闭无法开口。钱媚从他身边走过，似是没有瞧见毛毛，来和去都是没有预兆忽然之间的，虹隐去，她也消失了。接着走出来的是卫杨和游祺，卫杨板着脸，不大说话，游祺却拽着卫杨的胳膊在他耳边叽叽喳喳，这是反常的现象，两个人完全反了，一般板着脸的总是游祺，叽叽喳喳的是卫杨，他们从毛毛身边走过，也似没有看见毛毛，毛毛只听得游祺说：我们的爱情是最正宗的。毛毛并没有理解游祺的话，只认为这是做梦而已，梦境总是让人匪夷所思的，梦醒了一切就明白了。这时东京和郑飞出来了，东京穿着一件鲜艳旗袍，腰肢扭摆，极尽妩媚，郑飞叼着烟，眼神凝重。两人都没有说话，从毛毛身边走过。然后是花子和一半，两人在讨论着什么，先是轻声说着，后来也许是意见不一，争吵起来，声音很响，经过毛毛身边时，毛毛听到一半说女人是什么，什么都不是，兄弟才是真的。毛毛自己说，该醒了吧，好沉重的梦啊！他却没发觉，有个人同样地立在他旁边，手扶着自行车。马路上汽车跑来跑去，过了一段时间，他们还是默默地站着。她也不去喊他，他也没有看见她，都在想着各自的心事。也许是连老天都不理解这些欢乐园地里的年轻人，天空竟飘起了雪花，细细的，密密的，白茫茫一片，寒意顿生。毛毛缩了缩脖子，准备回家。他惊奇地发现胡蝶就站在自己身后，雪花落在她身上，她的眼睫毛上都泛了白，红色的胎记在雪白中如彩色的蝴蝶，形象鲜明。毛毛先是愣住，后是推车往前走，他是希望她跟上来的。胡蝶迟疑一下，也就推车跟上和毛毛并行走在一起。

“你还不回家?”

“刚从家里出来。”

“好大的雪啊!”

“嗯!”

“我送你回家。”

“好的。”

雪配着凛冽的寒风努力地下着，漫天风雪早就淹没了这对年轻人。其实，那场雪并不是在毕业后下的，因为毕业后还是夏天，人人都穿着短袖衣裙。对这场雪的时间就有了难以捉摸的神秘，也许是毕业前的一个冬天，又或者是毕业后到了新学校的第一个寒假里的事，总之那是一场春雪，是令人难以预料的，是结束，也是开头，管他呢！唯一让人快乐的是，它把一切污秽的不堪入目的东西都淹没了，留下的是一片空白!

第 三 部

又见钱媚

毛毛喜欢上了散步，他常常独自一人在学校的围墙外面走来走去，他踩踏许多刚刚长出嫩芽的春草，发出沙沙的声音。毛毛却未曾留意，他在看远处的房子，稀稀拉拉的几个。他觉得这些房子都不是死物，是赋予了许多生命的，这些生命是藏在骨子里，不显露出来的，不用心去看，很难把它琢磨透。毛毛费尽心思，想要看出屋子里的生命是如何的精彩，可他再怎么努力，却只能看出模糊的人物。也许有许多人在同个屋檐下开心地吃着晚饭，他们是一家人，总是显得融洽，冲淡了初春晚风带来的一丝凉意。又有甚者，是关在极小的世界里侃侃而谈、窃窃私语、卿卿我我呢。毛毛总要等天全黑下来才回学校。

毛毛正在宿舍里洗衣服，听得窗口下面有人喊他。他走到窗前一看，胡蝶正仰着头向他笑呢。

“有事吗?”毛毛问。

“在干吗呢?”胡蝶说。

“我在洗衣服。”

“能下来吗?”胡蝶犹豫地问。

“你等一会儿。”毛毛说。

“哦!”

毛毛粗略地把衣服洗好晾上，湿着手就跑下楼去。胡蝶站在水池边东张西望，手里端着保温盒，看见毛毛下楼，笑着走上来。她把保温盒递给毛毛，说：“我妈带来的一只烤鸭，我留了一半给你。”

毛毛双手接过，打开盒子，伸着鼻子嗅了嗅。“好香啊。”毛毛说。

“当然啦，我妈做的烤鸭最好吃了。”胡蝶笑着说。

毛毛朝她撇撇嘴，意思是要上楼去。

胡蝶说：“晚上被子盖好了，别老是掉地上，现在的天也很冷的。”

毛毛点点头说：“我知道了。”

胡蝶转过身走了。毛毛高兴地捧着烤鸭往楼上冲，进了宿舍就喊：兄弟们，有好东西吃喽。七八个人都拥上来把半只烤鸭消灭干净。这是毛毛某一段时间里经常重复出现的情景，有时烤鸭会换成炖鸡、红烧鳊鱼、清蒸猪手，又或者是新鲜的水果，杂碎的零食。毛毛总觉得那年的春天总是有人在窗下喊他，他也习惯了有人在窗下喊他，有一会儿没人找他，他反而失落。同宿舍的人都戏称胡蝶为“你那个”，或者是“搞后勤的”。刚开始毛毛听得别扭，听多了，也就习以为常了。

毛毛和胡蝶分在一个高中班，开学的第一天，胡蝶就要坐在毛毛前面，本来班主任是要刻意安排座位的，后来拗不过学生的吵吵闹闹，就说你们爱怎么样就怎样吧。胡蝶高兴地坐在毛毛前面，回头不停地向毛毛挤眼睛。那一刻，毛毛总觉得，钱媚又回来了。毛毛从未停止过他想象的毛病。在和胡蝶交往的那段时间，他老是会想到钱媚。想象中的钱媚，总是温柔多于活泼，妩媚多于可爱。她和毛毛交谈，倾诉心事；她逗毛毛生气，自己却抿嘴而笑。她顾影自怜，她娇柔欲滴，在她的身旁，总有一盏青灯缓缓燃烧。想象总是会在那一刻定格，只留下一张灯光下楚楚动人的脸。

实在难以想象，学校的夜晚是如此寂静，静得反而让人心神不定。苍白的灯光镶嵌在静卧不动的屋影群里，是多么的阴森鬼魅。虽然教室里有隐隐约约的私语声，但那是飘忽不定，若远若近的，是每个人心头的蠢蠢欲动，是用来掩盖内心的孤寂。胡蝶能在恰当的时候找到话题，那是一段故事的序曲，一篇小说的前言。话匣子一开，很难停下来。

“下课后请我去吃东西吧！”胡蝶回头说。

“你晚饭没吃饱吗？”毛毛问。

“吃不下，这几天胃老疼。”胡蝶说。

这时胡蝶的同桌也回过头来，说：“你也真是的，女朋友胃疼都不知道关心。”

毛毛脸一下红了，倒是胡蝶抿嘴浅笑。

胡蝶又说：“这个礼拜回家吗？”

毛毛摇摇头。

胡蝶说：“我回去的，妈妈要给我过生日。”

毛毛说：“是吗？”

这时胡蝶的同桌又回过头来说：“还是小蝶的男朋友呢？什么都不知道。”毛毛这次没有脸红，只是看看她，低下头做作业。胡蝶责怪似的打了同桌一下。夜自习结束后，胡蝶照例要和毛毛一起回去，就站在桌子旁边等他。毛毛低着头做数学题，有些痴迷。“回去吧，马上要关灯了。”胡蝶说。胡蝶等了一会儿，见毛毛没有走的意思，就收拾了几本书独自走了。

教室到宿舍的路上点着橘黄色的路灯，人们三三两两，边走边聊，每张模糊的脸上都有兴奋的表现欲望。很少有人像胡蝶那样匆匆而行。胡蝶心里空荡荡的，很是难受。她本想去小卖部买点吃的，可腿却不想停下来，只顾往宿舍走，在爬楼梯的时候都跑了起来，到了宿舍，人都气喘吁吁了。宿舍里有人大着嗓门问："今天怎么没有男朋友送回来啊?"胡蝶往床上一坐，喘着气，也不去理她。又有人说："是吵架了吧。"还有人说："天天恩爱也不好，总要闹闹才有趣嘛。"胡蝶听不下去了，就上去打她，她们就嘻嘻哈哈端着脚盆跑，都在洗脚呢。有的人求了饶，说："小蝶，你大人不记小人过，宰相肚里能撑船。"其实胡蝶哪想真的打她们，倒是追了出去，又不好立刻退回来，也就哭笑不得站着，看她们洗脚上床。有人看出她的不对劲，关心地问："小蝶，没事吧。"胡蝶说没事。终于跑到床边，趴在床上哭起来。大家都不笑了，跑上来安慰胡蝶，七嘴八舌地骂毛毛，说毛毛是个没有风度的男人，准是欺负小蝶了。我们小蝶多好，他这个"沉默的羔羊"是挑着灯笼都找不到。一说到"沉默的羔羊"，又有人笑起来，这是整个宿舍投票决定送给毛毛的外号，只在这个宿舍流通，别人是听不懂的。胡蝶哭了一会儿，觉得实在没什么好哭的，想想又害得大家不能安心睡，委实无聊，就停止哭泣，把大家劝开了。这时忽然有个人说："听，下面好像有人在喊小蝶。"大家静下来一听，果然有人在喊，听来是毛毛的声音。"沉默的羔羊……"大家说着一起跑了出去。正好毛毛喊了几声没人应，以为胡蝶真的生气了，就往回走。听到许多人喊他，仰头一看，是胡蝶宿舍的人，就站住不动。"找小蝶吧，她可不下来，谁叫你惹她的。""明天来吧，今天不下来。""你到现在才来，怎么搞的?"她们一人一句，把胡蝶弄得急起来，可又不好出去。就说："菲菲，你帮我下去问他什么事。"风菲菲说"好的"，立刻跑下楼去。毛毛问她："小蝶呢?"风菲菲说："她生气了，不肯下来，刚才还哭鼻子呢?"毛毛说："哦!"风菲菲又说："今天你是劝不了了，明天好好哄哄她吧，晚上回去打打草稿。记着啊，我可不许你欺负她。"毛毛把一包饼干递给风菲菲，说："把这个给她，她肚子饿了。"风菲菲笑着接过说："知道了。"等风菲菲回到宿舍，大家又都起哄问这问那，知道毛毛是送饼干来的，就又说这个羔羊还不错嘛，真关心小蝶，你们看，你们看，小蝶笑了，刚才还哭的呢，现在又笑了。胡蝶不好意思地把头埋在被窝里，偷偷地笑。那天晚上胡蝶做了个甜美的梦，在梦里她总是不停地笑。

毛毛晚上也做了个梦，他梦见有个人一直在给他递纸条，他不敢接，所以那个人就重复递纸条的动作，那张叠成小块的纸条一直在毛毛眼前晃。毛毛后来忍不住，终于接下纸条。他把纸条打开，看到了这样一段话：毛毛，你大概把我忘记了吧？你到现在都没有回答我，我问你喜不喜欢我。你是抛到九霄云外喽！我给你的那张纸条还在吗？把它还给我吧，如今你已有了喜欢的人，留着也无用了吧！希望你能好好地生活。钱媚。这是毛毛一生中最难以悟透的一张纸条，他不知道这样的一张纸条到底是否存在，也许这只是一个梦境，也许这是一个事实。半夜醒来后，毛毛就没有睡着，他脑子里闪现着趴在地上的钱媚破碎的脑袋，血往四处流，流到了毛毛的脚上、手上，还有身上。毛毛闻到一股浓重的血腥味，就开始不停地干呕。毛毛怎么也记不起钱媚要的那张纸条放在哪里了。那是两三年前的事了，那个时候奶奶还没有死，毛毛是住在东边的房间里，那天晚上看见纸条后，就不记得是藏了起来还是随手扔掉了。毛毛努力地回忆，却是再也不能想起来。但毛毛有一种很强烈的感觉，那张纸条在胡蝶那里，至于为什么会在胡蝶那里，毛毛是百思不得其解。毛毛只是想明天一定要从胡蝶那里要回来，要不来，以后的夜晚他是如何也睡不着了。每天他都无法面对梦境里的钱媚。

胡蝶的生日

胡蝶生日那天是星期六，晚上学校规定可以不上夜自修。毛毛宿舍的几个人都出去溜冰了。那是1995年的一个普通的夜晚，该是有满天的星辰吧。一切都是如前。

毛毛泡了一包方便面，吃完后就躺在床上想着心事。这时楼下有人喊他，他趴在窗口一看，风菲菲正挥手示意他下去。

风菲菲穿着一件红色的毛衣、一条淡蓝色牛仔裤，由于整个人胖胖的，所以把全身的线条都描绘在了这身衣服上，凹凸有致。风菲菲把手放在嘴前吹着气，说："周末就看宿舍，不找点乐子啊？"毛毛微微一愣，说："小蝶回家，还有谁愿意和我玩。"风菲菲说："为什么没人陪你玩啊？"毛毛说："我这人闷，不爱说话。"风菲菲就呵呵笑。毛毛说："你找我有事？"风菲菲说："当然啦，要不我找你这个'沉默的羔羊'做啥。"毛毛疑惑了一下，说："'沉默的羔羊'……"风菲菲说："这是我们宿舍给你起的外号，挺恰当的。"风菲菲见毛毛不说话，就又说："吃晚饭了吗？陪你去吃夜宵吧。"不等毛毛说话，风菲菲就一个人走在前面，毛毛不出声地跟着。

走出校门的时候，毛毛看见马路对面好像有几个人在看着他，风菲菲捂着嘴偷偷地笑。风菲菲并没有带毛毛去吃东西，而是一直把他引到一个废弃的鱼塘旁边，此处极其偏僻，了无人烟。在一座断桥旁边的田埂上坐着一个人，毛毛走近了才认出是胡蝶。风菲菲笑着说："小蝶，我把他带来了。"她又对毛毛说："你们聊吧，我功成身退。"风菲菲一路小跑着走了，身后传来好多女孩子的笑声。

毛毛坐在胡蝶旁边。

胡蝶的脸有点红，大概是喝了酒，眼睛微闭，嘴唇也似涂了口红。她看着毛毛，很久很久，似是痴了。两人如约定般，一句话都不说。不知是何时，毛毛的手搂住了胡蝶的腰，胡蝶的头靠在毛毛的肩膀上。两人都在看鱼塘里星星的倒影。

这是胡蝶吹灭生日蜡烛时许下的愿，她想能和毛毛在一起静静地看天上的星星，一生一世。她觉得，她的愿望在今晚实现了。

也不知过了多久，两人才想起应该说说话，如此宁静的夜晚，不说点话是有些孤寂的。

"你不是回家了吗?"

"菲菲她们吵着要给我过生日，就没回去。"

"那肯定很热闹。"

"本来说要叫你的，后来又说全是女孩子，所以没喊你。"

"连生日礼物都没准备。"

"你能陪我说说话，我就开心了。"

"你冷吗?"

"抱着我就不冷。"

"你怕黑吗?"

"不怕!"

"你是不是喝了很多酒?"

"你闻出酒味了吧。"

"不是，你的脸很红?"

"我已经醉了。"胡蝶紧紧地贴在毛毛怀里。

那天晚上，毛毛是翻墙回的宿舍。

第二天上课胡蝶没有来，她妈妈给班主任请假，说是生病了。毛毛因为晚上没睡好觉，上课尽打哈欠，眼前模糊一片。风菲菲不时地转过头来笑他。下课后风菲菲迫不及待地问毛毛昨天把胡蝶怎样了，是不是做了不该做的好事。毛毛没有理她，只是趴在桌子上睡觉。风菲菲就不停地摇他胳膊，经不住风菲菲的纠缠，毛毛不得已告诉她半夜把胡蝶送回了家，并没有做什么。风菲菲听罢，发了会儿愣，没有再问毛毛。

下午，风菲菲给胡蝶打了个电话，在电话里，胡蝶声音很小，叹着气。风菲菲很担心，问长问短的，叫她要吃药，盖好被子，多喝水，好好地睡一觉，出一身汗就没事了。胡蝶很感动，说谢谢你的关心，我没什么大碍，明天就能来上课了，毛毛没事吧？风菲菲说："你还提他，都是他害的，昨天我就说不要让他来，你硬要他，我真弄不懂，没有这个男人你就不开心吗？你不是还有我对你好吗？"胡蝶在电话那头声音有点支吾，不知如何向风菲菲述说心里的相思，只说要休息，准备挂电话。风菲菲还想说什么，发觉胡蝶不想再听下去了，就说放学后去家看你，然后挂了电话。

下午下起了春雨。

风菲菲披一件黄色的雨衣，骑着脚踏车去胡蝶家，在过桥的时候，裤管卡在车链子里，车子摔在桥背上，风菲菲疼得直皱眉头，眼泪是早就流了。她扶起车子，捂着屁股往前走，等不疼了，再骑上车。

胡蝶躺在床上看电视，不时会捂着嘴笑。风菲菲从外屋进来，头发上挂满了水珠。胡蝶从床上坐起来，说："你来啦，身上好像湿了！"风菲菲苦着脸在床头边坐下。胡蝶问："你怎么了，不高兴？"风菲菲想说为了来看你路上摔了一跤，可又觉得会使小蝶生气，就又恢复笑脸，说："你觉得怎么样，明天能去上课吗？"胡蝶说："好了吧，就是早晨起来时头昏无力，现在不觉得。"风菲菲说："你一天都睡在被窝里，没起来过吗？"胡蝶笑着说："是呀。"风菲菲刮了胡蝶一个鼻子，说："你这个懒鬼。"胡蝶也去弄风菲菲，风菲菲就躲，两个人嘻嘻哈哈的。

胡蝶说："外面在下雨是不是，你身上都湿了。"

风菲菲说："嗯，小雨，淅淅沥沥的。"

胡蝶笑："哦，我们的公主菲有心事。"

风菲菲："你还说，都是来看你，路上摔了一跤。"

胡蝶："真的？摔在哪里，是不是很疼？"

风菲菲："不跟你说。"

胡蝶："说嘛！我要帮你揉揉。"

风菲菲："不用，只要你记着我的好就行了。别以为就只有你那个臭毛毛对你好。"

胡蝶："哦！"

那天，风菲菲就睡在胡蝶家，两个人卿卿我我，意犹未尽，一直聊到半夜，最后相拥着进入梦乡。

毛毛看着胡蝶和风菲菲走进教室，两人笑个不停。这一天毛毛总是心神不宁，上课也心不在焉。当然，是什么原因，他是难以悟透的。

班主任上课时在黑板上写了很大的两个字——"无我"。这一节课上的是庄子，说是一个古代的智者，提倡"无为，无我"。毛毛听得不大懂，好像是什么都不要管的意思。毛毛是有点想法的，"无我"，没有我，没有了自己，那当真是无比快乐的，也许就是"无我"，刘光才会离他而去，也许就是"无我"，钱媚才会离开这个世界。她们真的是快乐了，留下毛毛一个人，永远都有想不完的事。不知胡蝶会不会也"无我"而去，毛毛当时又害怕了。下课后，胡蝶对毛毛说："你是'无为'的，却不是'无我'。"毛毛没听明白，问："什么？"胡蝶就笑。

晚自习的时候，毛毛突然问胡蝶："你有没有拿过我一张纸条？"

胡蝶说："什么纸条？"毛毛说："上面写着字，我放在家里的桌子上的。"胡蝶摇摇头，说："我几时去过你家？"毛毛说："你拿了就给我吧，有人问我要了。"胡蝶说："你这个人怎么这么不讲理啊，说了没拿就是没拿。"毛毛说："你第一次去我家是什么时候？"胡蝶说："我从来没去过你家。"毛毛说："你在说谎！"胡蝶生气了，脸色苍白，眼睛是怨恨的神色。毛毛说："好了，好了，你别这样，就当我没问过。"胡蝶说："你就会欺负人。"

毛毛想不通胡蝶为什么要说谎，明明是去过他家，就是不承认。虽然毛毛也想不起胡蝶是什么时候去过自己家。那是好久前的事了。毛毛发觉自己好像失忆了，有许多事都想不起来，难道是真的"无我"了吗？

晚上宿舍里的几个人都在问毛毛和胡蝶的关系进展如何。毛毛懒得理他们，独自想着心事，大家都说胡蝶可是个美女，让毛毛这样的人得到，实在是老天的不公。毛毛说我得到什么啦，得到……瞎扯。这时门卫说有电话，是找毛毛的。毛毛跑下去接，喊了几声"喂"没人应，就挂掉了。门卫说："不会呀，是个女孩子，说要找你。"毛毛点点头就走，门卫又想起什么，说："刚才她说叫钱什么的，我没听清。"毛毛说："是不是叫钱媚？"门卫想想说："好像是的。"

毛毛一夜都没睡着，钱媚又来问他要纸条了，可他找不着。

第二天上体育课，跑步的时候毛毛晕倒了，老师问他怎么了，同学们都说不知道。毛毛醒过来说：有人在喊我，我一直没有应，喊的人也没有停，我终于忍不住就应了一声，就昏倒了。最近老是有人喊我，我烦得很，我宁可昏过去，清静许多，是谁让你们把我喊醒的？体育老师疑惑地看着他，同学们也都奇怪地看着他，他们都在想，毛毛在说胡话。后来，连女生们都知道，毛毛疯了。

第二个毛毛

毛毛曾经听说过有人会一边走路一边睡觉，也有人坐着也能睡着，更有甚者，是嘴在说话，人却睡着。这些都是难以置信的，令人匪夷所思的事，毛毛从来就没有相信过，可现在他不得不相信，因为他现在就是那样的人。

毛毛记不清有多久没睡觉了，有两三天，又好像有七八天，也许是一个月。可毛毛又觉得自己一直在睡觉，他睁着眼睛却什么也看不到，他生活在梦境里，梦境是无需眼睛的，所有他想到的都在眼前。在梦里，有许多人在走来走去，他们大多穿着白色的衣服，有人在扳他的眼睛，把他的眼皮拉得很大，有昏黄的亮光照着他的眼睛；也有人把冰凉的管子放进他的嘴里，毛毛总是能闻到浓重的酒精味。所有人都是陌生不曾见过的。还有一个女人的声音，在和他说话。毛毛有好几次想要回答她的问题，却总是觉得嘴里有东西难以开口。

毛毛最关心的还是“纸条”的事，他一直在寻找那张纸条的落处，胡蝶说没有拿，那会在哪里呢？难道被自己藏起来了吗？会藏在哪里了呢？这一阵子钱媚倒是不来问他要了，可他总觉得要找出来，这毕竟是件心事，不完成心里不踏实。毛毛发觉自己还是清醒的。

女人的声音又在他耳边响起了。

“毛毛，你在想什么？”

“你是谁啊？我为什么要告诉你？”

“我姓白，是你的主治医生，你要和我配合，这样你的病才会好，知道吗？”

“你一定搞错了，我没有病。”

“是的，你没有病，我是在陪你聊天。我是你的朋友，不是吗？”

“你不是我的朋友，你别骗我了。”

“好，我不是你的朋友，那你能告诉我你的朋友是谁吗？”

“有很多的，都要说吗？我可不能全都记得。”

“那你就挑重要的说。”

“好，让我想想，嗯，有卫杨……”

“还有呢？”

“没了，我已经好久没见过他了。”

“你们不是在一个学校吗？几乎天天见面啊。”

“哦，对，我说的是游祺，好久不见她了。”

“她现在在哪儿啊？”

“好像说是在师范学院。”

“你们关系很好吧！”

“她是卫杨的女朋友，他们关系很好，常常背着我偷偷摸摸地亲热。你知道吗？他们真心相爱，是要永远在一块儿的！”

“你是在羡慕他们吧？”

“是的，本来我也可以像他们一样，也不知为什么，她就是走了，和我好的人都走了，留下我一个人。”

“前两天来看你的女孩子不是你的好朋友吗？”

“是谁呀？我怎么不知道。”

“就是那个额头上有胎记的，脸圆圆的。”

“你说的是胡蝶吧，她是个好女孩子，对我很好，我们在谈恋爱，可就是会说谎，她说没去过我家，没拿那个纸条，可她明明是拿了。那张纸条，有人来问我要的，我必须还给她，要不然她就会哭，我要还给她的，那张纸条，可不知跑哪去了。”毛毛很着急，眼睛泛着光芒，脸上有点激动。“纸条，纸条……”毛毛一直重复着，嘴里嘀咕不停。

白医生静静地看着他，她有点找出毛毛发病的原因了。关键人物还是胡蝶，有这样类似毛毛嘴里说的纸条有关的东西在阻止着毛毛和胡蝶的早恋，少男少女的感情纠缠对于白医生来说是早就研究并医治过许多病情而了然于胸的。要治好毛毛要先把他脑中的阴影去掉，让阻止他去喜欢胡蝶的东西扫除，这样留给白医生最后的难题就是那个阴影到底是什么呢？白医生本来还要和毛毛谈话，可毛毛已经处于混沌状态只知念着“纸条”了，白医生也就只能作罢。

后来，白医生把卫杨、游祺、胡蝶一起找来，进行了一次谈话。

毛毛又开始想象了，他认为自己仍旧在学校上课，每节课都认真听讲，老师的讲解很详细，逐字逐句，有条有理。语文老师是一个三十不到的女老师，毛毛最爱上她的课，应该是夏天，因为她每天都在变换不同颜色的短裙，腿洁白修长，毛毛上她的课就是欣赏她的身材和脸蛋。她的牙齿特白，整整齐齐，配合着粉红色的嘴唇，犹如刚开的花骨朵。她的眼晕是淡蓝色的，脸上擦了粉，耳垂娇嫩透明，一切都是精雕细作的。衣服是贴身不带袖子和领子的，在粗细匀称的手臂和纯洁如雪的脖颈衬托下凸凹出无与伦比的线条，一点也不像生过小孩后的战场。短裙紧贴柔和平坦的三角区，虽有微微隆起，却也是神思幻想后的随风吹起，静中有动、动中有静的征兆。从背后看，短发下是广阔的平原肩背，微微能看出奶罩带子搭合的轻细痕迹，都是能让人起非分之想的引子。纤细的腰，到得腰下，是急速地高高翘起的屁股，圆得像是有人精心揉捏，呵气吹嘘，左删右改，日积月累而成，更有那三角内裤的线条从中间向两旁上方盘绕紧贴而上，就如刻在脸上的两条虎须，虎虎生威，其可爱诱人之处无以言喻。大腿和小腿连接处那细小的丝丝浅纹恰到好处地描述了紧绷皮肤下的那点谦虚，是讨人喜欢的，是让人心生怜惜的，就连她的走路，也是沉稳、柔情四溢的，红色高跟鞋发出的“嘟嘟”之声都是要钻进人的心里。毛毛总爱在课后问她一些问题，她头垂下来细声细语，脸就在毛毛的旁边，散出阵阵的体香。毛毛觉得这一切都身处梦境，患得患失的。

胡蝶总是笑着说毛毛看语文老师的眼神像狼看见了羊。毛毛笑笑摇摇头，是肯定又是否定。风菲菲说从毛毛的眼神看，毛毛是个准字号色狼。毛毛就说我现在看你是光着身子的。胡蝶说，你唬谁呢？毛毛说，我的眼睛早就通灵了。风菲菲说，我不信。毛毛笑着说，你的胎记在左胸下面，暗黑色的，有硬币大小。风菲菲眼睛睁得大大的，责骂胡蝶，说你连这个都告诉他。胡蝶说，我没有，真的没有。毛毛说，告诉你我的眼睛通灵你都不信。风菲菲和胡蝶赶紧回过头去，偷偷地傻笑。

其实毛毛自己也很奇怪，眼睛通灵之后每个女孩子的屁股都可以看到，可为什么语文老师的却看不到，这是谁都解释不了的。毛毛希望从中能找到一些规律，可他费尽脑筋也无从所得。

一次夜自修结束后，教室里人走光了，只剩下毛毛和风菲菲在赶当天的作业。风菲菲先做好，准备走，看毛毛还在，就坐下和他说话。

风菲菲说：“哎，那天你说你的眼睛通灵了，真有那事？”

毛毛低着头，边做作业边说：“是的。”

风菲菲说：“那你上语文课的时候，语文老师不就是光着身子站在你面前，全让你看见了，怪不得你的眼睛贼亮。”

“……”

风菲菲说：“那你说说语文老师光着身子是怎么样的。”

毛毛奇怪地看着她，说：“你对女人的身体也感兴趣吗？”

风菲菲说："我就不能感兴趣吗？"

毛毛摇摇头，心里想你这个怪物。

风菲菲推推毛毛，说："你快讲呀，是不是胸很大，腰很细？"

毛毛睁大了眼睛看着风菲菲，他就近着风菲菲的脸，说："你脑子是不是坏了？"

风菲菲笑着说："都是男人嘛，别这么小气，我把胡蝶都让给你了，你连这点秘密都不能和我分享？"

毛毛足足用了好大一会儿的时间来想明白风菲菲的话，可他发觉自己的智力实足有限，想到后来却是越来越乱，干脆不理她，埋头做作业。这时，教室的灯忽然熄了，一下子变得漆黑。熄灯的时间到了。

毛毛起身准备回宿舍。风菲菲一把拉住他说："你就这么小气，不像男人！"

毛毛的手被她拉着，眼前忽然一亮，一个女人站在面前，身材不大好，略微有点胖。毛毛说："风菲菲，你明明是个女人啊，怎么就说自己是男人呢？"

风菲菲说："女人就不能喜欢女人啊，少见多怪。不说拉倒，我回宿舍睡觉了。"

风菲菲松开毛毛的手，转身要走，毛毛猛地抱住她，把她顶在桌子旁，嘴迅速寻找她的脸，然后找她的嘴。风菲菲的头在毛毛的怀里东躲西藏，手又推又打。两个人都没有发出声音，只有浓重的鼻息和喘气声。毛毛恶作剧般地把手伸向她的屁股。风菲菲尖叫起来。毛毛迅速地放开风菲菲，说："我是在杀猪呢？"风菲菲啪地打了毛毛一个巴掌，说："你这人怎么这么恶心。"风菲菲手局促地擦嘴吐口水整理衣服。毛毛笑笑，收拾几本书揣着出门了。风菲菲对着毛毛喊："变态鬼，神经病！"毛毛边走边想，你才是变态的呢，不喜欢男人喜欢女人。

第二天是星期天，胡蝶说好和毛毛去爬山，风菲菲也吵着要去，胡蝶不让，后来毛毛说她要去就让她去吧。风菲菲朝他白了白眼睛。爬山的时候，风菲菲总是拉着胡蝶走在前面，嘴里还叽叽咕咕说着话，不时哈哈大笑，过一会儿就回过头看看毛毛，眼光鄙视，像一个获胜者看失败者的眼光，有不屑，也有怜悯。倒是胡蝶不停回头叫毛毛走快点。毛毛不紧不慢，跟在身后，以欣赏的眼光来看胡蝶和风菲菲光着身子爬山的样子，山路一陡，背就要弯，屁股就完全呈现在毛毛的面前，胡蝶比风菲菲白，屁股也比她的小得多，腿也细得多，一个灵巧，一个丰腴，各有各的好处。爬到山顶，两人又叫又跳，对着太阳的方向，风菲菲看见远处有一大片五颜六色的山花，要拉着胡蝶去采，胡蝶不想去，风菲菲嘟哝几声就自个儿跑去了。胡蝶回头朝毛毛笑笑，毛毛坐在石头上看着她。胡蝶挥手叫他过去，毛毛懒得没动，她就跑了过来。

“是不是没劲?”胡蝶坐在毛毛身边。

“没有。”毛毛说。

胡蝶嘿嘿一笑，偷偷亲了一下毛毛的脸，脸唰地红了。

毛毛就把手搭在胡蝶肩上。

“我们有好久没有看见卫杨、游祺、郑飞他们了，不知他们都在干吗?”毛毛说。

“卫杨不是在我们学校吗？不过他现在好像很用功，难得看见他出来走走，想是要努力考大学吧。”胡蝶说。

“是在偷偷地和游祺联系吧。”毛毛说。

“他们还相爱吗?”胡蝶说。

“当然。”毛毛说。

“那我们呢?”胡蝶说。

"也是。"毛毛说，"要是能和他们再聚聚就好了。"

"郑飞和东京你还有联系吗?"胡蝶说。

"有的，章南茶呢?"毛毛说。

"我能找到她，听说她现在在读中专。前几天还给我写信的。"胡蝶说。

"花子和一半大概也能找到。"毛毛说。

提到一半时，胡蝶沉默不语，低着头，脸上表情有点复杂。

"你怎么了?"毛毛问。

"还记得那场雪吗?"胡蝶问。

"记得，那是毕业后，不，好像是毕业前，又好像是毕业后，想不起来了。我去学校看看，碰上了你，那时天正大雪，后来我送你回家的。"毛毛说。

"那场雪真好，把什么龌龊事都掩盖了，我是忘了很多事。你想叫他们来就叫吧，我没事。"胡蝶说。

"我也全忘了。"毛毛把胡蝶抱紧了，在额头的胎记旁亲了一下。

"你们是来爬山的还是找个地方亲热的?"风菲菲握着几枝山花站在毛毛和胡蝶面前，她把其中一枝黄色的递给胡蝶说，"给，这是送给你的。"

胡蝶接过朝她笑笑。风菲菲就挤在胡蝶旁边坐下，看见毛毛的手搭在胡蝶的肩膀上，就用花枝打掉。

"小蝶不是你家的吧。"毛毛抚着被打疼的手。

"就不许你占她的便宜。"风菲菲恶狠狠地说。

那是期中考试过后的一个星期天，地点是毛毛家，东京、郑飞来了，花子来了，章南茶来了，卫杨、游祺来了，胡蝶和风菲菲也来了。一半是后来来的。卫杨带了两瓶白酒，给每个人都满上，每张脸都喜洋洋的。风菲菲和大家是第一次见面，硬要让毛毛逐个介绍，介绍完后，花子就举杯要大家干了，说难得能又聚到一块儿。大家就仰着脖子把酒喝了，女孩子都苦着脸咳嗽。游祺说："毛毛家倒没有变还是老样子。"卫杨说："又没有人帮他收拾怎么会干净？"毛毛说："我住在学校难得回家。"说到学校，每个人都开始说起自己学校的新鲜事，郑飞还是老样子，低着头抽烟，一声不吭。东京问卫杨现在是不是很用功。卫杨说："当然，要考大学的嘛。"游祺说："就是的，连写封信的时间都没有。"花子嚷嚷，说："卫杨，不会吧？你以前不是这个样子的，不打架啦？"卫杨说："哪儿有架打？都老实巴交的。"花子说："我们学校就不同，天天打架，哪个看不顺眼我就打谁，真带劲。"毛毛问郑飞现在做什么。东京说："他呀，还不是在家待着，让我一个人出去做两个人吃饭。"花子说："什么时候带两个一起做的小姐来玩玩。"东京说："你不是有章南茶吗？我还怕她和我算账呢，对吧，南茶。"章南茶笑着说："我才不管他的事呢，我们早分手了，是吧花子？"花子点点头，说别光顾说话，来，喝酒。大家又喝了一杯。这时一半来了，还带了个女孩，个子高高的，大家又欢迎一番。一半介绍说："这是我新把的马子，体校一枝花，叫什么来着？"一半推推身边的女孩，女孩笑笑说："我叫来桑，叫我桑儿就行了。"于是又一一引见，站起来再坐下。花子说："一半啊，你马子换得好快，我可比不上你喽。"一半笑着说："彼此彼此，你也不会闲着。"大家就哈哈地笑。

酒喝到后来，每个人都有点醉了，花子、一半、郑飞、卫杨四个人打牌，章南茶、桑儿、东京、游祺在旁边看，毛毛一个人上楼睡觉，他喝醉了，醉得没了意识，没了知觉。他沉沉地睡去，在睡梦里，他得到了放松。中间，他醒过来三次，每次他都隐约地觉得有人在他身边说话。第一次醒来，他看见胡蝶和风菲菲坐在他床上，胡蝶在给他盖被子，用湿毛巾擦他的脸。风菲菲说："他喝醉了，我们回学校吧?”胡蝶说:“我要陪着他，万一待会儿他吐怎么办?”风菲菲说:“不会的，他一觉肯定睡到大天亮。”胡蝶说:“要不你先回去吧。”风菲菲阴阴地笑，她的手从后面抱住胡蝶，嘴在胡蝶的耳朵边一直往脸上移，胡蝶挣扎了一下说:“不要这样。”风菲菲两手按着胡蝶的胸，嘴里呻吟着说:“毛毛有什么好的，要你这么关心他，我不好吗?我对你是真心的。”毛毛本来还要听下去，脑袋却昏沉死去，沉入梦乡。第二次醒来，东京坐在床上，冰冰的手摸着毛毛的脸，她在自言自语:“你知道吗?你是个神秘的男孩子，你和他们不一样，你不是把感情当作玩笑，没有人会真正了解你。我是多么怀念我们那缠绵的一夜啊，朦朦胧胧，柔情似水!不过我知道我是配不上你的，我要走了，希望你不要忘记我，我想你也不会忘记我的，你的第一次是给我的。”东京凄楚地笑着。毛毛又再次睡过去了。第三次醒来，游祺站在毛毛的床边，她在对着毛毛讲话:你是不是在和胡蝶谈恋爱，你难道把钱媚忘了吗?你这样对得起钱媚吗?要是钱媚知道，又要伤心得哭了。毛毛想说:我没有忘记，没有忘记钱媚，虽然现在喜欢着胡蝶，可我从来就没有忘，也不会忘了她，你要我如何是好，我正在找那张纸条，我要还给钱媚，她会原谅我的。这些话只是在毛毛的脑袋里响过，却怎么也说不出口，毛毛很着急，慢慢地就再次睡着了。

等毛毛醒过来时，却发现自己躺在医院里，有穿着白衣服的护士在给他打针，还有个护士在给他洗牙齿。毛毛说:“你们干什么，我又没生病，谁让我住在这里的?”打针的护士一丝惊讶地抬头看看毛毛，她对洗牙齿的护士说:“快去叫白医生来，他好像不是在说胡话。”洗牙齿的护士跑出病房，不一会儿带着一个四十多岁的女人进来，女人把毛毛的眼皮翻大，看看，说:“毛毛，你知道我是谁吗?”毛毛说:“不知道，我怎么会在这里的?”女人说:“我是白医生，你病了，我在给你看病。”毛毛说：“我有什么病？我好好的。”白医生说：“我看你是好好的了，也不枉我这几天和你解释死亡的道理。”毛毛说：“你天天和我说话吗？我怎么不知道呢。”白医生说：“那你知道胡蝶是谁吗?”毛毛说：“当然知道。”白医生说：“你喜欢她是吗?”毛毛说：“这和你有关吗?”白医生笑笑说：“当然没有，那你还记得钱媚吗?”毛毛说：“她，她死了，我再也见不着她了。”白医生说：“你能这么认为就好了，钱媚不在了，你就不要再时时惦记着她的存在，也不要老是想还她的纸条，你要认清你和胡蝶是活生生存在的，知道吗?”毛毛点点头。他只是奇怪自己这个梦做得好长啊，先前是钱媚来问他要纸条，后来是天天睡不着觉，再后来睡着了，醒来却是这个样子。毛毛是永远难以明白的。

白医生笑着高兴地说：“再过几天，你就可以出院回学校上课了。”

醒　来

毛毛醒来的时候，已经是秋天了，学校前的马路上都是零星的发黄的树叶，车子开过，叶子随风飘起，又缓缓落下。

毛毛觉得，这叶子像他自己。

第一个看见毛毛的，是风菲菲。她的脸上的表情是这样的：眼角微微上翘，使得眼珠涨大，眼睛呈圆形，嘴巴张开，露出两排洁白的牙齿，嘴唇淡红，似笑非笑。

“你好啦?”

“好了。”

“出院了?”

“出院了。”

“见着胡蝶了吗?”

“没呢。”

“哦!”

第二个看见毛毛的，是胡蝶。她的脸上的表情是这样的：眼皮低垂，眼光黯淡，嘴角挂着悲伤，可怜人的那种，嘴唇白色，牙齿咬着，渗着惨淡的感情。

“给你。”她拿出一个拇指大的玻璃瓶，形状大致和打针时放药水的瓶子一样。

“什么?”毛毛问。

“还你的纸条。”胡蝶说。

毛毛拿过瓶子看，盖子是粉红色的，瓶子里盛着五颜六色，在中间卷着一个白色的纸条。

“这纸条是我的吗?”毛毛问。

“是钱媚写给你的，有一年我在你家里拿的，现在还给你。”胡蝶说。

“你不是说没去过我家吗?”毛毛说。

“去过去过，但我希望从来就没去过，在你家里我受的侮辱还不够吗?”胡蝶有点激动，脸涨得通红。

风菲菲来拉住胡蝶，说：“好了好了，和他有什么好生气的?”又在胡蝶耳边轻轻地说：“他可是刚从疯人院出来，别又惹他犯病。”

胡蝶大叫着：“他没疯，只是不敢面对现实，连喜欢一个人都不敢说出口，他又有什么用？我却不知道如何会喜欢上他。”

毛毛把玻璃瓶藏好，回教室上课。

每个人都用异样的眼神看毛毛，和毛毛说话都是小心翼翼的。班主任把毛毛喊去关心地问了些问题，最后让毛毛回去，说没事的，拖下的几个月的课慢慢补回来，去上课吧。上语文课的时候，一个穿无袖衫、红色短裙的女老师拿着书本进来，自我介绍说：我是接替原先给你们上课的陈老师的，负责你们的语文课程，我姓时，叫时红，大家可以叫我时老师。毛毛问胡蝶，时老师是第一次给我们上课吗？胡蝶说是啊，原先的陈老师生病提前退休了。毛毛想，我怎么觉得以前见过她。时老师问毛毛有事吗？毛毛摇摇头。

下课后，胡蝶笑着说："毛毛，你看时老师的眼光就像是狼看见了羊。"风菲菲也回过头来说："从你的眼神看，你是准字号色狼。"毛毛想，我现在是不是要说她光着身子呢，怎么我觉得这一切都似曾发生过，真是不可思议。接下来的情况果真如毛毛意料中的一样，每句话每个眼神每个动作，就连每个情节都似在模仿着某个版本一模一样地发生。夜自修那次，是因为胡蝶急着上厕所，才先走的，留下风菲菲和毛毛，然后发生了毛毛觉得该这样发生的事。再后来是爬山，接着是毛毛家的聚会，就连毛毛喝醉的过程都是一样的。但是这些都没人发觉是已经出现过的情况，只有毛毛心里清楚，这是时间和他开了个玩笑。他好像是先比别人快跑地向前，然后又跑回来，和别人一起经历那段经历过的岁月。毛毛觉得这一切的一切本身都是欢乐的，这是1995年秋天发生的令毛毛难以忘怀的一个故事。虽然毛毛并不知道下面的故事会是怎样的。

后来，风菲菲经常恶毒地问毛毛在疯人院的几个月是怎么过来的。毛毛总是说我为什么要告诉你这个变态鬼。风菲菲就骂毛毛是神经病。一个喊变态鬼，一个喊神经病，一声高过一声，一声比一声响亮。最后是胡蝶把他们劝开，胡蝶说："你们为什么总要吵架？"毛毛和风菲菲异口同声地说："不关你的事。"这样的吵架带来的后果就是一个下午的怒目而视。

毛毛觉得自己病好后像换了一个人，以前不爱说话，常常一天闷声不响，可现在不同了，话多了，总爱和风菲菲抬杠。毛毛不知道是什么原因，他发觉自己正由一个毛毛向另一个毛毛蜕变。

学校举行秋季运动会，规定有项目的同学也要到看台上加油助威。毛毛被风菲菲拖着一起看胡蝶比赛，胡蝶是跑400米的高手。没有轮到胡蝶比赛的时间，毛毛坐着发愣，这么多人的加油呐喊声似乎都钻不进毛毛的耳朵。风菲菲欠着身东张西望。毛毛问："你是看美女还是帅哥啊?"风菲菲说："当然是美女呀!"一想不对，毛毛很有取笑的意思，然后低下身就着毛毛的耳朵喊："关你什么事啊，神经病!"毛毛笑笑。这时，胡蝶出场了，风菲菲高高跳起嘴里嚷嚷，枪声一响，胡蝶就飞出去了，胡蝶跑一圈，风菲菲是又叫又跳，比胡蝶都累，直到胡蝶冲过终点。最后胡蝶得了第二名。风菲菲失望地坐下来，说："怎么是第二呢，那跑第一的也太快了。我看她就怎么这么熟悉。"毛毛也觉得跑第一的高个子女孩很面熟，细一想，原来是一半那天带的女朋友，叫来桑。"哦，是桑儿，怪不得跑第一，怎么体校的也来比赛。"风菲菲也很快认出了她。桑儿在，那一半也肯定在，毛毛想。

中午的时候，风菲菲请胡蝶和毛毛吃饭，在学校门口碰上一半和来桑。一半嘴上叼着烟，和毛毛打招呼。胡蝶看到一半低着头，握着毛毛的手。毛毛也点点头。风菲菲对来桑说："你可真厉害，跑第一。"来桑穿着件背心，对风菲菲笑笑。一半说："听说你们在谈恋爱?"胡蝶说："不关你的事。"一半笑笑说："也是，不关我的事。桑儿，我们走吧。"一半抱着来桑走了。风菲菲对毛毛说："他可真帅，比你强多了。"胡蝶鼓着嘴说："就是个流氓。"毛毛说："别光顾说话了，我们是要去吃饭的吧。"

自从毛毛从疯人院出来后，就不住在学校了，天天骑车回家。夜自修结束后，毛毛骑着那辆破旧的自行车回家，天很黑，难得有满天的星星。天气日渐转凉，到家后总觉得披着一身寒气。毛毛常常会想：我现在的生活是我要过的生活吗？用功学习真的能换来快乐的生活吗？这些问题谁也回答不了他，也无须回答他，这是要他自己思考，自己体会的。

有一天晚上，毛毛刚到家，把车停好，一半和来桑就来了，两个人脸通红，满嘴都是酒气。一半把来桑安置在床上睡觉，就拖着毛毛到隔壁讲话，当时他们俩的对话是这样的。

“毛毛，咱们是多年的兄弟，对吧？”

“是啊！”

“我可是能为你两肋插刀的哦，不知你行不行。”

“也是也是。”

“那就好，那兄弟有话就要直说啦。”

“说吧，我听着呢。”

“你和胡蝶在谈恋爱对吧。”

“我说你这个人怎么老爱提这事，难道要得到你的批准不成？”

“你别误会，没这个意思。”

“没这个意思就好，我看你是酒喝多了，要不你也过去睡一会儿。”

“没喝多，我说，今天这酒是为你喝的。”

“什么意思，为我喝的？”

“当然，唉，你现在轻手轻脚摸过去，桑儿不知道，你把她做了，我告诉你，她可是第一次，我还没碰过呢，专为你留着呢。”

“你是不是脑子喝坏啦，说的是人话吗？”

“是人话，当然是人话。我知道，那年做的事有点过头，当着你的面把胡蝶做了。我后来才知道胡蝶她一直喜欢的是你，那不，我就成了大坏蛋，我想，兄弟我对不起你，没什么辙，就把我现在的马子给你用一晚，把恨我的那份气给消了，咱们还是那铁打不倒的哥们。你别这样看着我，我知道我仗义，你就把这情领了。这样我在胡蝶面前也不觉得难受，在你面前也抬起个头来。哎，你别打我呀，兄弟我是一片好心，你怎么就不明白我的心意呢？女人啊，随处可得，兄弟难能可贵，孰轻孰重，我分得清。”

“谢一半，我跟你说，你别以为喝点酒就能在我这里甩疯，快带着你的桑儿滚，别让我揍你。”

“你不好意思了，有什么不好意思的？告诉你，灌醉她可不容易，酒量好得不得了，快趁她没醒，容易办事，等醒了，咱们两人都制不住她。”

“滚！”

“我知道，你是怕向胡蝶交代。没事，这件事，你知我知没人会知道，桑儿更不会说，她还以为是我，高兴还来不及呢，你就做做好事过去吧，当兄弟求你。”

“我说你怎么就不要这脸呢，你以为我和你一个样？那年的事我早忘了，你也别来提起。”

“我走了，兄弟，她我给你留着，你爱用不用，随你，明天醒了叫她回家，以后你和胡蝶都别记恨我。我是真把你当知己，别负了我一片苦心。”

一半踉踉跄跄地走了，只留下毛毛傻傻地坐着。

桑儿睡觉极不安稳，被子都甩到了地上，整个人呈“大”字躺在床上。脸色红润，眼睛微微闭着，眉毛淡淡的，鼻间发出很轻的呼吸声，桑儿穿着一件白色的衬衫，上面两粒扣子解开了，露出里面蓝色的文胸，胸脯鼓鼓的，下身是一条米黄的长裤，鞋子都没有脱。毛毛把被子捡起来帮她盖好，她手一拽，又把被子掀开了，嘴里嘀咕着说热。

毛毛想起也是在这张床上，他和东京纠缠的事，不由心生荡漾。

东京身材很好，腿又长，腰又细。不过，桑儿也不差，腿比东京还要长，虽然腰粗点，可是整个人大也就掩盖了。毛毛忍不住想去摸摸桑儿，终究不敢，乖乖回房间睡觉了。

早晨，毛毛去房间看她，桑儿睁着双眼躺着不动。毛毛问："头还疼吗？"桑儿动动身子，动动头说："不，我怎么会在这里？"毛毛说："是一半把你送来的，昨天你喝醉了。"桑儿说："那他人呢？"毛毛说："他先走了，叫你先回家去。"桑儿沉默一会儿，忽然坐起来，说："你昨晚对我做了什么？"毛毛说："没有，没做什么，就帮你盖了被子，你把它弄地上了。"桑儿怀疑地说："就这些，没别的了？"毛毛说："没了。"桑儿笑着说："看你就不像好人。"毛毛说："好人坏人能看出来吗？"桑儿说："当然，一半就是个正人君子，不像你，贼眉鼠眼的。"毛毛说："你这个人怎么说话的，又没得罪你，早知道昨天晚上还真该对你做点什么。"桑儿说："你敢，怪不得听他们说你在疯人院待过。"毛毛说："好，好，我不跟你说，我上课去了，走的时候麻烦你把门关上。"

毛毛一路走一路想：没见过这么不讲理的女孩子。

事情过去一个星期，也是在一个晚上，毛毛上完夜自修回家，到门口却发现桑儿坐在地上，哭哭泣泣的。

"我说你怎么在我家门口哭呢，我家可没死人。"毛毛边说边把自行车推进家。

桑儿站起来跟进去，说："你怎么这么晚回家啊，只知道玩，害我等这么久。"

毛毛说："奇怪了，我回不回家关你什么事？"

桑儿说："你不回来我住哪儿？"

毛毛瞪大眼睛看着她，她也回视着。她的眼睛红红的，还有泪花在里面闪耀。

毛毛说："我这里不是旅店，谁答应让你住这儿的？"

桑儿说："谁高兴住你这儿，又脏又臭，是一半叫我来的。"

毛毛说："那你去一半那儿，我不欢迎你。"

桑儿低下头说："一半他爸妈回来了，我在那儿一半会被骂的，一半叫我先到你这儿住一晚，你们不是好兄弟吗？"

毛毛气得把门关好，一个人走上楼。还有这种事——毛毛想。桑儿也急急跟上来。

"我还是睡上次睡的房间。"桑儿先一步进房间，往床上一坐，冲着毛毛笑。

"我先声明，只住一晚啊！"毛毛说。

"收到。"桑儿往床上一倒，说，"好累啊，坐在门口又冷又饿，你有吃的吗？"

"你要求蛮高的嘛，楼下有面，自己去煮。"

"你就煮煮吧，我累死了。"

"你爱吃就去，我才不管你呢。"毛毛回到自己的房间，收拾一下，把灯关了，钻被窝里。

已经是深秋了，天气是很冷的，毛毛想桑儿刚才坐在门口的确有点冷。

正要睡着的时候，桑儿在敲门了："可以进来吗？"

"有事吗？没事我要睡觉了。"毛毛懒得从被窝出来。

桑儿直接推门进来："你怎么不开灯，黑漆漆的，别把面翻了。"

"你干什么呀。"毛毛厌烦地起来开灯，看见桑儿端着两碗面傻傻地站在床头。

桑儿笑笑说："给你煮了一碗，要不要吃？"

毛毛说："我不饿。"

桑儿说："不吃就要浪费喽，浪费了多可惜啊，你就吃了吧。"

毛毛说："好吧，你给我吧。"

毛毛接过桑儿的面，还怪香的，引起了毛毛的食欲。

两个人呼啦啦地吃面，桑儿不时看着毛毛的吃相笑。

毛毛就说："你笑什么，神经兮兮的。"

桑儿说："原来你并不怎么讨厌嘛。"

毛毛说："吃你的面吧。"

桑儿说："面的味道怎么样？"

毛毛吃完了，点点头！说："还可以。对了，你刚才坐在门口哭什么呀？"

桑儿犹豫一阵，说："刚才黑漆麻呼的，我怕黑，所以就……"

毛毛哈哈地笑起来，说："原来是这样，看你块头这么大，胆子却这么小，有意思。"

桑儿生气地说："有什么好笑的，谁说块头大就一定胆子大的。无聊！"

第二天，毛毛很早起来却发现桑儿已经走了，床上的被子叠得工工整整。

一半·来桑

桑儿隔三岔五地往毛毛家跑，有时早早地蹲在门口等，有时半夜在楼下敲门。后来毛毛烦了，干脆给了她一把钥匙，想什么时候来就什么时候来。毛毛弄不明白她为什么老爱往他家跑。相反的，一半从那次以后就再也没来毛毛家，每次听到的关于一半的消息都出自桑儿之口。

"一半可好了，人又长得帅，又讲义气，又有本事，会打架，老师不对的地方他都敢骂，和他在一起不要太有安全感。"桑儿经常用这种口吻和毛毛聊天。

毛毛要做作业，不想桑儿烦他，就会说："这么好的男人你不去他那儿，在我这里干吗？"

桑儿幽幽地说："也不知道怎么了，我总是找不到他，去他家也不见人，他也不来找我，我以为他会来找你，可这么久了也不见他的影子，他就好像人间蒸发了。"

毛毛不由停下作业，好奇地说："不会吧，他会到哪里去呢？他读的学校，你去了吗？"

桑儿说："去了，有一个月没去上课了。"

毛毛笑着说："他是不要你喽。"

桑儿说："不，不会的，他对我很好，谁要是多看我一眼，他就会骂个没完。"

毛毛感兴趣地问："那你说说你们是怎么认识的。"

桑儿笑笑，说："为什么要告诉你啊？"

毛毛就逗她，说："讲讲嘛，别这么小气。"

桑儿清清喉咙，一本正经地说："好吧，我就告诉你，那是上学期刚开学不久，天气还蛮冷的，有一天放学我骑车回家，在校门口被一半拦住了，他们一道还有三个人。一半冲我笑，我是没给他好脸，默不作声的，他说：'嗨，一起去玩吧！'我就说：'为什么要和你去玩？'他说：'和我玩带劲呀。'我说：'我不去，你让开。'他吹着口哨说：'你是怕我了，不敢。'我说：'我怎么就怕你了，有什么不敢的呢，你还能吃了我？'他说：'那晚上咱们一起去跳舞，怎样？'我说：'不去，谁知道你是好人坏人？'他笑着说：'你还是怕我了，我叫谢一半，是隔壁技术学校的。'这时他们一伙的三个人和我们学校的几个人吵起来，都站在门口你指着我我指着你，一半一看不对，跑过去二话没说就把领头的打倒了，吓得没人敢出声，我们学校这么多人硬是让他们四个人欺负了。一半走时还跟我说：‘下次来约你，可不许不去。’他向我挥挥拳头，其实那天我还真想和他们一起去玩，可又没好意思说出口。”

毛毛问：“那你下次就跟着他走了?”

桑儿说：“是啊，我们玩遍了市里的歌厅舞厅游戏厅，一半他到哪儿都有熟人，人人都和他打招呼。哪天他要让我先回家，或者把我一个人晾着，那他肯定是去打架了，他打架多半不是为自己，有朋友被人欺负了，有兄弟去欺负别人反被别人揍，他都二话不说为他们出头。别看他块头大，拳脚厉害，可有好几次都是伤痕累累回来，鼻青脸肿的，让我给他包伤口，捂鸡蛋。越是这样我越觉得他可爱，和他在一起我有安全感。学校的生活本来枯燥无味，有了他陪我玩，我觉得很开心。”

毛毛说：“你是空把无聊当有趣，不务正业，逃避学习吧。”

桑儿说：“你爱怎么说就怎么说，总之你是无法理解我和他在一块儿的快乐感觉的，瞧你总是一个人，孤孤单单，要不是我来陪你，你还不就是一个人。”

毛毛说：“我还就不稀罕你来，吵得我没法做作业，赶你还来不及。”

桑儿笑，说：“跟你说，不许你喜欢我，我知道我很讨人喜欢，可是我是属于一半一个人的，你要也来不及了。”

毛毛说：“呵呵，我不要我不要，爱谁谁吧。”

毛毛在学校食堂吃饭的时候，碰到卫杨，当时卫杨买好饭从窗口长队挤出来探着身子眯着眼睛四处瞅，毛毛向他挥手致意，正好让他看见，他笑着走过来。

卫杨坐下来就对毛毛说：“这次考试听说你的数学全校第一，不错嘛!”

胡蝶嘴里含着饭，不停点头，迷迷糊糊说：“真够厉害的，真够厉害的。”

卫杨一边把盒里的番茄剔出来，一边说：“怎么，传授一下经验嘛，我见数学就头疼，有的题目就是找不到北，没法解。”

胡蝶也说：“讲讲，讲讲。”

毛毛说：“碰巧而已，多听听老师的讲题方法，关键要能见缝插针，从最薄弱处下手，才能大获全胜。”

胡蝶笑着说：“你是在说打仗吧，搁抗日那会儿或许有用。”

卫杨说：“你不懂，他说得有道理，做数学死记硬背是没用的，要灵活地对待每道题。”

毛毛向卫杨点点头，慢腾腾地吃饭。胡蝶吃了一半吃不了了，把饭盒端起来朝毛毛盆里凑，眼睛问毛毛要不要，毛毛把自己的饭盒推过去，胡蝶连菜带饭都倒在毛毛盆里，刮刮自己的盆，然后起身洗盆去了。

毛毛和卫杨默默地吃了一会儿。

卫杨忽然说：“你知道吗？一半出事了。”

毛毛接着问：“什么事？”

卫杨说：“听说跑到南方去了，走的时候匆忙，就从花子那里拿了点钱，前几天花子来问我借钱时说的。”

毛毛说：“那花子说出什么事了，为什么要跑到南方去？”

卫杨摇摇头说：“他没说。”

两人沉默不语。

过了一会儿，卫杨又说：“看花子的脸色，事情很大，我估计一半是杀了人。”

毛毛惊惧得手抖了一下，说：“杀人，不会！一半不像能下得了手的种。说什么我都不信。”

卫杨说："你哪知道，一半是我们当中变得最快的，从学校出去后，就变得越来越狠，天天打架，什么毒手都能下。他身上不是经常带着刀吗？现在他们打架可不像过去，过去那是逗着玩的。我听别人说了，一个多月前就有次大火并，是在市里大商场门口，四五十人的仗，最后，一个当场被捅死，一个送医院后也死了，主犯到现在还没抓住呢。我猜啊就是一半。"

毛毛听卫杨说得愣愣地坐着，胡蝶洗好饭盒回来，看见毛毛坐着不吃饭，人也傻傻的，说："你怎么不吃啊？饭要凉了，想什么呢？"

卫杨收起饭盒，站起来要走，说："对了，一半还交代，这事千万别告诉来桑，女人嘛，你知道的，婆婆妈妈的。"

下午上课的时候，毛毛一直沉浸于情节的拼凑与人物的神情想象之中，不能自拔。他认为当时的天空应该是阴霾不见阳光，每个人的脸上都是沉重严肃的，当然还是要有些许激动跃跃欲试的，连走路都要透着节奏。一半是一群人中最高挑、表情最剽悍的一个，他走在前面，嘴里叼着烟，由于神经高度集中，他把烟屁股咬得紧紧的，阵阵青烟熏得眼睛火辣辣地疼，却又不能闭起眼睛，于是在他脸上就出现了一种奇怪的表情，棱角分明的脸颊由于眼睛努力地斜视和眉毛坚强地锁住额皱而变得扭曲变形，极度复杂。天空也许是被这紧张、箭在弦上的气氛逼急了，也适时地下起零星小雨。同样，也有一群凶神恶煞的年轻人在朝某个方向走来，两群人走的不是平行线，也就是说，他们总要相遇。每个人的胸口都捂着一把锋利、闪闪发亮的刀。

时间就在相遇的那一刻停止了。

也许有一个坐在肯德基里吃东西的小孩正在兴致勃勃地欣赏玻璃窗外的人群，他的眼神起先是悠闲随意的，就像眼光的四射一样，没有目标。可他的眼睛立刻停在某处，眼神的变化如下：惊奇，激动，跳跃，害怕，恐惧，惊恐，做欲逃跑状。他看见无数的刀在飞舞，这是在电视和所有不真实的描述里才会出现的状况，可这一切都在他眼前，他麻木地观看了整个过程。特别值得他注意的是，有一个高大强壮的男孩舞刀舞得最好看，有许多人在他身边倒下，有好几次他的刀都送进了人家的身体，那个男孩的表情专注有神，加上溅的点点血渍，和小孩在哪本漫画书上看到的英雄一模一样，小孩在努力回想英雄的真实模样时，舞刀的人群已经各自散开，消失不见，只留下四处躺着的伤兵和闪光的刀。

余下的想象和那个小孩无关了，也许那段回忆会让那个小孩终生难忘，留作将来侃侃而谈的作料；也许这个小孩到了家门口就把那件事忘了。

毛毛已经可以摸到凯旋的众人吹捧沾沾自喜的感觉了，一半沉浸于这样的成就感中兀自逍遥。可没想到等待他的却是正派人物的追捕和自己仓促的逃亡，连他认为最简单的豪情相送、杯酒离别的场面都没有，也许他是带着凄凉、人情淡薄的心境离开的。但是有一点毛毛可以肯定，一半对自己所做的一切是不会后悔的。

后来几天，桑儿没有来毛毛家，毛毛很奇怪，难道她知道一半的事了，不会也消失不见吧？虽然桑儿来了叽叽歪歪很吵，很烦，可一不来，毛毛倒是有点想她来，陪他说说话也好，毛毛一人独处的习惯被桑儿的闯入打破了。

后来，毛毛总是要叫胡蝶一起回家，刚开始胡蝶不怎么愿意，再说风菲菲又在旁边泼冷水。毛毛虽然是硬着态度当作政策来发，可是胡蝶还是犹犹豫豫的，实在拗不过毛毛的请求，再加上毛毛三令五申，搭上尊严性命说让胡蝶睡在隔壁，有时风菲菲也可以过来，胡蝶才答应。第一晚，风菲菲就吵着要来，一路上三个人有说有笑，好不快活。晚上，毛毛睡在一个房间，胡蝶和风菲菲睡在一个房间。毛毛一夜未睡，他在想，风菲菲这个变态佬会对胡蝶怎么样，实在不该把她带来。

有人说，谣言传播的速度仅比音速慢一点点，反复地重复一个谎言，谎言也会成真。再说，这个谣言的可信度在百分之九十以上，内容是这样的：一半在南方某个城市的夜晚回租的房子时，由于反抗，被守候多时的公安击毙了，死相很惨。还有谣言说，一半的落网完全是他的女友来桑给公安提供了线索，直白地说，就是公安利用来桑和一半的感情，跟踪来桑。这样一来，就不难推出，来桑得到一半的信息后，不顾一切，抛开所有去找一半了。也就有谣言说，击毙一半的当场，来桑也在，来桑的哭声比打雷还响。又有人说那晚一半陪来桑高高兴兴地去吃了一顿晚饭，饭店档次很高，连服务小姐都很体面的那种。还有人说，那晚一半陪来桑去看了场流行的电影，到家门口还在讨论男女主角情变的责任在于谁，开门就遇着了公安。虽然各式各样的版本不一样，显然传的人也是掷地有声，但因为当事人一半和来桑再也没有出现，也就分不出真假。

毛毛在某个晚上，把这个谣言告诉胡蝶时，胡蝶的脸上平静不见波动，当晚，胡蝶就要求和毛毛一起睡，毛毛找不到一条拒绝的理由，也就欣然答应。经过忸怩委婉等一系列过程，毛毛就进入了胡蝶的身体，在两人合二为一的刹那，胡蝶长长地舒了口气。

风 菲 菲

风菲菲看毛毛的眼神是带着敌意的，眼眶很大，露出一大半的白色，她就像只猎狗，不知闻到什么了，变得机警暴躁。

她经常长时间地对着胡蝶看，就像猫看见了鱼。

自从胡蝶时不时往毛毛家跑，深更半夜的，风菲菲心情就没好过。刚开始，她跟着胡蝶去毛毛家，到后来，又不想去了。人家两个人心心相印、情投意合，我去瞎凑什么热闹——风菲菲这样想。风菲菲的心态经历了由嫉妒到愤怒到难受到失望的一个过程，就像放在锅里煮的螃蟹，先是静观不动，遇热后四处挣扎，越来越缓，十足痛苦，最后发红死去。

风菲菲的眼神就像没电的手电筒，突然黯淡无光。

有一次上语文课，那天下着雨，丝丝点点。时老师穿着蓝色衬衫，领子很大，外面罩了件白色背心线衣，下身是一条浅红色裤子，头发垂在背后，脸洁白透明。她是这午后雨天阴暗天空下的一点鲜亮。讲课的过程中，学生和老师配合得都很默契，谁也没有打破这个局面的念头。时老师有好几次都叫人回答问题，对于答案的对错，她总能恰当地点评而不使回答的人有所难堪，甚而是心满意足地坐下。时老师甚至觉得这是最成功的一节课，也许是自己的讲课水平提高了，又或者是窗外的雨让同学都很安静，也很温顺。本来这样的局面是能保持到结束的，可时老师却不该让风菲菲起来回答问题，这是她导致后来发生不愉快的根本原因。当然，时老师喊风菲菲回答完全是随意喊的。当时，风菲菲的脸凝结没有表情，她木然眼神死气沉沉，呆呆地站着，时老师长时间地等待，想是耐心有限，笑着重复了问题以求风菲菲回答。风菲菲说："我不知道。"时老师的脸上嵌满了笑，她并没有让风菲菲坐下，她还从中暗示，提醒这个问题的答案在哪里。她就像是驯兽师，对宠物第一次执行命令的失败并不气馁，而是频频鼓励，以显示自己的为人师，教导有方。风菲菲冷冷地说："我不知道就是不知道，你这么啰唆干吗?"显然，时老师对风菲菲的话持不理解态度，她虽然还在笑，却又笑得勉强。同学们有的惊奇，有的窃窃私语，也有的兀自好笑，似是要看时老师该怎么收拾，大有幸灾乐祸、看好戏的样子。时老师略显关心地问：“风菲菲同学，你是不是病了。”风菲菲大叫：“你才病了呢，叽叽歪歪，这天已经够烦人了，你还在那儿唠唠叨叨，你以为都在听你的课哪，要不是瞅着你的狐狸身材，早都睡大觉了，还自以为很好呢！你那上课就是模特表演，穿得花里胡哨的，勾引谁呢！”风菲菲一口气说完用力坐下，脚踢得桌子咣咣响。时老师漂亮的脸蛋急剧变红又急剧变白，最后眼泪噙眶，满是幽怨，什么都没说，愤然离去。同学们都唏嘘吵闹。

胡蝶关心地问风菲菲：“你怎么了，发这么大的火。”风菲菲冷冷地说：“不关你的事。”吓得胡蝶也闭上了嘴不敢看她。这时，毛毛笑着说：“都是孔雀开屏，你要做最漂亮的，不是强人所难吗？”风菲菲敌人似的盯着毛毛，想说话，却又什么都没说。胡蝶一脸疑惑。

下面的一节课本来还是时老师的，但是时老师没有来。同学们做作业、聊天，不时还有人领个头唱首歌什么的，倒也热热闹闹。窗外的天越来越暗，像是一下子到了晚上。风菲菲脸色灰暗，巧夺天工般地融入这阴湿淋漓的雨天里。

也许是有了毛毛发病的这一先例，学校领导并没有追究风菲菲什么，也没有把风菲菲喊到办公室去，虽然有人说时红老师在年级组办公室哭了一节课，尽是委屈的眼泪。那些老师嘴里也就责骂几句现在学生的无法无天，也不知老师受了哪门子罪，要让学生侮辱得找地洞钻，时老师你也别伤心了，学生都是没脑子的，指不定会说出什么龌龊话，你也别往心里去，把它当擦粉笔字一样抹掉，也许到了明天，大家就都忘了，那学生说不定想想后悔找你道歉也难说。时老师只是点头、摇头，抓着一把面纸拧鼻子挤眼睛，本已精雕细作的美人脸就这样全花花了。

那天晚上，晚自习结束后，雨就停了。毛毛问胡蝶去不去他家，胡蝶看着风菲菲，然后摇摇头。风菲菲说："你不用理我，回你的安乐窝去。"胡蝶轻声说："我今天陪陪你吧，你心情不好。"风菲菲嘿地一笑，说："我心情很好。"胡蝶说："我又没惹你生气，就这么讨厌我。"风菲菲幽幽地看着胡蝶，说："我见你们高高兴兴小夫妻的样就心烦。"胡蝶搂着风菲菲的腰，笑着说："我今天和你做小夫妻，总行了吧。"三个人都笑了。这次说话的地点是在教室门口，夜自习的灯都关了，一排教室都走空了，只有零星的一两个埋头捧着书的学生从他们身边急急地走过。路灯朦朦胧胧泛着光。

毛毛骑车带着胡蝶，风菲菲一个人一辆车，街道空荡如洗，只有胡蝶的笑声盘桓在荒凉的穹宇。胡蝶嘴里哼着张信哲的《过火》，唱一句，笑一笑，想是对自己的歌技没什么自信，倒是风菲菲大大方方地唱起了《有多少爱可以重来》，声音清脆有力，节奏清晰动人。等一曲终了，简短几声笑后，又归于寂静。毛毛突发奇想地说："今天你骂时老师的话，大有吃不到葡萄说葡萄酸的意思吧。"风菲菲哼了一声，胡蝶打了毛毛一下，说："就你会瞎琢磨。"毛毛说："我说的可是她心里想的。"胡蝶说："我看不是，时老师本来就爱打扮，穿得妖里妖气的，不像老师。菲菲，对吧？"风菲菲说："不，我就有那意思怎么样，就不许我喜欢她啊！"毛毛说："你可想清楚喽，人家可是有家室的，再说有你这样的第三者吗？你喜欢人家人家也不爱呀。"胡蝶一直捏毛毛的腰，暗示毛毛不要说下去。毛毛不理她，继续说："你好好的一个大姑娘，不爱男生，和我们男人争什么争啊，我看哪，你也要去精神病院住上一段时间，把你的毛病改了。"风菲菲笑着说："我就不改，你咬我？神经病！"毛毛回骂了一句"变态佬"。

不知有哪个人说过这么一句话，生活本来就是千奇百怪的，只要你敢想，它就敢有。虽然毛毛的想象能力是十足丰富无人能比的，可他也没有料到事情的发展会如此匪夷所思，令人惊惧。

有一次放学后，毛毛肚子疼窝在座位上不肯去吃晚饭，胡蝶和风菲菲去了食堂，胡蝶说吃好给毛毛带点来。回来的时候，胡蝶垂着头，手里什么也没拿，风菲菲昂着头，眼睛空洞，脸上有许多红色的被抓扯的指印。毛毛问："怎么啦?"胡蝶哭泣着说："她们三个打菲菲一个。"毛毛就笑："谁这么大胆，打她呀。"风菲菲大叫："三个不要脸的东西，居然敢在背后说三道四的。"毛毛问胡蝶："她们都说什么了?"胡蝶说："她们说我们像……一对小情人。"毛毛哈哈大笑："还真的像。"风菲菲一把抓住毛毛的衣领，凶巴巴地说："你再笑，我和你拼命。"毛毛挣开她的手，说："这么凶，好，不笑就不笑。你们谁打赢的?"风菲菲说："当然是我，她们能和我打吗？小嫩骨头，一捏一疙瘩。"毛毛说："吹牛吧，脸上都是伤。唉，你没给我带晚饭?"胡蝶愣了一下说："我忘了，光顾害怕了。"

风菲菲在学校的名气越来越大，都说是个厉害的女人，敢和老师吵架，也敢和同学打架，可以列入水浒一列，连卫杨也跑来问毛毛风菲菲的情况，说如此有个性的女子一定要结交结交。毛毛说："你不是认识的吗？在我家那次喝酒的时候她也在的，你啊不认识她也罢。"

后来，时红找过风菲菲谈话，那次风菲菲从时红办公室出来后就满面春风，笑容不断。再后来，风菲菲时不时往时红办公室跑，有时，吃饭也是端着饭盆到那里去吃。毛毛经常看见，窗明几净的办公室里两个女人在谈笑风生，一个是静坐做聆听状，一个侃侃而谈还带着手的动作。每一次，毛毛都把她们的谈话想象成淫秽并带有挑逗性的。

有好长的一段时间，风菲菲都没有黏着胡蝶，连话都是能省就省。风菲菲就像是一下子跌入别的星球，与世隔绝了，唯一和她在同一星球的，就是时红老师。

时红老师给毛毛他们上课的时候，还是衣着鲜艳，脸带笑容，眼光却经常落在风菲菲的身上，风菲菲也是如痴如醉，如勾了魂魄一般。毛毛猜不透她们如何一下变了样，原本是阶级敌人，现在却是亲密战友。唯一能够解释的原因也许就是那次隆重的谈话，那是冰释前嫌的引子，是和好交往的起头，甚至是惺惺相惜的开端，深入了解之后，才发现，灵魂深处的孤独是如此相似，唯有孤独碰到了孤独，灵魂才会醒来。毛毛是这样认为的。

时红在一节课上突然晕倒后，就没有再上课，这也是她上的最后一节课。时红生病了，从风菲菲每天脸上的表情就能清楚地了解时红的病情严重与否。直到有一天，风菲菲的眼神就像是一座坟墓，脸上的表情就像是熄了的蜡烛，苍白已经不能说明她的脸色，在她的脸上，你甚至能闻到一股死亡的气息。然后是迟来的噩耗：时红老师由于乳腺癌晚期去世了，时年二十九岁。

种种迹象表明，风菲菲应该是早就知道了时红的病情，也许就是在那次谈话，或者是几次谈话以后。

学校唏嘘哀叹了几天，大都是持惋惜态度，说生命变幻无常，欢乐不复存在。唯有风菲菲一改常态，整天嘻嘻哈哈，和男生笑闹，打成一片。有一段日子，胡蝶还惊讶地对毛毛说，风菲菲正和班里的一个挺帅气的男生谈恋爱呢！

毛毛虽然不知道这种转变的原动力以及改变后代表了什么，这些都是化为一种秘密藏于心底的，都是不让人知也无须让人知的。毛毛就明白了一点：刚刚醒来的灵魂又沉沉睡去了。

镜 中 人

胡蝶骑在毛毛的身上，她的脸绯红，嘴微微地张开，鼻息很重，发出沉闷的声音，额头上的汗珠淹没了那深红色的蝴蝶样的胎记。

毛毛竭尽全力，为那最后的冲刺做准备。等到那排山倒海的势头一泻千里之时，空间和时间都刹那间停止了，那种喷发的快感压压实实地填满了心房，难以喘息。

毛毛和胡蝶如两个战士，在摧城拔寨旗帜飘扬高峰之巅的过程中得到了满足。剩下的是意犹未尽的细细品味。

毛毛喜欢在那个时候照镜子，从镜子里看见了一张幸福的脸，胡蝶从旁边凑到镜子前，甜甜地笑。这时，毛毛眼前一时出现幻觉，镜中的胡蝶忽然不见了，只有一只红色的蝴蝶在毛毛的身旁飞舞，无比雀跃，却又无比神秘。毛毛把这些归纳为性爱的甜蜜。

卫杨也有一段时间爱上照镜子，不过他和毛毛不一样，他的镜子从来就没有过幻觉，每次对着镜子，卫杨都想把镜子砸碎，可每次他都没有这么做。其实这一切都是有原因的，就从游祺说起吧，游祺是这个故事的关键。

游祺自从进了师范后，依旧是我行我素冷冰冰的性格，除了认真地上课，认真地看书，认真地做作业，还有就是给卫杨写信和读卫杨的回信。他们圣洁的爱情并没有因为分开而停止延续过，也许反而因为思念的日积月累，产生了某种狂热的执着，他们甚至会把爱情的发芽开花结果切割成一段一段，继而会第一步，第二步，第三步……地努力去完成它，就差列个提纲下个标题了，这样的后果只会让唾手可得的轻而易举的欲望深压入心底，欲得与非得像两个尖碰尖的箭只会磨钝不会刻骨铭心，就算是爱情，也有点公式化了。

当游祺“墨守成规心态安然”地去实现她爱情的时候，有个和卫杨完全不一样的男孩闯入了她的生活。他叫多鱼，体育班的，一个强壮的男孩，也许他的接触游祺完全是无意识的，是某种好胜，某种征服。他的开放和爽朗就像是午后的阳光暖人心，如果说游祺是一座冰山，那多鱼就是融化冰山的太阳。在一个春暖花开的日子，多鱼和游祺就如一对恋人出外游玩，一切都是很自然的；在一个细雨迷蒙的日子，多鱼和游祺同撑一把伞走在学校的林荫小道；在一个午后知了烦人的日子，多鱼会坐在游祺课桌前叽叽喳喳说些无聊的笑话，游祺沉沉地睡去；在一个晚霞泛红凉风习习的傍晚，多鱼挥舞着拳头以一打四只为有人调戏游祺，游祺惊诧得像个兔子；在一个繁星点点、秋意正浓的夜晚，多鱼的手慢慢滑入游祺的胸膛，继而往下，游祺只是轻微地挣扎，还未明白到底发生了什么，多鱼就进入了游祺的身体，留给游祺的，只是记忆里的一点痛楚。再后来，再后来游祺就变了，游祺不停地变换男伴，频繁地在外过夜。在师范学院里，男生私底下都流传着这样一句话——游祺是学院的公共汽车，你只要想上，门都为你打开，而且不用付车票。很多人都说游祺的床上功夫很好，叫床像杀猪似的，而且性欲旺盛，一个人很难满足她，她常说男人都是那一截带水的海绵，一挤就没了。她就像是猫，把学校里的鱼都吃遍了，就开始和校外的混混、无业青年、打架流氓勾搭，她也辉煌过，成为势力流氓之间的争夺物，她还有一个很好听的外号，叫“游姬”，她只要一声令下，能让百来号男人像疯狗一样咬来咬去。这一切一切的功劳，其实都要归功于多鱼，是他改变了游祺，在一次耐人寻味的性爱之夜，多鱼说了一段话：我把你玩腻了，你也就那么回事，和别的女人构造一样，而且床上功夫太差，和死人没什么差别，要不是你冷如冰我才懒得泡你，你这么高高在上又怎么样，还不是被我干了。是和你说再见的时候了。

那晚后来游祺给卫杨写了封信，其内容和以前的信差不多，都是问些学习啊，身体啦，学校里的事，游祺也说自己在学校里很用功，星期三还去一个小学教小孩子上课，那个班的小孩都很可爱，跟在屁股后喊老师。又叫卫杨要注意身体，别看书到老晚：不在身边没法照顾你，自己要注意。最后还写了我爱你三字。写好后发现信纸都被眼泪弄湿了，就又重新抄了一遍才睡觉。第二天开始游祺就变了。

花子有一次去舞厅跳舞，看见了在舞池里鲜艳照人的游祺，游祺穿着短裙，露出洁白如雪的大腿，随着旋转，裙边也呈圆筒状飞扬，露出了醒目的红色内裤。跟在花子身后的多鱼叼着烟，凑到花子身边说："老大，这就是有名的'游姬'，谁都可以上，而且不收钱。"花子当时就给了多鱼一个耳光，多鱼愣愣的不知所以，他满以为这个马屁拍得香喷喷的。后来花子叫人把游祺喊过来，游祺正和一个男人搂在一起呈胶贴状。游祺笑着过来，看到是花子，忽然不笑了，冷冷地坐在花子对面，多鱼笑着向她挤眼睛。花子说："真的是你。"游祺脸上的妆化得很浓，像是一块色彩斑斓的绸布，她冷冷地说："有什么事吗？今晚我有人陪。"花子先是犯愣，后又哈哈大笑："游祺啊，你这个样子可不像未来的老师哦！"游祺站起来说："没事我跳舞去了。"花子说："卫杨，卫杨怎么办，你就这样骗我的兄弟？"游祺死盯着花子说："你敢和他说，我就杀了你。"花子笑着说："'游姬'，果然是'游姬'！"

花子选择了最轻松的方式把这一切告诉了卫杨，他觉得不应该瞒着卫杨，因为卫杨对花子来说永远是兄弟。

卫杨对自己的演技很满意，他自信在花子面前的表情足以让花子相信自己对游祺的一切并没有死去活来，是无所谓的，从而让花子放心地走了。花子走时说："兄弟，女人都他妈不是东西，你别放在心上，忘了她，要找两条腿的母的，哪儿都是。什么时候兄弟我介绍个好的给你认识。”卫杨双手交叉，以示镇定，还不忘说“谢谢”两字。

回到家，卫杨就对着镜子傻了，他从镜子里看到一张洁白、健康、优秀、镇定的脸，脸上表情僵硬。卫杨知道，这是冷冰冰的镜子使得他的脸变成一无表情，那张脸上原本应该是绚烂多彩、无忧无虑的。卫杨后来把游祺写给他的信全都拿出来，他脱光衣服坐在床上，一封封地把游祺的信看完，才恍然大悟：她的演技比我还好啊，佩服。再后来，卫杨就睡着了。他开始不停地做梦，梦里的他拿着长长的、坚硬的东西不停挥舞，他多么希望能敲碎某些东西，比如玻璃，可是梦境里一片黑暗，什么都没有，连他自己的脸都看不见，他又希望有什么东西从高处掉下，吧嗒碎掉，比如酒瓶。他听到远处传来一阵阵的敲鼓声，声音节奏鲜明，忽高忽低，和心跳是同步的。不对，卫杨发觉鼓声就来自身体，是心房的搏动，卫杨怒吼着挥舞双手，他能感觉出手上武器的呼呼风声，却听不到自己的高喊。卫杨不由觉得害怕，想着梦啊梦啊你快点醒来。这时一声巨响，不知是何物破碎，缤纷瓦解，就如是贴在脸上的石膏一块块掉下再也无法缝合，阵阵撕裂的疼痛传来——卫杨知道，那是自己的心碎了。半夜，卫杨醒来，发觉自己尿床了，这让卫杨很开心，恍惚回到了快乐的童年，那弥漫着芳香的小床和湿透了的裤子。可是卫杨惊奇地发现，自己并没有穿裤子，也不是尿床，而是拉了一泡屎在床上，奇臭无比。

镜中人，本是没有生命的，只因镜外人的存在，它才成形。

算作结尾

这些故事都发生在差不多的年代，那时的天空很蓝，一九九几年的岁月如影随形，时时刻刻不得忘记。毛毛的故事、卫杨的故事、花子的故事、一半的故事，还有胡蝶的故事、游祺的故事、东京的故事，更何况还有风菲菲的故事，都历历眼前，深深让人回味。当然，还有那些似乎被忘怀的人，却也活泼不忍离去。刘光、钱媚、来桑、时红都还在，她们永远也不会离开欢乐园地。

我辗转了许久，终于找到了我的欢乐园地。

在小说的最后，我需要向大家描绘这样一个情景，算作结尾吧：在某一天的午后，也许应该是傍晚，天是一种深沉的灰色，路无比宽阔，甚至有一点荒凉。远处是山，呈朦胧状。毛毛走在路上，也许是回家。在了无生机、无以遥想的时候，毛毛眼前亮起一道奇景，那是一个刚刚放学的小女孩，眼睛宽大，脸蛋红润，始终采用一种远眺的眼神来观察世界。她的神情先是凝重，甚而有点苦闷，接着释然，或是看见了什么，最后是笑，笑容如涨潮的海水溢满整个脸庞，连眼睛都笑了。毛毛完全是用一种研究的眼神盯着那个女孩的，女孩笑完后，向着远处跑去，书包在她的背上摇晃不定。在毛毛眼里，女孩是一团火，越烧越远，越烧越远。远处是山！

整部完

图书在版编目(CIP)数据

对岸／凌鱼著. — 北京：中国文史出版社,2017.1
(跨度小说文库)
ISBN 978-7-5034-8310-3

Ⅰ. ①对… Ⅱ. ①凌… Ⅲ. ①短篇小说-小说集-中国-当代 Ⅳ. ①I247.7

中国版本图书馆 CIP 数据核字(2016)第 250037 号

责任编辑：马合省　卢祥秋

出版发行：中国文史出版社
网　　址：http://www.chinawenshi.net
社　　址：北京市西城区太平桥大街 23 号　邮编：100811
电　　话：010-66173572　66168268　66192736（发行部）
传　　真：010-66192703
印　　装：廊坊市海涛印刷有限公司
经　　销：全国新华书店
开　　本：720×1020　1/16
印　　张：15　　字数：173 千字
版　　次：2017 年 1 月第 1 版
印　　次：2017 年 1 月第 1 次印刷
定　　价：38.00 元